잊지 말아야 할 나날

잊지 말아야 할 나날

발행일 2021년 3월 19일

지은이 임정빈
펴낸이 손형국
펴낸곳 (주)북랩
편집인 선일영 편집 정두철, 윤성아, 배진용, 김현아, 이예지
디자인 이현수, 김민하, 한수희, 김윤주, 허지혜 제작 박기성, 황동현, 구성우, 권태련
마케팅 김회란, 박진관
출판등록 2004. 12. 1(제2012-000051호)
주소 서울특별시 금천구 가산디지털 1로 168, 우림라이온스밸리 B동 B113~114호, C동 B101호
홈페이지 www.book.co.kr
전화번호 (02)2026-5777 팩스 (02)2026-5747

ISBN 979-11-6539-677-0 03810 (종이책) 979-11-6539-678-7 05810 (전자책)

임정빈 장편소설

Another WW1

잊지 말아야 할 나날

북랩book Lab

서문

안녕하세요. 임정빈이라고 합니다. 여전히 역사를 사랑하며 신간이 나오면 들여다보고 있는 사학도입니다. 사학도로서 역사가 가져다주는 선물은 지대하다고 생각합니다. 우리에게 항상 교훈을 주며 반성하도록 만듭니다. 하지만 아쉽게도 피곤한 현실에 젖어 살면 사람들은 과거를 잘 잊곤 합니다. 그러면서 과거를 다룬 역사는 아무런 의미 없는 것이라고 생각하곤 합니다. 그러나 그럴 때일수록 역사가 필요하다고 저는 생각합니다. 사람들이 긴장의 끈을 놓을 때 위기가 오는 법이니까요.

우리가 사는 실제 역사에서 1914년 벨기에를 중심으로 많은 학살과 파괴 행동이 있었음을 저는 기억합니다. 그런 일은 충분히 다시 일어날 수 있습니다. 그래서 흔히들 역사는 반복된다고 합니다.

그러나 우리가 유념한다면 비극은 다시 찾아오지 않을 것입니다. 역사를 전공하는 사람들은 그 의미를 알 것이라 믿습니다. 그것이 역사를 공부했던 이유니까요.

전 독일과 그 역사를 사랑했습니다. 그래서 이 책의 이야기는 그들의 이야기로 구성했습니다. 그들은 혁신적이었습니다. 정치와 전쟁의 역사에 유례없는 발자국을 남겼습니다. 주먹구구식의 행정과 제도를 일원화하며 자신들의 역량을 보여주었습니다. 그러나 생존을 위해 폭력적인 방식을 취하였고 대가를 치렀습니다. 그들은 이제야 반성하고 외교로서 드디어 이루고자 했던 유럽 장악을 이제 서서히 실현해가고 있습니다.

다들 역사는 반복된다고 하지만 그것은 역사의 진보를 무시하는 발언입니다. 잔혹했던 독일이 바뀌고 있듯이 세상도 과거에 비해 서서히 인권을 발전시켜 나가고 있기 때문입니다. 고로 전 충분히 노력한다면 앞으로의 비극이 일어날 리 없고, 세상이 도덕을 진정으로 실현하는 것이 가장 가치 있고 이득 있는 일이란 걸 알 것이라 믿습니다.

차례

Prologue

비극의 시작

한 명의 죽음은 비극이지만 백만 명의 죽음은 통계다.

- 에리히 파울 레마르크

만일 이날의 결과물이 모두에게 만족스러웠다면 어땠을까. 물론 그것은 꿈과 같은 이야기긴 하다. 식민지 확장에 있어서 모두에게 만족스러운 결과물 따위 존재할 리가 없으니 말이다. 그러나 이번의 성공과 실패가 전쟁의 결과물이 될지 누가 알았겠는가? 성공한 측은 승리감에 도취되어 방심하였고 실패한 측은 복수심에 눈이 뒤집어졌다. 후자는 전자에게 어떻게든 복수하고 싶었고 승리를 거두고 싶었다. 그렇기에 더 이상 대규모 전쟁은 일어나지 않으리라는 평화로운 벨 에포크의 시대에 패배자는 칼날을 갈기 시작했다.

그때가 바로 1906년 초, 아직은 아무도 모든 전쟁을 끝낼 전쟁이 올 거라고는 생각조차 하지 않을 때였다. 그 모든 것은 독일 제국 베를린 왕궁의 집무실에서 시작되었다.

"제길! 이런 수모를 당하다니! 모로코를 지키겠다고 떠들어댔는데 모로코를 헌납한 꼴이 아닌가? 어찌 오스트리아를 제외하고는 우리 의견을 듣는 나라가 없는 거요!"

독일 제국 황제 빌헬름 2세는 자국 수상인 베른하르트 폰 뷜로우에게 화를 내며 물었다. 얼마 전에 있었던 알헤시라스 회담에서 처참한 실패를 맛보았기에 그 결과물에 대해 따지는 것이었다. 물론 가장 큰 책임은 세계 정책을 과감하게 추진한 당사자인 카이저에게 있었지만 뷜로우는 입을 꾹 닫고 자신의 잘못을 인정할 뿐이었다.

"죄송합니다. 면목이 없습니다."

"면목 없으면 되는 거요? 방책이 있어야 할 거 아니요, 방책이!"

독일 제국 카이저 빌헬름 2세는 자신의 생각과는 엇나가는 현실의 결과물에 분노하였다. 하지만 외교관 출신인 현 수상은 현재의 각박한 외교 실태를 풀어나갈 만한 지혜를 짜내지 못했다. 애초에 오스트리아와 러시아를 동시에 만족시키는 방안이 이 유럽 어디에 존재한단 말인가? 그저 고개를 숙이기만 하자 이를 옆에서 보고 있던 카이저의 측근 중 한 명인 모리츠 린커가 말했다. 그는 프로이센 국왕 직속의 군사 자문 기구 군사내각의 장을 맡고 있는 사람이었다.

"나의 카이저시여. 이리된 거 차라리 대왕님의 가르침을 따르는 것이 어떻겠습니까?"

"대왕님의 가르침? 프리드리히 대왕님*Friedrich der Große*의 무슨 가르침 말이오?"

"7년 전쟁에서 우리가 어찌 승리를 거머쥐었습니까? 그때도 지금처럼 적대국이 사방에서 포위하고 있는 형국이었습니다. 서에는 프랑스, 동에는 러시아, 남에는 오스트리아. 지금과 아주 유사하죠. 지금도 서에는 프랑스, 동에서는 러시아가 우리를 묶어가는 형국이니 말입니다."

모리츠 린커는 지도를 펼치며 카이저에게 차근차근 설명하였다. 하지만 성격이 급한 카이저는 자신의 측근에게 다그치며 물었다.

"7년 전쟁 이야기를 누가 모르는가? 빨리 핵심만 말하시오!"

"핵심은 대왕님께서는 전쟁을 피할 수 없음을 알고 이들이 합쳐지는 것을 사전에 막기 위해 먼저 선수를 치셨다는 것입니다. 인구수에서 나오는 절대적인 전력 차에도 불구하고 우리가 7년이나 버텨 결국 승전을 이룰 수 있었던 것은 미리 움직여 로스바흐와 로이텐에서 각국의 결합을 막았기 때문입니다. 물론 불리한 상황인 만큼 대왕께서 여러 전투에서 패배하시기도 하셨지만 먼저 움직여 유리한 고지를 점거하였기에 여러 전투에서 진다 하더라도 적들에게 많은 피해를 주며 물러났습니다. 그래서 표트르 3세가 전쟁 도중 죽었음에도 러시아는 오스트리아의 재동맹 의사를 거부하였던 것입니다. 운이 아닌 우리 군대로 이루어낸 승리였지요. 즉, 피할 수 없다면 먼저 치는 예방 전쟁이야말로 우리 프로이센의 정수 아니겠습니까? 피할 수 없다면 먼저 쳐서 대왕처럼 유리한 고지를 먼저 차지해 협상 테이블에서 유리한 결과를 얻는 것이 최고입니다."

"그렇다면… 지금이 움직일 때라는 것이오?"

카이저 빌헬름 2세는 자신의 콧수염을 쓰다듬으며 답했다. 약간의 긴장과 함께. 그도 그럴 수밖에 없는 것이 아무리 한 번 이긴 상대라지만 프랑스는 약한 상대가 아니었다. 자신들에 이은 육군 최강국. 게다가 아무리 러시아가 일본에게 두들겨 맞을 정도로 한 물갔다고는 하나 그 체급만큼은 무시할 수 없었다. 7년 전쟁과 보불전쟁 이후로 매우 크나큰 성장을 거둔 독일 제국이지만 그에 못지않게 크나큰 성장을 이룬 식민 제국들이었다. 무엇보다 슐리펜 계획을 발동시키면 영국마저 적으로 돌릴 가능성이 있었다.

"하지만 영국이나 러시아를 다시 프랑스에서 떼어놓는 작업을 한 이후에나 고려해볼 만한 것 아니겠소?"

"물론 그렇겠사오나 지금으로선 오히려 타이밍을 놓치는 일일 수도 있습니다. 제 짧은 소견으로는 이대로 가다간 영국과 프랑스의 지원 하에 러시아가 다시금 재무장할 것이고 그러면 우리가 러시아를 적은 수로 막고 프랑스를 압도하는 전략을 쓸 수 없을 때가 올 것입니다. 게다가 이제 마지막으로 남은 친우인 오스트리아라도 지키기 위해서라도 러시아를 다시 설득하는 것은 매우 어려운 일입니다. 어찌 보면 시간 낭비. 차라리 결단을 할 때라고 사료됩니다."

"음…. 이것은 빨리 판단하기 어려운 일이오…. 지금 당장 입궐 가능한 각료들을 부르시오. 최대한 많이! 한번 논의해봅시다!"

모리츠 린커의 의견에 카이저는 지금 부를 수 있는 고위 관료를 전부 자신의 집무실로 소환하였다. 이에 외무청 고위 관료 고틀리프 폰 야고프, 제국 해군청 장관 티르피츠 제독, 내무국가청 장관 테오발트 폰 베트만홀베크, 제국 법무청 장관 루돌프 아르놀트 르베르딩, 참모총장 몰트케가 입궐하였다. 린커는 모인 이들에게 자신의 의견을 말하였다. 이에 다들 웅성거렸고 또한 머뭇거리는 태도를 보여주었다. 특히 르베르딩은 기존 작전 계획이 불러일으킬 국제법 위반을 생각하며 찬성하기 힘들다는 의견을 내비쳤고 베트만홀베크 역시 경제를 아사시킬 전쟁에 대해 비관적은 의견을 내비쳤다. 무엇보다 참모총장 몰트케마저 머뭇거렸는데 그는 침착한 표정을 애써 유지하며 말했다.

"지난 전쟁에서 우리는 승리했고 그 덕에 국민들은 우리가 강하다고 생각하지만 적들 역시 최강국 중 하나입니다. 게다가 저번 전쟁은 우리가 전 세계에 없던 체계를 보여줌으로써 승리했지만 이제 참모부도, 철도 체계도 특이한 것이 아닙니다. 압도적인 포위와 섬멸을 성공할 확신이 없다면, 저는…."

"무리일 거라 보시오?"

그의 말에 모리츠 린커 군사내각장이 물었다. 몰트케 참모총장은 국민의 목숨을 담보로 도박할 수는 없다고 답하였다. 그러나 모리츠 린커는 오히려 그를 다그치며 말했다.

"나라를 위한 마음을 알겠지만 너무 소극적인 거 아닙니까? 클라우제비츠께서도 말했듯이 완벽한 계획이란 없는 것이오. 그렇다면 모험을 해보는 것도 나쁘지 않지 않겠소?"

"그렇다고 도박을 하는 것은…."

"좋군!"

옆에서 듣고 있던 티르피츠 제독이 박수를 치며 말했다. 이에 몰트케는 부정적인 의사를 표했지만 티르피츠 제독은 고개를 저으며 답했다.

"그대의 생각이 옳소이다. 무리인 계획이지. 허나 이대로 시간이 흐르면 더더욱 무리인 계획이오! 지금이라면 일개 군단으로 러시아의 진격을 막는 것이 가능하오. 이렇게 동쪽의 두려움이 약체화된 시기가 또 언제 있겠소? 일본에게 고마워해야 할 정도요. 게다가 이번에 프랑스가 큰소리를 쳐댔지만 우리의 정보에 의하면 그들은 아직 전쟁할 준비가 되지 않았소. 그에 반해 우린 꾸준히 군비 증강 중이지. 그렇다면 앞으로 5년까진 전쟁이 발발해도 우리보다 적의 준비가 훨씬 미흡하기에 기회는 충분하오! 오히려 더 늦게 시작했다간 탄탄한 준비와 끈질긴 저항에 승리하기 버겁겠지! 물론 외교로 해결되면 다 좋겠지요. 전쟁을 안 하면 정말로 좋으나, 외교의 결과물이 그렇게 좋지 못했소. 앞으로도 그렇겠지. 그렇다고 우리의 정책을 포기할 것인가? 여기서 만족하고 끝낼 텐가? 독일은 세계로 뻗어 나가야만 해! 그러기 위한 해군 증강, 그러기 위한 군비 증강이었소! 그렇다면 어차피 피할 수 없는 전쟁, 저들이 완전해지기 전에 친다면 많은 문제점이 존재하겠지만 우리가 우위를 점할 수 있을 것이오!"

티르피츠 제독의 의견에 몰트케는 부정적이었다. 그는 여전히 전쟁에 대한 확신이 없었다. 그러나 티르피츠 제독은 카이저의 마음을 흔들어 놓았다. 카이저도 독일도 이미 이룬 것에 만족하지 않고 더 많은 것을 원하고 있었다. 그런 마음에 빌헬름2세는 달리 생각하면 손쉽게 얻을 수 있는 평화의 길을 냅다 버렸다. 그는 제독을 보며 환히 웃으며 말했다.

"그럼! 이것이 우리 도이칠란트의 기상이지! 좋소! 그렇게 합시다! 그렇다면 모리츠 린커 경. 준비에는 얼마나 걸리겠는가?"

"제 생각으론 적어도 1910년 전에 완료할 수 있습니다. 그러니 개전 목표 시점은 1910년으로 하시면 될 것 같습니다. 다만 몰트케 경이 너무 소극적이니 걱정입니다."

"그런가? 몰트케. 미안하지만 작전 계획에 대한 확신이 없으면 다른 사람으로 교체할 수밖에 없소. 너무 서운해하지 마시오. 그렇다고 옷을 벗으라는 이야기는 아니니. 다른 것을 하는 것이 좋을 것 같구려."

빌헬름 카이저는 몰트케를 신경 쓰며 말했다. 두 어깨를 다잡아 주며 말했고 몰트케는 이에 수긍했다. 그로서는 현재의 작전 계획 성공에 확신을 가지기 어려웠다. 피할 수 없다면 확정을 지어야 할 계획이지만 그는 이를 어떻게 마무리 지을지 계속 머뭇거리고 있는 상태였다. 예를 들어 양익 병력 비율을 7:1에서 3:1로 고친 것과 같이 말이다. 린커는 그러한 면을 집었고 빌헬름 2세는 전쟁하기로 마음을 먹었기에 적극적으로 확정된 계획을 원하였다. 그렇다면 머뭇거리는 참모총장은 불필요하였다. 그렇게 새로운 총참모장으로 에리히 폰 팔켄하인 결정되었다. 동시에 나라 전반에 전쟁을 대비한 물밑 작업이 개시되었다. 이때 불려온 고틀리프 폰 야고프 외무관은 영국과 프랑스의 눈을 속이기 위해 동분서주하였고 동시에 이탈리아를 설득하는 것에 힘을 썼다. 그뿐만 아니라 모든 내각이 은밀한 전쟁준비를 위해 동원되었다. 다시금 군비를 한 단계 더 증강하였고 다가올 전쟁을 위한 계획 수립에 모두 몰입했다.

아, 아! 이날의 결과물이 모두에게 만족스러웠다면.

아니면 한쪽이 만족하고 물러났더라면!

일어날 필요가 없던 전쟁일지도 모를 것이다. 그러나 한쪽의 마음은 굳혀졌고 결국 모든 것을 삼킬 불씨가 되었다.

Chapter 1

전쟁으로 가는 길

"애들아, 밥 먹고 일하자!"

"예!"

대략 4년 후 베를린의 어느 공장, 그곳에는 수많은 젊은 남성들이 오늘 하루도 열심히 일과를 보내고 있었다. 서서히 봄이 돼가는 계절, 그 따스한 날씨에 모두들 기분이 좋은지 다들 웃으며 반장의 말에 도구를 근처에 내려두곤 식당가로 향하였다. 평범한 생김새의 게르만 청년 한스 클라인도 그 무리 중 한 명이었다. 그는 퇴근 후에 있을 일들을 미리 그려가며 기분 좋게 웃고 있었다.

"뭘 그리 실실 쪼개냐?"

"아, 아무것도 아니야!"

"이 자식 표정을 보니까 벌써 결혼까지 갔는데?"

"아냐, 이미 그 이상 갔고 무덤까지 생각 중인 거 같아."

주변 동료들은 자신만의 상상의 나래를 펼치고 있는 한스를 보며 놀려댔다. 악의 없는 장난에 한스는 멋쩍은 웃음을 지으며 부정했다. 아무렇지도 않은 척하며 밥을 퍼곤 자리에 착석했지만 완전히 감정을 숨길 수는 없었다. 주변 동료들은 그런 한스를 바라보곤 꾸준히 장난을 쳤다. 한스는 이를 적당히 받아주며 화제를 돌리기 위해 밥을 먹지 않고 신문을 보고 있던 반장에게 말을 걸었다.

"밥 안 드십니까?"

"아, 이거만 보고…."

한스가 속한 파트의 반장은 베를린의 일간신문인 베를리너 모르겐포스트*Berliner Morgenpost*를 손에 꽉 쥐며 답했다. 그의 조금 굳어진 표정에 한스와 동료들이 안 좋은 소식이 있냐고 묻자 반장은 이내 아무렇지도 않다는 표정을 지으며 답했다.

"아니, 별거 아냐. 항상 같은 레퍼토리에 질려서 그래."

"아, 그렇습니까? 그러고 보니 저번에도 세르비아 소식 봤었는데, 또 비슷한 소식인가 보네요?"

"맞아. 싸우지도 않을 거면서 툭하면 자존심에 하루가 멀다 하고 으르렁거리니, 신문에 재밌는 게 없으니 원! 구독 취소할까?"

반장은 신문을 식탁 옆에 내동댕이치며 말했다. 그곳에는 오늘도 같은 소식이 올라와 있었다. 작년인가 재작년인가부터 시작된 오스트리아와 세르비아 간의 갈등. 원인은 오스트리아-헝가리 이중 제국 내부의 세르비아인에 대한 권리문제였는데 서로가 서로에게 간섭하려 든다며 싸우기를 반복하고 있었다. 다만 무력 수단은 취하고 있지 않아서 이제는 모두에게 지겨운 소식에 불과할 뿐이었다.

"그런 걸 보니 표정이 굳어지는 거죠. 자, 이런 걸 보세요."

한스의 동료가 속주머니에서 야한 잡지를 꺼내면서 말했다. 이에 모두들 순식간에 모여들어 장관을 바라보았다. 바보 같은 광경이었지만 본능이니 어쩌겠는가? 그렇게 신문 이야기는 이야기의 중심에서 금방 멀어졌다. 한스도 그런 것에는 그다지 신경 쓰지 않았다. 싸움이니 뭐니 하는 것들은 그에게 있어서는 먼 나라의 이야기였다. 한스에게 있어서 현실은 하루하루 살아가게 해주는, 힘들지만 참된 노동, 그리고 사람들을 만나며 즐겁게 하루를 보내는 것이었다. 즉 그러한 평범한 일상의 반복이 그의 주된 삶이었기에 신문에서 나오는 이야기는 머나먼 이야기처럼 느껴졌다.

'다 필요 없고 어서 퇴근 시간이 왔으면 좋겠다.'

만나기로 약속한 소꿉친구를 떠올리며 한스는 다시금 기운을 돋웠다. 이는 다른 직장 동료들도 마찬가지였다. 재미없는 이야기는 제쳐두고 다들 퇴근 후 뭘 할지 떠들어 댔다. 대부분 여자를 만나는 이야기로 소개팅 주선을 해주는 동료는 아주 인기가 절정이었다. 각자 다들 자신만의 사랑을 어찌 이룰지 떠들어댔고, 그건 한스도 마찬가지였다. 그렇게 다들 퇴근의 시간을 바라고 또 바랐다.

*

"드디어 끝이고만!"

"반장님, 그럼 저흰 이만 도망갑니다!"

"아주 신났구먼! 공장이 성수기가 아닌 걸 고맙게 여겨라!"

해가 저물어가는 시간. 드디어 바라던 시간이 다가오자 동료들은 서로에게 인사하고 발길을 재촉했다. 한스도 그 무리 중 하나였다. 소꿉친구와의 약속에 늦지 않기 위해 그는 서둘러 시내로 향했다. 그리고 시내에 도착하자 상가가 즐비한 골목으로 향했다. 소꿉친구인 카를라 슈나이더는 그곳에서 옷가게를 하는 재단사였기 때문이다. 그 옷가게를 향해 숨 바쁘게 뛰어간 한스는 입구 직전까지 도착하자 헐떡이는 숨을 가라앉히고 자세를 정돈한 뒤 가게 문을 두드렸다.

"어서 오세요."

"안녕, 카를라!"

"오, 퇴근했나 보네. 고생했어."

카를라는 재단 중이던 옷을 잠시 탁자 위에 올려놓으며 말했다. 그리곤 한스에게 다가가 살며시 포옹하며 오늘도 고생했다고 말해주었다. 일과에 지쳐 고된 마음을 녹여주는 그녀의 행동에 한스는 기분이 좋아져 밝은 웃음으로 그녀에게 화답하였다.

"잠시만. 이것만 마무리하고 출발하자."

"그래."

카를라는 잠시 탁자 위에 올려두었던 옷을 다시금 집어 들며 말했다. 서로의 일과가 마무리되면 같이 밥을 먹으러 가기로 하였는데 카를라에게 있어선 이 옷이 그 마지막 일과였다. 한스는 그녀의 마지막 일을 쳐다보며 밥 먹을 때 무슨 말을 할지 고민에 빠졌다.

이번엔 꼭 고백하리라는 마음가짐이 그의 온몸을 지배하였다. 고백을 위한 선택지로 쓰일 말들이 한스의 머릿속을 가득 채웠다.

물론 생각대로 될는지는 모르겠지만 말이다. 카를라는 어느새 일을 마치곤 외출용 외투를 꺼내 입었다. 그녀는 한스를 바라보며 이제 저녁 먹으러 가자고 말했다. 한스는 동요하는 가슴을 진정시키고 그녀의 옆에 서며 밖으로 향했다.

'진정, 진정! 침착하게만 행동하면 정말로 조만간 그녀를 얻을 수 있을지 몰라.'

한스는 애써 웃으며 점찍어둔 음식점으로 향했다. 그곳은 프랑스 요리점으로 꽤나 맛있다고 정평이 난 곳이었다.

"아마도 마음에 들 거야. 프랑스 요리가 맛있긴 하잖아?"

"그렇긴 해. 예전에 파리에 놀러 간 적이 있는데 정말 음식 맛있더라. 먹을 것도, 놀 것도 완벽해서 한 번 더 가고 싶어. 넌 가봤어?"

"아니, 아직. 갈 일이 생겼으면 좋겠네. 다음에 한번 같이 갈까?"

한스는 조금이라도 그녀와의 접점을 만들기 위해 휴가를 맞춰보자고 제안하였다. 그들이 사는 베를린도 멋진 도시였지만, 빛의 도시라고도 불리는 파리는 유럽인들의 선망의 대상이었다. 솔직히 지금은 긴장되니 그곳에 같이 가서 분위기를 잡고 마음을 떠보는 것도 좋을 것 같다고 한스는 생각하였다.

'아니지. 무슨 생각을 하는 거야? 지금 당장 처리를 해야…'

한스는 오늘 자신의 마음을 밝힐 건지 말 건지 심각하게 고민하였다. 애초에 그러려고 만든 자리였지만 막상 때가 되니 그는 마음이 불편해졌다. 혹여나 실패해서 친구로도 있을 수 없는 게 아닐까 하는 좀스러운 마음이 그를 지배하였다. 그래서 그는 일단 평상

시의 이야기를 하면서 분위기를 주도하고자 하였다. 그러다가 분위기 봐서 은근슬쩍 마음을 표현하면 되고, 아니면 다음에 하면 된다고 한스는 생각하였다.

그렇게 이어진 대화의 내용들은 지극히 평범했다. 훗날 '벨 에포크'라고도 불릴 나날들에 대한 이야기. 멋진 신기술로 여행을 가고 자신들을 치장하며 소통하는 것에 둘은 앞으로 자신들에게 다가올 미래에 대해 밝게 전망하며 이야기를 이어갔다.

'그런 좋은 세상에서 너와 같이… 라고 말해야 하는데….'

대담하지 못한 성격 탓일까. 한스는 머뭇거리며 일상의 이야기만을 반복하였다. 또 하루를 헛 날리고 싶지는 않았지만 그에게 아직 용기가 부족하였다. 하지만 동시에 계속 미루다가는 답이 없으리라 생각되기도 하였다. 아름다운 전형적인 게르만 미녀를 사람들이 가만히 내버려 둘 리가 없지 않은가? 어찌 보면 한스에게 그녀는 게르마니아 그 자체처럼 보였다. 로렌츠 클라젠이나 헤르만 비슬리세누스가 그렸던 그 게르마니아 말이다. 강인하고 굳건하면서도 화목한 그녀. 그녀를 곧 빼앗길지도 모른다는 생각에 한스는 이제 결단을 내려야겠다고 생각하였다.

"저기, 카를라."

"응?"

"우리 만나보는 거 어떨까…?"

"지금 보고 있잖아?"

"아니…. 진지하게 말이야."

한스가 나름 진지한 표정으로 말하자 카를라는 약간 놀란 듯 조금 입을 벌렸다. 그녀는 눈치 없는 사람이 아닌지라 어느 정도 평소 예측한 바가 있었기에 크게 놀라지 않고 싱긋 웃으며 답했다.

"음…. 그럼 천천히 시작해보는 게 어때?"

"천천히?"

"응. 미리 날짜 정해서 데이트해보고 서로 두근거리면 사귀기로 하자. 아니면 친구로 남고. 어때?"

"조, 좋지!"

한스가 호감이 있던 것처럼 그녀도 어느 정도 한스에게 호감이 있었다. 눈치 없는 사람이 아니기에 한스에게 호감이 없었더라면 진즉에 거리를 두었을 것이다. 바보 같은 한스는 그녀의 살며시 웃으며 치켜든 눈짓에 이제야 그 마음을 어느 정도 확인하는 데 성공하였다. 어쩌면 아마 그녀는 그가 다가오기를 바라고 있었을지도 모른다. 여하튼 한스는 속으로 쾌재를 부르며 식사를 이어갔다. 비록 성공한 것은 아니지만 가능성이 열린 것이니 그는 그것만으로도 기분이 좋았다. 그의 호의적인 반응에 그녀도 호의적으로 다가와 주었다. 작은 손짓에도 미소를 지어 주었고 금세 둘은 서로의 교집합을 이루는 부분에 대해 이야기를 이어갔다. 오랜 기간 안 사이인 만큼 서로에 대해 아는 바가 많은 지라 금세 아름다운 대화의 장을 펼쳐나갔다.

'오랫동안 알아서 날 남자로 생각 안 하리라 생각했는데 잘 됐어. 다음 데이트 때 확실히 밀고 나가보는 거야.'

한스는 그녀와의 식사와 대화에 만족하며 장밋빛 미래를 그려갔다. 가능성이 생기니 그곳에 계속 욕구의 소용돌이를 들이부었다.

설레발이긴 했지만 그가 보기엔 그녀도 그렇게 싫은 내색은 비치지 않은 걸 보아 확실히 승산 있어 보였다. 어찌 보면 소꿉친구야말로 최고의 궁합이 아닐까 하고 그는 생각했다. 오래 안 만큼 잘 이해가 가니까. 그렇기에 한스는 확신에 찬 목소리를 내며 그녀에게 약속 날짜를 정하자 했고, 그 자리에서 바로 정해졌다.

'좋아, 좋아! 이대로 전진하는 거야!'

그러나 아쉽게도 게르마니아는 그걸 원치 않았다. 매우 큰 폭풍이 둘을 기다리고 있었다.

*

"자, 오늘도 좋은 아침!"

다음 날 아침. 출근한 한스는 웃으며 직장 동료들에게 인사를 건넸다. 그의 싱글벙글한 표정에 직장 동료들은 심상치 않은 표정을 지으며 물었다.

"왜 이리 표정이 좋냐? 무슨 일이라도 있어?"

"별거 아니야."

"설마… 이 자식 성공한 거냐?"

"부럽구먼!"

직장 동료들은 한스를 바라보며 짓궂게 장난쳤다. 그의 연애 이야기는 어느 정도 공공연한 이야기가 되어서 동료들은 그에게 나름대로 조언을 해주기 시작했다. 그다지 쓸모 있는 이야기들은 아니었다만 한스는 나름 진지하게 들었다. 쓸모 있을지도 모르니까. 물론 아직 사귀는 건 아니니 설레발을 쳐선 안 되겠다만 한스는 이 희망을 꼭 붙잡으리라 다짐하였다.

그런 희망 속에 한스는 오늘도 열심히 일과를 보내기 시작했다. 앞으로 다가올 나날을 위해 정말 알차고 하루를, 그야말로 교과서적인 행동을 보이며 성취감과 뿌듯함 속에 일과를 보냈다. 착실하게 꿈을 향해 나아가는 그의 모습은 평범함의 아름다움을 엿볼 수 있는 수준이었다. 즐거우니 일도 마찬가지로 자연스럽게 즐거워진 그는 정말 시간도 가는 줄도 모르고 일과를 보냈다. 그 결과 어느덧 퇴근 시간이 다가왔고 그는 2일 뒤에 있을 약속을 위해 옷을 사러 나갔다. 그녀도 옷을 파는 사람이긴 하지만 데이트용이니 오늘은 다른 곳에 가서 몰래 산 다음 깜짝 놀라게 해줄 요량이었다.

'그녀는 프랑스 문화에 호감이 있는 거 같으니까…. 프랑스 스타일로 차려입을까?'

한스는 그런 생각에 빠지면서 시내의 옷가게로 향했다. 그는 최대한 그녀의 가게에서 떨어진 곳으로 향하였다. 그녀의 가게는 시내 골목에 위치하였지만 자칫하면 발견될 수도 있기 때문이었다. 사실 들켜도 큰 상관은 없지만 멋진 옷을 데이트 날에 보여주고 싶었다.

그러나 말이 씨가 된달까. 우연스럽게도 프랑스 옷가게로 가는 길에 그녀와 마주치고 말았다. 그녀의 가게 쪽을 너무 신경 쓰다가 도리어 사각지대를 벗어나 버렸기 때문이었다.

"어라, 한스?"

"아, 안녕, 카를라."

그녀와 마주치자 한스는 어색한 미소를 지으며 답했다. 카를라는 싱긋 웃으며 무슨 일이냐고 물었고 한스는 주뼛거리다가 옷을 사러 나왔다고 이실직고하였다.

"옷? 차라리 집에 있는 잘 안 입는 옷 가져오면 내가 예쁘게 만들어 줄 텐데."

"하하…. 그냥 새 옷 사고 싶어서…."

카를라는 한스의 구매 목적을 어느 정도 파악했는지 살짝 입 꼬리를 올리곤 차라리 자신과 같이 사러 가자고 말했다. 한스는 그녀의 반응에 놀랐지만 도리어 그녀의 취향에 맞출 수 있는 순간이라고 생각하여 승낙하였다. 바로 출발할까 했지만 카를라는 가게 문을 닫고 오겠다고 말했다. 한스는 알겠다고 답했고 가게로 향하는 그녀를 쳐다보았다.

'이게 갑자기 무슨 상황이지?'

한스는 예상과 다른 일정에 놀라 어쩔 줄 몰라 했다. 그녀와 같이 옷을 고르러 간다니? 하지만 환심을 살 수 있는 찬스라고 생각했다. 오랜 기간 알았기에 가족처럼 매우 자연스럽게 쇼핑하고 끝날 가능성이 크지만 그는 어제 고백한 이상 이제부터는 전부 점수를 따야 할 시점이라고 생각하였다.

"호외요! 호외! 다들 광장으로 모이시오! 어서!"

그렇게 생각에 잠겨있던 차에 주변에서 사람들의 크나큰 목소리를 들었다. 무슨 일인가 싶어 보니 시청 관료들이 시민들에게 광장으로 모여주기를 촉구하고 있었다. 그는 이 시간을 방해받고 싶지 않아 안 들린 척하고 싶었으나 마침 도착한 카를라가 잠시 무슨 일인지 보고 오자 하여 그는 마음을 바꾸었다. 카를라는 사람들이 저리 호들갑 떨 리가 없다며 궁금해하였다.

'아니, 당최 무슨 일인데, 저리 호들갑이야?'

관복을 입은 사람들이 이리 저리 뛰어다니며 사람들에게 베를린 대성당 앞이나 그 옆 광장에 모이라고 촉구하는 것을 보니 그도 궁금하긴 하였다. 웬만해서는 저리 급하게 뛰어다닐 관료들이 아니기 때문이었다. 다만 그녀와의 시간이 더 중요하여 시간 아깝게 하였다. 그러나 동시에 그녀의 부탁이기도 하니 가보는 것도 나쁘지 않겠다고 생각한 한스는 일단 운터 덴 린덴을 지나 대성당 옆 광장으로 향했다. 그곳에는 정말 많은 사람들이 붉은 시청 앞에 모여있었다.

"무슨 일일까, 한스?"

"글쎄…. 새로운 법령이라도 포고하나?"

둘은 무언가 특별한 이야기일지 궁금해하였다. 그리고 그 내용은 확실히 특별한 이야기였고, 놀라지 않을 수 없는 이야기였다.

"여러분! 어서 모이세요, 어서!"

광장 한가운데 임시로 설치된 판자 위에 선 남자가 사람들을 향해 소리쳤다. 그는 베를린 시장인 마르틴 키르쉬너로 사람들에게 어서 모이기를 촉구했다. 그리곤 사람들이 어느 정도 모이자 사람들을 향해 소리쳤다.

"여러분! 우리의 동맹 오스트리아가 우리의 구원을 요청했습니다! 건방진 세르비아가 우리의 친구 오스트리아의 최후통첩을 무시하고 우리의 적들에게 구원을 요청했습니다. 가증스러운 러시아와 그의 동맹인 프랑스가 우리의 친구를 압박하고 있습니다. 우린 오스트리아를 구원하고 유럽의 정의를 바로 세워야 합니다!"

한스와 카를라뿐만 아니라 여기 있는 모두가 시장의 말에 놀라움을 금할 수 없었다. 갑작스러운 전쟁 선언에 놀라지 않을 사람은 확실히 없었다. 하지만 단체를 위해 희생하는 정신을 어릴 때부터 배운 독일인들은 국가를 위해 단결하자는 시장의 말에 얼마 지나지 않아 바로 환호성을 보냈다. 오랜 평화를 끝낸 선언이긴 했으나 여기 모두가 자신들이 정의의 편임을 믿어 의심치 않았다. 또한 자국이 패배하리라고는 생각하는 사람이 없었기 때문이었다.

"여러분, 단결하고 희생합시다! 조국*Vaterland*을 위해서라면 우리의 목숨은 아깝지 않습니다. 우린 모두 독일인입니다!"

시장은 쓰고 있던 모자를 공중으로 던지며 외쳤다. 이에 사람들은 자신들도 쓰고 있던 모자를 공중으로 던지거나 흔들면서 이에 호응했다. 다들 지긋지긋한 오스트리아-세르비아 분쟁에 대해 어느 정도 다들 알고 있었기에 더더욱 시장의 말에 호응하였다. 독일인의 입장에선 그것은 오스트리아에 대한 내정간섭이었고 오스트리아의 당연한 권리, 더 나아가 독일인의 권리라고 생각했기 때문이었다.

"싸웁시다! 우리가 승리할 것입니다! 우린 자랑스러운 독일인입니다! 싸워 정의를 쟁취합시다!"

"싸우자! 싸우자!"

"도이칠란트 만세!"

한스는 처음엔 주위 사람들의 반응에 따라하지 않았지만 이내 분위기에 취해 팔을 흔들며 전쟁을 외쳐댔다. 집단과 같은 민족에 대한 사랑을 꾸준히 교육받는 시대였으니 매우 당연한 반응이었다. 한스와 카를라는 처음엔 놀랐지만 이내 주변 분위기에 휩싸여 데이트도 망각한 채 사랑하는 조국을 위해 승리를 외쳤다.

조국*Vaterland*을 위해!

*

"데이트 못 해서 아쉽지만…. 어차피 크리스마스 전에 돌아올 수 있을 거야. 조국이 통일을 이룰 때도 그랬잖아. 돌아오면 그때 꼭 같이 놀러 가자."

"한스…."

"괜찮아. 꼭 살아 돌아올 테니 걱정 마."

며칠 뒤. 한스는 연병장에서 지급받은 군복을 다잡으며 말했다. 그곳엔 징집에 응한 수많은 사람들과 그들의 가족이 모여있었고 카를라는 한스와 마지막 인사를 나누기 위해 그의 앞에 서 있었다. 카를라는 한스가 죽을 수도 있다는 생각에 좋지 못한 표정을 지었다. 한스는 그런 그녀를 껴안으며 달래주었다. 전쟁이 애들 장난이 아닌 만큼 한스도 불안한 마음이 없는 것은 아니었다. 허나 이미 가기로 결정된 이상 도가 지나친 걱정은 하면 안 된다고 그는 생각했다. 그렇기에 마치 소풍을 가듯이 아무렇지 않은 표정을 지으며 그녀를 감쌌고 어깨를 다잡아주며 말했다.

"그럼 갔다 올게. 편지 쓸 테니까 꼭 답장해줘."

한스는 잠시 다른 곳으로 일하러 가는 것처럼 생긋 웃었다. 그리고 이윽고 들리는 신호에 따라 연병장 너머로 걸어가며 점점 멀어져 가는 그녀를 향해 손을 흔들었다. 카를라는 약간 눈물을 흘리며 그에게 손을 흔들어주었고 서로는 서로가 거의 보이지 않을 시점이 되어서야 서로에게 눈을 떼었다.

슬프지 않은 것은 아니었다만 살아서 돌아가면 된다고 그는 생각했다. 그가 생각하기에 현재 유일한 답은 그것이었기 때문이었다. 충만한 애국심을 교육받은 독일인이라서 그러기도 하였지만 그의 이성이 굳이 슬픔을 재촉하지 말라고 부탁하고 있었다. 그렇기에 그는 눈물을 최대한 참고 호령에 따라 자신의 위치로 향했다.

"영예로운 제2군단에 소속될 젊은이들이여! 다들 어서 무기와 철모를 배급받아라! 하루라도 빨리 전장으로 향해야 한다! 각자 보급품을 빨리 받은 다음 소속된 부대에 따라 열차에 탑승하라! 한시가 급하다!"

각지에서 보인 군인들 한가운데에 있던 장교가 모인 이들을 향해 소리쳤다. 한스는 전장에서 자신이 쓸 총인 게베어98과 일명 피켈하우베라고 불리는 철모를 받은 뒤 기차에 탑승했다. 그리고 자신이 소속된 부대 휘하의 소대가 지정 받은 칸으로 천천히 걸어갔다.

'여기가 내가 소속된 소대인가….'

한스는 남은 자리에 앉으며 주변을 둘러보았다. 지금 볼 얼굴들이 향후 전투에서 목숨을 맡길 전우들이었기에 미리 인상을 봐두었다. 다들 순해 보이는 인상의 소유자여서 그는 약간 안심한 뒤 철모를 벗고 자신의 무릎 위에 올려두었다. 그리고 얼마 지나지 않아 장교복을 입은 한 사내가 한스가 있는 열차 칸 안에 들어왔다.

"모두들 안녕하신가? 우리 12보병연대에 온 걸 환영한다. 내 이름은 요한 폰 바이어다. 너희들의 목숨을 책임질 사람이지. 고향은 포젠이고 임관한 지는 2년 정도 되었다. 총동원령으로 인하여 소집된 여러분들은 비록 상비군은 아니지만 평시에 훈련을 받은 사람들이니 큰 무리 없이 따라와 줄 것으로 생각한다. 우리의 목적은 한발 먼저 진군한 상비군들을 따라 전진하여 적의 주력군을 분쇄시키는 작전을 수행할 때 용전하는 것이다. 이상. 질문 있나?"

"저… 혹시 질문 하나 해도 되겠습니까?"

"내가 질문하라고 했는데 혼내겠나. 자네는 이제 내 소대원이니까 친한 형이라 생각하고 불편함 없이 말해보게."

요한 폰 바이어 중위는 한스를 바라보며 편히 웃으며 말했다. 한스는 자신의 출신과 이름을 말하며 자신의 유일한 걱정거리를 말했다.

"혹시 전쟁이 길어질까요?"

"음. 총참모부의 의견에 따르면 작전 성공 시 1년 안에 서부 전역이 종결될 거라고 보여지고 있다. 크리스마스 전에 집에 갈 수 있을 테니 걱정 말게, 클라인 이등병."

중위는 갓 들어온 이병의 어깨를 다잡아주며 격려했다. 직업군인인 자신과 달리 여기 모여있는 인원은 평시에 전쟁을 대비하여 꾸준히 예비훈련을 받은 사람들이지만 엄연히 평범한 백성이었다. 언제 무사히 살아서 돌아갈 수 있을 것인가는 모두의 관심사였고 이미 해당 교육을 받은 장교는 최대한 부드럽게 설명해주며 모두의 걱정을 덜어주려 노력하였다. 그의 말에 따르면 자신의 속한 부대는 큰 충돌 없이 파리까지 갈 것이고 파리만 점령한다면 대세는 기우니 오히려 큰 걱정을 하지 말라고 말했다. 지극히 낙관적인 태도지만 이 말을 들은 한스는 빨리 그녀에게 돌아갈 수 있으리라고 믿기로 했다. 지금은 그렇게 생각하는 것이 마음의 안정을 가져다주었기에 그는 파리에서 열심히 싸워 약속한 대로 크리스마스 전에 집에 돌아가길 희망하였다.

"자, 그럼 각자 신원을 파악해볼까. 자네는 어디서 왔는가?"

"저는 실레지아에서 왔습니다."

"자네는?"

"저는 포에포메른의 슈테틴에서 왔습니다."

"그럼 자네는?"

"전 바이에른의 뮌헨에서 왔습니다."

"오호. 상당히 멀리서 왔구먼."

소대장은 자신이 이끌 소대원들에 대해 파악하기 시작했다. 그들이 사는 곳이나 이름, 나이, 학력, 취미 등등을 꼼꼼히 물어보았다. 전형적인 프로이센 귀족 장교인 그는 한번 나라에 대한 충성과 애국에 대해 설파한 뒤 국경까지 시간이 남았으니 편히 쉬라고 말한 뒤 밖으로 나갔다. 소대장이 나가자 대원들은 서로에게 인사를 건넸다. 이름은 대강 알았기에 입대한 경위나 취미에 대해 서로 물었다.

"그래, 바이에른에서 왔다고?"

"응."

"바이에른 왕국군으로 입대 안 하고 왜 북부에 올라온 거야?"

"바이에른 사람이지만 대학 때문에 잠시 베를린에 살던 참에 전쟁이 터져서 이곳에 입대했어."

"바이에른 촌놈들은 조국에 대한 유대감이 얕다는 소문이 있던데…."

바이에른에서 왔다는 루트비히 하르트만은 자신의 경위를 짤막하게 소개하였다. 이를 듣고 있던 북부 출신 스벤 크뤼거가 비꼬며 흘려 말했다. 비록 통일을 이루었지만 수백 년간 다른 나라였고 바이에른 사람들은 프로이센에 끌려다닌다는 인식이 있다 보니 서로 간의 감정이 좋지 않았다. 한스는 둘이 싸울까 봐 눈치를 봤지만 하르트만은 스벤에게 악수를 건네며 말했다.

"맞아, 이 북부 촌놈아. 하지만 그전에 우린 다 같은 독일인이지. 너희 북부 놈들이 맘에 들지 않지만 이 전쟁에서 지면 우리도 피해를 받아. 너희를 위해서라기보단 난 내 고향을 지키기 위해 바로 여기서 입대한 거야. 짜증 나지만 힘을 합쳐보려는데, 어때?"

"그래, 그래. 북부건 남부건 결국 같은 독일인인데 싸우지 마. 거기 스벤이라 했나? 사과해."

가만히 지켜보던 포에포메른 출신 리온 슐츠가 끼어들며 말했다. 이에 스벤은 머쓱한 표정을 지으며 악수하며 미안하다고 말했다. 비록 나이도 제각각이고 취미도 다르며 출신도 달라 문화도 약간씩 틀리지만 다들 독일인이라는 하나의 유대감을 느꼈다. 민족주의의 과열이 공감대를 형성하였고 이내 그 동질감이 해당 열차 칸을 채웠다. 고로 평소 잘 이해 안 가는 상대지만 이제는 등을 맞대고 같이 싸울 전우이기에 곧장 화해하였다. 하르트만은 바그람에 대한 이야기를 꺼냈고 파르치팔과 로엔그린은 독일의 이야기 그 자체였기에 다들 빠르게 동질감을 느끼며 앞으로 친하게 지내자고 언급하였다.

"게르마니아께서 우릴 지켜주시길, 게르마니아께서 마리안을 이겨내시길."

다들 배급받은 술을 들이켜 마시며 외쳤다. 어느 지역 사람이든 결국 독일인이었고 만일 전쟁에서 패한다면 모두가 피해를 입을 수밖에 없었다. 나라를 지킨다는 의미가 아마 이런 것일 것이다. 달리 보면 공격하는 쪽의 나라기에 고향을 지킨다는 말이 안 맞을 수 있지만 평범한 소시민인 일반 병사들은 평범한 백성들처럼 휘말린 것에 가깝기에 그런 감정은 크게 틀린 것이 아니었다. 그들은 게르마니아가 지휘 측에 축복을 내려 가련한 자신들을 지켜주길 기도하였다.

"아 참, 한스. 넌 아까 전쟁이 빨리 끝나는 건지는 왜 물어본 거야?"

함부르크에서 왔다는 오토 리비히가 한스에게 물었다. 그의 눈에는 일반 병사가 굳이 알 필요 없는 이야기처럼 들렸기 때문이었다. 이에 한스는 솔직하게 말했다.

"고백한 사람이 있어서…. 빨리 돌아가고 싶거든."

"낭만이구만."

"설마 전쟁이 길게 이어지겠어? 걱정 마. 크리스마스 전엔 돌아갈 수 있을 거야."

같은 노동자 출신이라고 밝힌 리온 슐츠가 한스에게 싱긋 웃으며 말했다. 가벼운 어투였지만 다들 대체적으로 이에 공감하였다. 아무도 이 전쟁이 오래갈 것이라고는 생각하지 않았다. 전쟁의 양상이 점점 빨라지고 있다는 것이 대중의 상식이었기에 그들은 살기만 하면 빨리 집에 돌아가리라고 희망하였다. 그래서 다들 밝은 분위기를 위해 가볍게 분위기를 이어가며 오히려 사랑하는 그녀가 예쁜 여자냐고 물었다. 20대의 남자들이 대개 그러하듯 야릇한 분위기로 흐르자 한스는 약간 난처해하며 말했다.

"아, 아직 사귀는 건 아니고."

"뭐야. 입대하기 전에 아무것도 안 했어?"

"입대하기 전에 감정이 아주 크게 올랐을 텐데…."

"숙맥이구만…."

뜨거운 스토리를 바랐던 동료 소대원들은 어깨에 힘을 빼며 힘없이 답했다. 입대 전날 그런 분위기가 있던 것이 사실이긴 했다. 그러나 한스는 그렇다고 분위기에 따라 잠자리를 가지면 그건 곧 죽을 사람이 하는 행동이니 징크스가 된다고 생각했다. 여하튼 그런 말에 동료들은 바보 같다며 웃었다. 그렇게 웃던 도중 소대장이 한 사내와 함께 들어왔다. 소대장의 입장에 다들 자리에 섰고 소대장은 쉬라고 손짓하며 옆에 같이 들어온 사내를 소개하였다.

"모두들 인사하게. 여긴 게하르트 호프만 병장일세. 나와 함께 자네들을 이끌어줄 우리 소대 유일한 직업군인이지. 조만간 하사

관이 될 예정이기도 하니 나와 같은 간부에게 지도 받는다고 생각하게나. 전장에서는 나보다 더 가까이 싸울 사람이니 어서 친해지도록."

"반가워. 난 호프만이라고 해. 메멜 출신이야. 소대장이랑 동갑이고 편한 형이라고 생각해. 부탁 하나만 하자면 전장에서는 능동적으로 움직이되 위험하다 싶으면 날 귀찮게 해. 감 안 잡히는데 혼자 움직이지 말고."

호프만 병장은 철모를 벗고 볼을 긁적이면서 말했다. 둘은 소대원들에게 전투 교범을 나눠준 뒤 도착 전까지 외우며 시간을 보내라고 말했다. 교범에는 기본적인 전투 방식들이 적혀 있었다. 한스는 예전에 예비 훈련받을 때 했던 기억들과 유사하면서도 배급품에 대해 일일이 신경 쓸 것을 당부하는 새로운 것들에 조금 놀라면서 유념했다. 여러 지형에서 빠르게 움직이는 법과 진형을 짜는 법에 대해 소대장과 호프만 병장은 여러 번 언급하였다.

"총참모부에 의하면 이번 작전의 핵심은 속도다. 다들 국경에서 내리는 즉시 재빠르게 움직이도록."

"그럼 지금 알자스-로트링겐으로 가고 있는 겁니까? 소대장님?"

"아니."

"그럼 어디로 가는 건가요?"

주변 동료들의 물음에 소대장은 아헨이라고 말했다. 벨기에 국경의 독일 도시로 그곳으로 가고 있다는 것은 넘을 국경이 벨기에의 것임을 의미하는 것이었다. 바로 프랑스와 붙을 줄 알았던 장병들은 먼저 벨기에를 친다는 것에 놀랐지만 윗대가리들이 생각 없이 작전을 펼치진 않으리라 생각하고 추가적으로 질문하였다.

"그럼 우리 2군은 어떤 루트를 통해 파리까지 가게 됩니까?"

한스가 보급받은 지도를 펼쳐보며 말했다. 이에 소대장은 지도에 손가락으로 가리키며 말했다.

"정확한 건 기밀이고, 귀족 장교라 해도 아직은 말단인 내가 정확히 아는 건 아니지만 들은 바를 대강 말해주지. 우린 아헨 즈음에서 벨기에 국경을 넘어 뫼즈강을 따라… 벨기에 도시 샤를루아를 거쳐… 프랑스 국경 도시 모뵈주 남쪽 부분으로 들어갈 것이라 하더군. 그리고 르카토를 지나 우아즈강을 거쳐… 프랑스 도시 랑 방면으로 돌파하여 우익의 1군과 좌익의 3군과 힘을 합쳐 그대로 파리 방면으로 향할 것 같다. 파리를 점거하는 데 성공한다면 그대로 회전문처럼 알자스-로트링겐 너머에 있던 적의 주력을 삼켜버리겠지. 이 작전에 들일 총 소요 시간은 대략 5~7주 정도로 파악되고 있다. 여하튼 다들 열심히 싸우라고. 빨리 이기면 전쟁은 조기에 끝날 것이 자명하니까."

소대장은 대강 지도를 통해 전체적인 흐름을 짚어주었다. 정확히는 말해줄 수 없고 자신도 그렇게 알지 못한다고 말했다. 사실 일선 병사들에게 이 정도로 자신이 아는 바를 말해줄 필요는 없었으나 그는 목숨을 걸고 있다는 사실에 연민을 느껴 병사들의 알고 싶어 하는 욕구를 충족시켜주었다.

"여하튼 이것으로 대강 가르칠 것은 다 끝난 거 같군. 자, 다시 쉬어. 벨기에까진 아직 시간이 있으니까."

소대장은 자신의 자리에 앉으며 말했다. 그는 철모를 벗고 머리를 긁어대며 바로 눈을 감았다. 아마 소집 전까지 바쁜 일과를 보냈던 것이 분명하였다. 이에 다들 열차 한편으로 철모와 지급받은 소총을 내려두고 휴식을 청했다. 누군가는 자고 누군가는 함께 싸우게 될 동료와 정보를 교환하였다. 아는 만큼 친해지고 친해진 만큼 신뢰가 가고 신뢰가 가는 상대와 함께 싸울 수 있으니까. 그러한 대화를 통해 한스는 하나를 통찰하였다. 다 제각기 다른 위치의 사람이지만 독일인이라는 것을. 지식인이던 자신과 같은 노동자든 아니면 농부든, 동질감과 유대감을 느끼게 해주는 그 사실이 한스를 이곳을 집처럼 느끼게 해줬다. 한스는 다가올 전투에서 지금처럼 서로 좋게 바라보며 의지하기를 빌며 자신도 잠을 청했다.

'카를라는 뭐 하고 있으려나….'

그는 창밖의 달빛을 보며 그런 생각에 잠겼다. 그리곤 기억 속에 떠오르는 그녀의 싱긋 웃는 얼굴을 떠올리며 포근함을 느낀 채 서서히 잠에 들었다. 언젠간 편지를 쓰고, 언젠간 다시 만나리라는 희망과 함께. 또한 아직까지는 소풍 같다는 생각과 함께 말이다.

*

"빨리 내려라, 어서! 잠에서 깰 시간이다. 이 아가씨들아!"

대략 하루 이틀 뒤. 한스의 부대를 실은 열차가 목표지점에 도착하였다. 장교들은 먼저 열차 밖으로 나와 열차 안의 장병들에게 소리쳤고 이에 한스를 비롯한 병사들이 물자를 챙겨 내리기 시작했다. 한스와 부대원들은 물자 옮기는 것을 잠시 돕다가 모이라는 명령에 따라 열차에서 조금 떨어진 임시로 만들어진 연병장에 집결하였다. 그곳에는 한스의 부대를 이끌 2군 사령관 카를 폰 뷜로우가 있었다. 그는 모인 장병들을 향해 나라를 위해 죽기를 간곡히 청하였다.

"몇 시간 전, 카이저께서 독일 민족에게 고한다는 글을 포고하셨다! 장병들이여! 카이저의 말대로 지금이야말로 게르만 민족을 위해 죽을 때다! 그 옛날 처음으로 외세를 막던 헤르만처럼 그대들도 굳건히 임무를 다해주길 바란다! 도이칠란트 만세! 우린 승리한다!"

전형적이지만 민족애를 건든 사령관의 말에 모인 장병들이 일제히 만세를 외쳤다. 장병들은 자신들의 나라가 그간 승리를 거듭해 왔기에 이번에도 승리할 것이라고 믿어 의심치 않았다. 게다가 이번 전쟁 원인인 오스트리아-세르비아 분쟁에 대해선 그들은 자신들이 정의의 편임을 믿어 의심치 않았다. 오스트리아가 주장하는 합중국 방안에 대해 세르비아가 민족주의에 따라 불쾌해하는 것은 이해해도 엄연히 자국 문제이기 때문에 이에 간섭하는 것은 도리에 맞지 않다고 생각했기 때문이다. 그러한 마음이 독일 장병들의 마음을 정의의 사도라고 생각하게 해주었다.

"싸우자! 정의를 위해! 싸우자! 우리를 믿는 친구를 위해! 싸우자! 유럽 전역에 사는 도이칠란트 민족을 위해!"

"싸우자!"

"싸워 이기자!"

"도이칠란트 만세!"

사령관의 말은 장병들의 사기를 드높이는 데 충분하였다. 열기가 과도해지자 뷜로우 사령관은 흡족해하며 벨기에 국경을 향하여 전진하길 명령하였다. 이에 서서히 독일 제국 군대가 벨기에 국경을 넘기 시작했다. 훗날 세계 대전이라 불릴 그 장대한 이야기가 지금 시작되고 있는 것이다. 국경을 넘는 장병들은 올해 1910년이 자신들의 해가 될 것이라 믿어 의심치 않으며 아무런 양심의 거리낌 없이 타국의 경계선을 넘었다.

"자. 비록 벨기에 군대가 허약하긴 하지만 다들 경계는 늦추지 말도록. 그럼 재빠르게 이동한다."

요한 폰 바이어 소대장은 국경을 넘으며 자신의 소대원들에게 말했다. 그는 벨기에가 쉽게 점령되리라 보았지만 시작부터 실수를 하면 안 된다고 언급하였다. 소대원들은 초콜릿 병사*Schokoladensoldaten*들을 굳이 조심할 필요 없다며 실소를 해댔다. 과도하게 긴장하고 있는 포츠담 출신인 오토 리비히 빼곤 다들 마치 소풍 나온 사람처럼 벨기에 국경을 넘었다. 한스는 과도하게 긴장한 오토 리비히의 어깨를 다잡아주며 말했다.

"너무 긴장하지 마. 우린 무적의 독일군이고 저것들은 후, 불면 날아갈 존재라고."

"그래, 그래. 어제도 봤다만 넌 겁이 많아서 문제야. 그래서 남자라고 할 수 있겠어?"

스벤 크뤼거가 오토의 등을 탁 치며 말했다. 오토 리비히는 주변의 반응에 힘없이 웃으며 알겠다고 답했다. 한스는 어제 부대원들과 교류할 때를 떠올렸다. 다들 건장한 사내였지만 유독 오토 리비히는 겁 많은 소녀 같은 성향의 보유자였다. 입대하기를 꺼릴 만큼. 사회적 시선 때문에 반강제로 입대한 사람에 가까웠다. 한스는 그를 측은하게 바라보며 전쟁 동안 그를 돕자고 생각하였다.

"정말 괜찮아, 오토. 두려울 땐 주변을 바라봐. 너와 같은 바운더리에 속하는 사람들이니까. 언제든 널 도와줄 거야. 그러니 너도 우릴 도와줘."

"그래, 그래. 한스, 잘 말했다. 자, 사기도 올릴 겸 군가 하나 부르면서 진격하자!"

한스의 말에 소대장은 병사들에게 노래를 하나 부를 것을 명령했다. 그것은 제국 통합이 한창 논의될 시절 만들어진 노래로 시적이면서 독일인의 감성을 건드리기 충분한 노래였다. 소대장은 처음 겪을 전쟁에 모두가 하나로 뭉치길 원하며 먼저 운을 떼기 시작했고 소대원들이 부르자 자연스레 옆에 있는 소대가, 모든 중대원이, 모든 대대원이 부르기 시작했다.

O Deutschland hoch in Ehren,

오 명예 드높은 독일이여,

du heiliges Land der Treu,

충성스러운 성스러운 국가여,

Stets leuchte deines Ruhmes Glanz

동쪽과 서쪽에서

in Ost und West aufs neu!

명예의 광휘가 늘 새롭게 빛나라!

Du stehst wie deine Berge fest

그대는 적의 힘과 기만을 향해

gen Feindes Macht und Trug,

그대의 굳건한 산처럼 서 있고

Und wie des Adlers Flug vom Nest

둥지에서 날아가는 독수리처럼

geht deines Geistes Flug.

그대의 넋이 날아가네.

Haltet aus! Haltet aus!

견뎌라! 견뎌라!

Lasset hoch die Banner wehn!

깃발이 펄럭이도록 높이 세워라!

Zeiget ihm, zeigt dem Feind,

그에게 보여주어라, 적에게 보여주어라,

Daß wir treu zusammen stehn,

우리가 충실히 단결한다는 것을,

Daß sich unsre alte Kraft erprobt,

우리가 우리의 옛 힘을 시험해본다는 것을,

Wenn der Schlachtruf uns entgegen tobt!

함성이 우리를 향해 미쳐 날뛴다면!

Haltet aus im Sturmgebraus!

폭풍의 노호 속에서 견뎌라!

Haltet aus im Sturmgebraus!

폭풍의 노호 속에서 견뎌라!

다들 독일을 위한 노래를 부르며 진격해갔다. 사랑하는 가족이 사는 조국을 위해 다들 뭉쳐 싸우자며 사기를 한껏 드높이며 걸었다. 한스는 주변 사람들의 반응에 유대감을 느끼며 앞으로 걷고 또 걸었다. 벨기에도 군대가 있을 것임에도 별다른 저항 없이 수 시간을 걷자 한스는 프랑스까지는 별일이 없거니 하면서 길을 걸어갔다. 아직까진 정말로 소풍 나온 느낌이었다. 하지만 아무리 벨기에가 군대에 관해서는 엉터리라고 해도 사람이 사는 동네인 만큼 서서히 저항의 조짐이 보이길 시작했다. 한스 대대 앞에 먼저 가던 대대가 벨기에군과 부딪혔다는 연락을 받았고 소대장은 이제 진정으로 전장에 도착했으니 긴장의 끈을 놓지 말라고 말했다.

전장, 죽을 수도 있는 환경에 왔다는 사실에 한스는 드디어 확연한 체감의 느낌을 받았다. 그리고 얼마 지나지 않아 한스는 엄청난 굉음을 체험하였다. 전방 부대를 위한 후방 포병들의 지원 사격에 그는 귀가 떨어질 것만 같았다. 포병 부대가 아님에도 말이다. 그는 이제 전장에 왔음을 체감하고 그녀에게 돌아가기 위해 정신을 바짝 차리자고 스스로 다짐했다.

“자, 다들 도시에 진입한다! 미리 짜둔 지침에 따라 진형을 이룬다! 엄폐물이 있으면 적극 활용한다! 돌격!”

한스와 부대원들은 상부의 명령에 따라 벨기에 도시로 진입하였다. 비록 많아 보이진 않지만 이제 확연히 벨기에 보병들이 보이길 시작했다. 요한 리비히 소대장은 먼저 앞장서서 근처에 보이는 엄폐물 뒤에 숨은 뒤 소대원들에게 다가오라고 손짓했다. 주변 소대들도 일사불란하게 움직였으며 소대원들이 다자오자 소대장은 먼저 자신의 눈앞에 있는 적 보병을 조준하고 쏜 뒤 소대원들에게 말했다.

"영광스러운 첫 전투다. 적을 얕보지 말고 최선을 다해라! 리온은 저쪽으로! 스벤과 하르트만은 이쪽으로! 나머지는 나와 함께 중앙부로! 어서 움직여!"

소대장은 소대원들에게 손짓하며 외쳤다. 한스는 소대장 옆에 붙어 포격으로 인해 무너진 건물을 엄폐 삼아 눈앞에 보이는 벨기에 병사들을 향해 총격을 가하기 시작했다.

Bang! 그 수많은 총성이 순식간에 전장을 뒤덮었다. 실제로 마주친 전장의 소음과 빗발에 한스는 순간 정신이 아찔해졌다. 자칫 잘못하면 목숨이 왔다 갔다 하니 이상한 일은 아니었다. 그는 최대한 자신의 생존을 위해 처절히 몸을 움직여갔다. 소대장의 지시에 따라 최대한 빨리 이리저리 움직여갔다. 그는 몸의 모든 힘을 너무 집중한 탓에 빠르게 지쳐갔다. 처음 행하는 자들의 흔한 실수였다. 숨은 가쁘고 몸은 천근 같았다. 소총이 아니라 무거운 돌덩어리를 들며 전진하는 느낌이 들 정도였다. 그러나 몸을 지배하는 마음이 그를 강제로 움직이게 해주었다. 한스는 엄폐물 사이사이로 굴러다니면서 보이는 적들에게 총격을 가했고 그 사격은 예리하지 않았지만 어느 정도 성공적이었다. 처음 전장을 경험하는 한스나 다른 소대원의 실수보다 적의 실수가 좀 더 커져 갔기에 한스는 부대원들과 함께 서서히 적의 종심을 파괴해갔다. 벨기에군은 갑작스러운 침공에 대비가 안 되었고 분전했지만 서서히 패배해갈 수밖에 없었다. 예정된 수순이었다만 그래도 벨기에 병사들은 조국을 위해 최선을 다했다. 그들은 자신의 독립을 보장해준 영국을 믿으며 최대한 지연전을 펼쳐갔다. 예상외의 적의 저항에 소대원들은 학을 떼며 소리쳤다.

"얘네 초콜릿 병사라며!"

"이러다가 프랑스 근처에도 도달하지 못하고 프랑스가 벨기에로 오겠어!"

"다들 허둥대지 마라! 어차피 시간 안에 격파할 수 있는 적이다! 다들 교회 쪽으로!"

게하르트 호프만 병장은 소대원들에게 진정하라고 소리치며 다음 방향을 지시했다. 적의 저항이 거셌긴 하였으나 병력 차이는 아군이 압도적이었기에 해당 방면으로 직진하는 데 성공하면 벨기에 병사들은 고립되어 포기할 수밖에 없었기 때문이었다.

"진격해! 우리가 병력이 훨씬 많다! 주변 소대의 움직임과 합을 맞추며 압박해간다!"

비록 벨기에 병사들은 격렬히 저항했으나 운명은 예정된 수순대로 흘러갔다. 독일군은 압도적인 숫자를 활용하여 교대로 공세를 퍼부어댔고 벨기에 병사들은 지쳐 틈을 보이기 시작했다. 그러한 틈바구니로 독일군은 봇 터진 댐의 물처럼 흘러 들어갔고 이를 막을 순 없었다. 나름대로 저항했고 이에 한스와 소대원들은 허둥댔지만 침착히 앞으로 나가니 적은 서서히 분쇄되어갔다. 빗발치는 독일군의 총알 세례에 비하면 벨기에 방면에서 날아오는 총알들은 독일군의 총알 세례에 파묻혀 안 보일 정도였다. 결국 독일군의 총공세에 벨기에 도시는 함락되었다. 한스와 부대원들은 벨기에 깃발을 내리고 조국의 깃발을 걸어 올리며 첫 승리의 기쁨을 만끽하였다. 그렇게 첫 전투는 간단히 독일군의 승리로 끝났다.

*

"우리 주력 군대가 벨기에를 통과하고 있다고 합니다. 벨기에가 저항하고 있지만 압도적인 화력 차이로 인해 시간을 지체하지 않을 것으로 사료됩니다. 이대로 간다면 순조롭게 프랑스 국경에 도달할 것입니다. 다만 조만간 영국이 선전포고해올 것이 자명합니다. 그들이 독립을 보장한 곳을 건드렸으니까요. 그래도 다행인 것은 프랑스군이 우리 전략에 대해 오판한 듯합니다. 알자스-로트링겐에서 격전이 벌어지고 있습니다. 이 틈을 타 재빠르게 우익의 전력을 회전시킨다면 승산이 있을 것이라 판단됩니다."

"그렇군…. 다만 영국의 참전은 개인적으로 막고 싶었다만 프랑스를 조기에 누르기 위해서라면 어쩔 수 없었지…. 그렇다면 동부전선 상황은 어떠한가?"

"힌덴부르크 경이 일개 군으로 막고 있습니다."

동 시간 베를린 총참모부의 지휘소는 눈 뜨고 코 베이는 것도 모를 정도로 바쁘게 움직이고 있었다. 그곳에서 총지휘하고 있는 에리히 폰 팔켄하인은 바쁜 와중에도 자신의 카이저에게 대략적인 전황을 설명하고 있었다. 콧수염으로 유명한 외팔이 카이저 빌헬름 2세는 주변 장병들에게 자신의 한쪽 팔을 최대한 숨기곤 전황이 그려진 지도를 바라보며 말했다.

"서부 전선은 아직까진 안심이군. 역시 기존 계획대로 서부 전선에 거의 전 병력을 부은 것이 올바른 선택이었어. 다만 동부 전선이 걱정이군. 팔켄하인 경. 정말로 동부 전선에는 추가 병력을 보내지 않아도 되는 것인가? 동프로이센을 상실할까 봐 걱정이군."

"나의 카이저시여. 이미 슐리펜 계획이 작동한 이상 물러나면 안 됩니다. 게다가 동부 전선을 돕겠다고 서부에서 군사를 뺄 수도 있겠지만 지금 상황에선 동부에 가는데 적어도 보름은 걸리지 않겠습니까? 그럼 도착했을 때는 이미 동부전선의 전투가 끝났을 것입니다. 지금 힌덴부르크 경과 그의 참모장 루덴도르프 경이 러시아 군대와 대치하고 있다고 합니다. 지금은 그들을 믿어야 합니다. 설령 동부 프로이센을 상실한다고 해도 서부 전선의 승리를 위해서는 과감히 포기하셔야 합니다. 굳이 원군이 필요하다면 오스트리아에 청하시지요."

"흠…. 그럼 일단 오스트리아의 회첸도르프 백작에게 한 번 연락을 해봐야겠군. 세르비아를 제압하는 데 10만이면 충분할 것이니…. 나머지 병력은 러시아와 부딪히고 있는 동부 전선에 재빠르게 투입해 달라고 한번 연락 넣어 주게. 아, 이 업무는 몰트케 경이 해주겠나?"

카이저 빌헬름 2세는 옆에 서 있던 전 참모총장 몰트케에게 말했다. 그는 이번 개전에 적극적이지 않아서 총참모장에서 내려왔지만 여전히 중용되고 있었다. 외팔이 황제의 나름의 배려였다. 그는 동부전선의 위협에 대해 걱정하고 있었기에 전쟁이 결정된 시점부터는 오스트리아 군대의 역할에 대해 재고하였고 그들을 무장시키는 것이 주 업무였다. 이번 전쟁에서 협상국과 달리 동맹국은 전쟁을 할 것이라고 마음먹고 발발시킨 것인지라 적들에 비해 준비 상태가 좋은 편이었다. 국민들에겐 갑자기 터진 전쟁이었으나 그들에게는 계획된 전쟁이었다. 몰트케는 바로 알겠다고 답하며 오스트리아에 연락을 보내기 위해 밖으로 나갔다.

"다행히도 현재로선 이탈리아가 중립을 지켜주고 있으니 오스트리아는 거의 전 병력을 러시아에 투입해도 무방할 것입니다. 동부전선은 한 번 힌덴부르크와 루덴도르프 두 사람에게 맡겨 보도록 하지요."

"이탈리아는 비밀리에 맺은 조약도 있으니 우리가 파리만 점령한다면 우리 편을 들 것 같은데…. 다른 유럽 국가들은 어떠한가. 우리 편을 추가적으로 들 만한 나라는 없겠는가?"

카이저의 말에 저번 모로코 사태 이후 수상이 된 테오발트 폰 베트만홀베크 수상이 답하였다. 그의 대답에 의하면 오스만 제국이 독일의 편으로 참가할 가능성이 있다고 말했다. 다만 오스만의 대표적인 친독파인 이스마일 엔베르 파샤 국방장관은 아직 자신만의 세력이 약하여 언제 참가할지는 미지수라고 말하였다.

"이런. 러시아로부터 빼앗긴 오스만 영토를 회복하게 해줄 테니 어서 참가를 재촉하게! 이번 전쟁이 영국, 프랑스, 러시아, 이 3국을 꺾을 유일한 찬스라고 말이야!"

외팔이 카이저는 자신의 수상에게 그렇게 말한 뒤 지도를 쳐다보았다. 현재 협상국엔 영국과 프랑스, 러시아, 벨기에, 룩셈부르크, 세르비아, 몬테네그로가 참가하였으며 동맹국엔 독일 제국과 오스트리아-헝가리 이중제국이 참가하고 있었다. 다만 영국의 동맹인 일본이 참전할 것이 확실시되고 있고 영국 함대가 독일 해안을 봉쇄할 기미가 있어서 카이저 빌헬름 2세는 불안해하였다. 그는 보불전쟁 당시 프랑스 함대에 자국이 봉쇄당할 뻔해 심각한 물자 부족 현상을 당할 뻔했던 사태를 기억하며 베트만홀베크 수상에게 말했다.

"만일 우리 해안로가 봉쇄당하리라 가정하고 우리 식량 비축분이 얼마나 버티겠소?"

"대비해왔으니 1년은 안정적으로 버틸 수 있을 것입니다. 그러나 2년부터는 아끼기 시작해야 할 것이고 3년 차에 들면 식량이 부족해질 것입니다. 4년 차가 되면 아사자가 속출하겠지요. 따라서 서부 전선의 승리에 기대를 걸어야 합니다."

"그런가. 하지만 이를 위해 해군 증강을 해왔지. 킬 항구에 나가있는 제독들이 활약해주길 바라야겠군."

그는 북부 항구에 집결되어있는 독일 제국 해군들의 상황을 바라보며 말했다. 다만 전쟁을 마음먹고 여러 가지를 준비하여 시작했기에 상황 자체는 나쁘지 않았다. 유일한 흠은 식민지만큼은 완벽히 유린당할 수밖에 없는 상황이라는 것이었다. 아마 조만간 일본이 칭다오를 건들 것이 분명했다. 그래도 카이저는 상황을 좋게 바라보고 있었다. 4년 전 그날 복수를 다짐한 뒤 대비란 대비는 모조리 하였다. 협상국이라고 전쟁 대비를 안 한 것이 아니었으나 그들은 혹시라도 모른다는 마인드로 대비한 것과 달리 이쪽은 무조건 일어난다고 하고 대비한 것에 차이점이 있었다. 고로 동맹국의 초반 기세는 확연이 좋았다. 게다가 공세 지향적안 작전은 변경되지 않아 벨기에는 추풍낙엽처럼 쓰러져 가고 있었다. 슐리펜이 정했던 기존 작전대로 대규모 병력이 벨기에를 통과하고 있었고 아직까진 정해진 날짜에 맞춰 이동하고 있었다. 이만한 공세 탄력에 벨기에의 저항은 무의미할 정도였다.

이제 남은 것은 프랑스와의 전투였다. 파리! 파리만 점령 한다면 카이저의 욕심은 현실이 될 것이 자명했다. 고로 그는 숨죽여 가며 전황이 그려진 지도를 쳐다보았다.

독일에 축복이 있길 빌면서.

*

한스의 2군은 이제 프랑스 진입을 코앞에 두고 있었다. 벨기에 군대가 예상외로 저항하긴 했지만 압도적인 병력 차이로 인해 별다른 시간을 지연전을 펼치는 데 실패하였다. 일부 부대는 벨기에 군대의 갑작스러운 기습에 놀라 당황하여 밤을 지새우며 경계 작전을 펼치긴 했다지만 전체적인 일정을 방해할 정도는 아니었다. 독일군은 자신들을 놀라게 한 벨기에에 보복하고 싶었지만 일단 뒤로 미루고 프랑스로 향하였다. 허나 진정한 문제는 벨기에의 저항이나 프랑스의 구원 군이 아닌 공간이었다. 정확히 말하면 병력을 수송할 공간 말이다. 벨기에가 작은 나라라고 해도 병력이 전부 들어갈 수 없는 땅은 아니었으나 대규모 병력을 신속히 수송할 수단이 적었다. 벨기에 영토는 그만한 병력을 감당할 만한 여력이 없었다. 게다가 대규모 병력이 지나갈 도로마저 부족하여 일선 병력들은 꾸역꾸역 자신들로 인해 좁아지는 길을 밀고 들어갈 수밖에 없었다. 억지로 구멍에 맞지 않은 크기의 물건을 집어넣으려고 하는 꼴이었다. 이런 상황에서 벨기에군이 후퇴하며 최대한 철도까지 부수려드니 수천 대의 차량과 200만 마리에 가까운 말들을 미리 준비해둔 독일군이라도 입장이 곤란할 정도였다.

결국 이에 대한 해답은 단 하나뿐이었다. 보병들은 그냥 걸어라! 제국을 위해 참고 걷는 것을 반복하라는 것이었다. 나머지 수단은 오로지 보급과 포병과 같은 주요 병과의 이송에만 신경 쓰겠다는 판단이었다. 그런 상황에서 보병들은 제시간에 맞춰 수백 킬로미터의 강행군을 실시하라고 명령을 내리니 다들 지칠 수밖에 없었다.

"아이고, 이러다가 파리 가기 전에 다리 부러져 죽겠네."

"그런 말 하지 마! 나도 다리 아파지잖아!"

그래도 아직까지 독일군은 큰 이상 없이 일정을 맞춰가고 있었다. 진이 빠져가긴 했어도 너무 많은 병력 덕분에 적의 저항을 간단히 부술 수 있어서 큰 방해를 받지 않고 달리는 것에 몰두할 수 있었다. 예를 들어 리에주도 압도적인 수를 활용하여 총공세를 통해 큰 무리 없이 시간 낭비 하지 않고 점령하는 데 성공하였다. 물론 역으로 그 많은 병력 덕에 달리기 불편하긴 했지만. 그래도 아직까진 보급이 비명을 지르진 않았다. 그리고 전쟁 초엽인 만큼 뜨거운 전쟁의 열기, 드높은 사기와 함께 진격하고 있기에 군화가 해져가도 병사들은 불만 없이 걸어가고 있었다. 단기간에 이겨 살아 돌아간다면 그들은 살아있는 영웅으로 대접받으리라. 또한 희망적인 것은 독일군의 임무형 지휘 체계가 잘 작동하고 있다는 것이었다. 이리저리 문제가 터져 나오기도 하였지만 일선 장교들이 눈앞에 보이는 상황에 맞게 바로바로 움직였기에 아직까진 큰 이상 없이 전진하는 데 성공할 수 있었다.

"아, 그래도 이제 프랑스군. 제군들 조금만 힘내게. 이제 프랑스니까 조만간 편해질 거야."

요한 폰 바이어 중위는 소대원들을 격려하며 말했다. 그의 생각엔 아직까지도 프랑스 군대가 거의 보이지 않는 것을 보면 아마 알자스-로트링겐에서 양국군이 부딪히고 있는 것이 분명했다. 하책 중의 하책을 프랑스 스스로가 고른 꼴이었다. 그는 자신의 이러한 추측을 말하며 한동안은 좋아질 것이니 긴장을 유지하되 너무 걱정하지 말라고 소대원들을 격려했다.

"아무리 그래도 너무 힘듭니다. 빌어먹을 파리를 점령한다면 거기서 좀 자야겠어요."

"프랑스 여자와 함께 말이지!"

"그거 좋지!"

"하하!"

"하여간 색마 그 자체군!"

리온 슐츠의 말에 한스도 포함하여 다들 크게 웃어댔다. 그리 올바른 이야기는 아니었지만 지금은 지친 마음을 잠시라도 잊을 무언가가 필요했다. 그렇기에 시답지도 않은 농담 따먹기나 하며 병사들은 걷고 또 걸었다. 그래도 그나마 다행인 것은 아직까지 협상국의 지휘부가 독일군 주력을 오해하고 있다는 것이었다. 그들은 여전히 독일군 주력이 좌익이라고 생각했고 프랑스 제 17계획에 따라 알자스-로트링겐에 공세를 퍼붓고 있었다. 그 덕에 갓 프랑스 국경을 넘는 데 성공하여 프랑스에 진입하였으나 아직까진 프랑스 군대의 강한 저항을 받지 않았다. 곧 프랑스도 눈치를 채 병력을 독일군 우익으로 돌리겠지만 그때까지는 나름 편안한 시간이 예약된 셈이었다. 소대장은 이런 상황을 간단히 언급하며 편할 때 최대한 진격해야 한다고 다독이며 걷고 또 걸어갔다.

"파리를 점령하면 크나큰 보상이 있을 것임은 자명한 일. 다들 힘들지만 행군을 이어가자고, 제군들. 이럴 때 그리운 가족을 떠올리는 것도 괜찮지. 나도 베를린에 있을 곧 태어날 아이를 생각하면 힘이 난다네."

요한 폰 바이어 중위는 품속에서 가족사진을 꺼내며 말했다. 이에 한스도 카를라와 예전에 같이 찍은 사진을 꺼내보았다. 지금쯤 그녀는 무엇을 하고 있을까. 그녀의 성격상 아마 한스의 생존을 빌고 있을 것이다. 그녀에게 돌아갈 생각을 하니 그는 이상하리만큼 힘이 났다. 그런 마음에 한스는 한동안 그녀가 찍힌 사진을 보며 걸어갔다.

"아, 이분이 그 여자 친구?"

"아직은 아니라니까. 아직까진 그냥 소꿉친구야."

옆에 같이 걷고 있던 바이에른 출신 하르트만이 한스를 보며 말했다. 한스는 부끄러워하며 아직 그런 사이는 아니라고 말했다. 사실이긴 했다. 사귀려고 하던 차에 전쟁터에 끌려왔으니 말이다. 한스는 전쟁 직전에 있던 일을 떠올리며 그녀와의 이야기를 끝맺고 오지 못해 아쉬웠다고 말하였다.

"하르트만은 아쉬운 점 없어? 공부하다 왔다고 들었는데."

"베를린에서 학생으로서 지냈던 세월이 그립지 않다면 거짓말이겠지."

"무슨 공부 했는데?"

"내가 주로 전공한 건 사회학이었어. 여기 오기 전엔 요즘 유행하는 것에 대해 연구하고 있었지."

"요즘 유행하는 거?"

"마르크스에 대해서 말이야. 아, 오해는 하지 말고 난 사회주의자가 아니야. 흥미로운 연구대상이었지. 어째서 사람들이 그런 사상에 동조하는지가 내 졸업 논문의 골자였어. 전쟁이 터져서 결국 완성하지 못하고 왔지만. 아 참, 넌 노동자라고 했지? 사회주의에 관심 없었어?"

"아, 난 딱히 그런 건 관심 없었어."

하르트만은 자신이 베를린에서 공부했던 것들을 말했다. 한스는 하르트만이 말하는 것이 사람들이 부정적으로 말하던 것들이라 놀랐지만 학도로서의 접근이란 사실을 알자 흥미로움을 느끼곤 시간이나 때울 겸 이것저것 묻기 시작했다. 사회의 엘리트로 보이는 그가 일반 장병으로 입대한 사실도 놀라 묻기도 하였다. 대강 들어보니 아쉽게도 그는 귀족이거나 부유한 집의 자제가 아니었다. 계속 공부를 하기 위한 조건으로 전후 학비 마련을 위해 정부에서 요구하는 입대를 받아들인 것으로 보였다. 하르트만으로서는 인간 군상을 파악하기 위해 전쟁 경험이 있는 것도 나쁘지 않을 것 같다고 생각되어 입대하게 되었다고 했다. 목숨이 걸린 일이니 너무 안일하다고 느껴질 수도 있지만 낭만주의가 만연한 시대였던지라 다들 인생의 경험에 수긍하였다.

"그럼 네가 보기엔 우리 사회는 다른 나라에 비해 어떤 거 같아?"

"간단히 말하긴 곤란한데. 장단점이 명확해서."

"그래?"

"어. 혁신성과 경직성을 동시에 가지고 있는 덕에 상황마다 다르다고 해야 할 거 같아. 중간에 끼어 있는 데다가 자원이 부족한 나라답게 새로운 문물에 관심이 많아 새것을 잘 흡수하는 진취성이 뛰어나지. 그런데 의외로 고집도 세서 어쩔 땐 독선적인 면모를 보일 때도 있지."

그러면서 하르트만은 독일인 특유의 연대의식과 집단체제를 언급했다. 대왕 시절부터 이어져 온 특유의 집단 협의체제, 위기에 연대하여 어려움을 잘 극복하지만 동시에 집단에 예속되어 등잔 밑을 못 보는 면이 독일에 공존하고 있었다. 그래도 하르트만은 긍정적인 면모를 더 잘 보이고 있다고 생각하여 자국 사회를 긍정적으로 평가했다. 나폴레옹 시대 이후로 내려온 특유의 혁신성이 20세기 초반의 경제적 성장을 이끌고 있었기 때문이었다. 허나 단점도 있다고 생각되어 자국이 더 성장하길 바라는 마음에 하르트만은 파리 방면을 쳐다보며 말했다.

"프랑스나 우리나 결국 같은 사람이니 언젠가는 서로 좋게 지냈으면 좋겠어. 그러면서 교류하고 프랑스의 좋은 점을 배워 우리의 부족한 문화적인 부분을 채운다면 우린 더 멋진 나라가 되겠지."

"일단은 프랑스하고 전쟁 중인데 그러면 소대장님이 듣고 경치는 거 아니야?"

"물론 나도 독일 사람이니 우리 입장만 생각하고 싶지만 미래지향적으로 생각하면… 그래도 우리가 더 뛰어난 것은 확실하지. 난 우리가 승리할 것이라고 믿고 있어. 우리의 강점인 혁신성은 오묘하게도 귀족 나리들에게서 나오고 있으니까. 귀족이면서도 타국 귀족들과 달리 크게 부유하지 않은 동부 융커 나리들에겐 출셋길은 한정되어 있어. 그래서 다들 군인이나 관료가 되어 새로운 방안을 내는 데 집중하지. 성공을 위해 노력해야 하는 환경이 갖추어져 있는 덕에 우린 혁신성을 유지하고 있으니 우리가 이길 거라 나는 믿고 있어."

하르트만은 자국 동부 사회상에 대해 이리저리 언급하며 말했다. 산업화가 잘되어 있는 라인란트 지방이나 실레지아 지방과 달리 여전히 농업이나 경공업 위주의 동부 지방은 상대적으로 가난했다. 그래서 융커들은 장교로 임관하는 것을 선호하였다. 독일에서 군부는 가장 큰 힘을 지닌 곳이니 말이다. 이런 이야기를 은근슬쩍 엿듣고 있던 소대장은 하르트만에게 다가가 말을 걸었다.

"암, 좋은 자세야. 하르트만 이등병. 우리가 당연히 이길 걸세. 그런 믿음을 합리적으로 꾸고 있는 걸 보니, 자네 유식한 친구로구먼. 전쟁이 끝나면 한번 자네가 공부하는 대학교에 찾아가 보고 싶을 정도야. 훔볼트에 다닌다고 했었나?"

"예, 소대장님."

"아주 유서 깊은 곳에서 배우다니 부럽군."

"맞아요. 하르트만은 참 똑똑한 거 같아 부러워요. 전 보통 교육 받고 바로 마이스터 제도 거친 다음에 일하고 있었는데 갑자기 대학 가고 싶네요."

"한스, 우리가 승리하면 카이저께서 고작 그런 거 하나 안 들어주실까? 다 같이 베를린에 돌아가면 내가 직접 추천서 써 줌세. 그깟 대학 원한다면 내가 무조건 들어가게 해주지. 나름 나도 귀족이야."

소대장은 한스의 머리를 쓰다듬어주며 웃었다. 다만 국운이 걸린 전쟁인 만큼 학생들까지 징집된 현 상황이 소대장은 약간 불안하긴 했으나 역으로 나라를 위해 모든 걸 걸 때라고 그는 언급했다. 그는 반드시 열심히 싸워 파리를 함락하고 조국에 위대한 승리를 선사함과 동시에 그 혜택을 받아내자고 말했다.

이에 다들 웃으며 전후하고 싶은 것들, 얻고 싶은 것들을 떠들어댔다. 한스는 그들의 이야기를 듣고 그 평범함에 마음이 녹아들며 웃었다. 그들은 그렇게 대단한 것을 원하지 않았다. 그저 가족과 함께 살며 같이 먹을 빵을 원할 뿐. 병사들은 그런 이야기를 하면서 버텼다. 걷고 또 걷는 매우 힘든 상황 속에서도 초인적인 힘을 낼 수 있는 것은 집에 있는 가족 때문이리라. 그렇게 그들은 파리를 향해 걷고 또 걸었다.

그래도 다행인 것은 파리까지의 여행은 적의 늦은 판단으로 어느 정도 순탄했다는 것이다. 프랑스 지휘부는 벨기에를 침략당했다는 소식을 듣고도 여전히 주력이 로트링겐 방면이라고 생각했다. 그래서 러시아의 동부 공세에 호응하기 위해 해당 방면으로 공세를 가하였고 이에 대응한 독일 제6군 사령관 루프레히트는 적을 모르주 방면까지 끌어당긴 다음 역으로 공세를 가하였다. 그와 비슷한 시점에 프랑스군은 빌헬름 왕세자가 이끄는 5군과 비슷하게 같은 루트를 타고 있던 독일군 4군을 노리기 위해 아르덴 방면으로도 공세를 가하였다. 이 두 가지 전투에서 독일군은 승리를 거머쥐었다. 로트링겐 방면으로는 적을 25마일 안까지 끌어당긴 덕에 독일군이 싸우기 유리했고 아르덴 방면은 지나가기 애매한 구역이기도 하거니와 프랑스군의 예상과 다르게 독일군의 측면은 허술하지 않고 4군과 5군이 분리되지 않게 붙어 다니고 있었기 때문이었다.

이러한 덕택에 한스가 포함된 2군과 독일군 우익들은 한동안 순탄하게 파리 방면으로 달려갈 수 있었다. 그렇다고 쉴 수 있는 시간은 아니었지만 더한 체력 소모는 피할 수가 있었다. 하지만 프랑스도 바보가 아닌 이상 슬슬 우익이 주력임을 눈치챌 수밖에 없었다. 다급히 북쪽 방면으로 군대를 돌리기 시작했다. 늦은 대응이기는 했다. 다만 자신의 전략적 성공을 위해 해당 전쟁과는 연관 없는 제3국을 치겠다는 발상은 독일만이 할 수 있는 것이기에 프랑스 지휘부의 판단은 아주 늦은 대응까지는 아니었다. 정상적인 나라라면 적국과 붙어있는 곳에서 한판 붙지, 적국이 제3국을 손쉽게 치리라고는 생각하기 힘드니 말이다. 여하튼 프랑스, 영국 연합군은 다급히 벨기에 방면으로 군을 돌렸으며 독일은 그들이 오기 전에 최대한 파리로 향해 멈추지 않고 달렸다. 이러한 달리기 시합 끝에 파리까지 가는 길 사이에서 드디어 양국 주력군이 마주쳤다. 한스가 속한 2군은 상브르강에서 적과 마주쳤고 한동안 대치 상태에 빠졌다.

"이런 파리에 가기도 전에 주력군이 도달하다니. 우리 완전 망한 거 아니야??"

한스와 부대원들은 재빠르게 군을 재배치한 프랑스군에 놀라며 말했다. 강을 건너려다가 시간을 전부 날릴 것만 같았다. 하지만 다행히도 독일군 정찰대의 활약 덕에 이야기가 순조롭게 흘러갔다. 몇 차례 전투가 있었긴 했지만 방비가 제대로 되어있지 않은 교량을 발견하곤 19사단이 이를 독단적으로 넘었으며 다른 부대도 뒤따라 강을 건너기 시작했다. 게다가 프랑스 5군 입장에서는 먼저 도착한 자신들만으론 8개가 넘는 교량을 전부 지키기 힘들었고 독일군 2군은 이를 잘 이용했다. 강을 건너자 주요 포인트를 점거하기 위한 전투가 벌여졌다. 소대장 요한 폰 바이어는 소대원들에게 상브르 강의 거대한 만곡부를 가리키며 말했다.

"자, 저기만 점령하면 적은 알아서 물러날 거야! 모두 진격하자! 도이칠란트를 위하여!"

소대장은 주변의 다른 부대와 발을 맞추며 서서히 점령해야 할 지점을 향해 걸어갔다. 한스는 아픈 다리를 붙잡고 용감히 앞으로 전진했다. 총알이 빗발치는데도 용감하게 엄폐물들을 최대한 이용하여 전진하였다. 이는 다른 소대원들도 마찬가지였다. 아직 다들 에너지가 충분한지 소대장의 지시에 따라 차근차근 움직였다. 다만 오토 리비히 소대원은 양측의 엄청난 포격과 사격에 놀라 제대로 몸을 움직이지 못하자 다급히 한스가 그의 곁으로 가 말했다.

"뭐 해! 어서 가야 해!"

"아, 알았어."

오토 리비히는 약간 떨리는 어조로 말했다. 한스는 그가 이해가 안 되는 것도 아니었다. 용감히 행동에도 사람의 오장육부를 구경할 수 있는 공간이 유쾌한 것은 아니었으니 말이다. 확실히 오토 리비히는 전장의 흐름을 따라가기 힘들어해하였다. 스스로 밝혔듯 그는 겁 많은 사내였다. 시대가 요구하는 남자상에 어울리지 않는 사람이었다. 한스는 그런 그가 나약해 보이기도 했지만 동시에 이해가 갔다. 이런 건 자신도 원치 않았으니까. 그래서 그는 일단 자신의 뒤만 믿고 따라오라고 상냥하게 설득했다. 오토는 알겠다고 응했고 둘은 천천히 소대에 합류해 전진해갔다. 한스는 부대의 승리와 개인적 약속을 동시에 지키기 위해 두 눈 부릅뜨고 보이는 적을 재빨리 포착하여 머리를 날려버렸다. 한스의 과격한 행동에 소대장이 다가와 말했다.

"한스! 너무 적의 눈에 띈다! 오토는 나에게 맡기고 포지션을 유지해!"

"알겠습니다!"

"오토!"

"예, 옛."

"넌 지금 도이칠란트의 아들로 여기 있는 거다. 이해해주고 싶고, 사회였다면 그랬겠지만 여긴 어쩔 수 없어! 네 머리가 날아가고 싶지 않으면 저놈들 머리를 네가 날려야 해! 그러니 총을 들어, 이등병!"

소대장은 오토에게 호통치며 말했다. 오토는 이에 땀을 삐질 거리며 총을 들고 적에게 조준했다. 두려워 초점이 제대로 안 잡혔지만 소대장은 그를 아주 압박하진 않았다. 일단 소대장은 그가 위치만 잡아주길 빌었고 그사이 다른 부대와 함께 서서히 목표점으로 진격했다. 다들 은근히 상냥한 사람들로 이루어진 소대답게 오토를 나무라는 사람은 없었다. 자신들이 보기에도 전쟁은 장난이 아니었고 눈앞에 펼쳐진 광경에 자신들도 도망치고 싶었기 때문이었다. 그저 고향 사람들을 생각하며 이를 악물고 버티는 것에 불과했다. 팔다리가 잘려 나가고 뇌수가 흐르는 광경을 쉽게 볼 수 있는 진정한 호러 파크에 건장한 사내라도 겁을 낼 수밖에 없었다. 아마 사회에서 오토를 만났으면 다들 남자답지 못하다고 할 것이고 여전히 그런 생각을 가지고 있긴 하나 눈앞의 광경에 자신들도 공감이 가기에 그를 나무랄 순 없었다. 그저 빨리 적응해주길 바라며 같이 앞으로 진격하고 또 진격했다. 그리고 다행히 독일군의 총공세에 얼마 지나지 않아 목표점은 독일 2군의 손에 떨어졌다. 방비가 허술한 틈을 잘 찌른 결과물이었다. 얼마 지나지 않아 프랑스 5군은 해당 만곡부를 되찾기 위해 반격했지만 얼마 안 가 패퇴하고 후퇴하였다. 5군의 후퇴에 몽스에 위치해있던 프랑스군도 후퇴하니 독일군에게 파리로 가는 길이 열린 순간이었다.

"좋았어, 우리가 이겼다!"

장병들은 전초전에 기뻐 소리쳤고 한스도 마찬가지로 기뻐 만세를 외쳤다. 그녀에게 돌아갈 길이 더더욱 빨라진다는 소리였으니 말이다. 오토만 유일하게 기가 죽은 상태였지만 부대원들은 그를 다독이며 같이 만세를 외쳤다. 비록 바로 파리와 마른강을 향해 전진해야 한다는 소식에 쉬질 못해 한숨을 쉬었지만 그래도 다들 기분이 상쾌했다. 아직까지 순탄하니 이대로라면 빨리 집에 돌아가겠다는 희망 때문이었다. 적어도 파리만 점령하는 데 성공한다면 그곳에서 쉴 수 있으리라 생각되었다.

"가자, 파리로! 가자, 집으로!"

다들 힘들지 않은 것은 아니었다. 특히 일선 보병들은 제국의 작전을 위해 희생할 것을 요구당해 더러워진 피복도 제대로 교체 받지 못할 정도였다. 한스는 피가 잔뜩 묻은 옷에 기분 나쁜 찐득거림을 느끼곤 벗어 던지고 싶을 정도였다. 하지만 아직까지는 위에서 말한 대로 흘러가고 있기 때문에 다들 희망찬 상태였다. 조만간 파리를 점령하고 집으로 갈 수 있으리라는 희망이 그들의 마음을 지배하였고 그 마음이 몸을 지배해주었다.

'카를라에게 더 가까워지고 있어. 힘들어도 전쟁 영웅으로 돌아가는 거야. 멋지게! 그럼 그녀도 좀 더 날 남자로 보겠지?'

한스는 아직까진 희망찬 마음으로 다시 들리는 전진 소리에 발맞춰 걸어갔다.

*

"좋아, 좋아! 아주 좋아! 계획대로 가고 있구먼!"

"예. 이제 파리 앞까지는 쉽게 갈 수 있습니다. 그곳에서 부딪힐 적의 주력을 밀어내서 알자스-로트링겐 방면에 있는 적 주력을 포위하면 우리의 승리입니다."

독일군이 프랑스를 향해 진격한 지 35일째 되는 날, 총지휘부가 설치된 룩셈부르크에서 외팔이 카이저는 상황을 듣곤 기뻐 날뛰고 있었다. 체통이고 뭐고 상관없이 어린아이처럼 지도에 표시되어 있는 자국군대의 소식에 승리가 임박했다고 믿고 즐거움의 소리를 뿜어댔다. 군사내각총장 모리츠 린커와 총참모장 팔켄하인은 전황지도를 꼼꼼히 살펴보며 진격 중인 부대들에게 전할 명령에 대해 고민하고 있었다.

"프랑스와 영국 원정군은 대략 36개 사단. 우리는 대략 45개의 사단이 배치되어 파리를 향하는 서부 전선에 배치되어 있는데. 앞으로 어떻게 나가면 좋겠소, 팔켄하인 경."

"파리의 요새는 아주 단단합니다. 리에주도 단단했지만 돌파했으니 이곳도 그러하리라는 상상은 하시면 곤란할 정도지요. 그래도 기존 계획대로 전개하여 병력이 좀 더 우위에 있으니 일단 1군은 파리를 포위하고 2군이 프랑스 6군과 영국의 원정군을 상대할 때, 3군과 4군이 파리 좌안 방면으로 재빠르게 돌파를 시도하여 알자스 로트링겐의 병력을 포위하는 게 좋을 거 같습니다. 적 주력만 격파하면 파리는 물자를 차단하여 서서히 차지하면 됩니다."

팔켄하인 총참모장은 전황 지도 위에 올려져 있는 부대 표시 깃발을 파리를 향해 옮기며 말했다. 지도에 따르면 1, 2군은 파리 근방까지 도달하였으며 5, 6군은 로트링겐 방면에서 적 주력을 마크하고 있었고 그사이 지역은 3, 4군이 벨기에와 룩셈부르크의 아르덴 지방을 돌아 도달하여 적과 배치하고 있었다. 팔켄하인 총참모장은 3, 4군이 돌파해야 할 상대인 프랑스 9군 지휘관 페르디낭 장 마리 포슈가 까다로운 인물로 분석되었기에 이리저리 부대의 진격로를 바꿔보며 고민에 빠졌다. 비록 독일군이 아직 우위이긴 하나 프랑스는 약한 적이 아니었다. 일례로 로트링겐 공세 방어에 성공하여 기세 좋게 역 공세를 해보았지만 크게 피를 본 바가 있었다. 프랑스는 약한 상대가 아니었다. 파리나 서서히 파리를 향해 달려오는 적 주력 둘 중 하나라도 놓친다면 장기전이 될 공산이 컸다.

동부 전선도 걱정이었다. 루덴도르프 참모장은 호기롭게 절대 원군을 파병하지 않아도 된다고 주장했지만 병력 차이는 30만과 10만으로 절대적 열세였다. 팔켄하인은 병력을 일부 동부 전선을 빼낼지 진지하게 고민하고 있었다. 하지만 그리될 경우 온갖 부작용 속에서도 이루기 위해 노력한 강력한 우익을 포기하게 될 수밖에 없었다. 그나마 다행인 것은 이른 전쟁으로 인하여 예측대로 러시아군의 상태가 아주 개판 5분 전이었다는 것이다. 부담스러운 강력한 적인 프랑스와는 달리 동원 속도도 느리고 훈련 상태, 장비 상태도 좋지 않았고 그 덕에 몇 년만 늦게 개전했다면 적어도 40만은 모았을 러시아의 병력이 제때 모이지 않고 있었다.

"일단…. 그대로 동부는 8군 사령관 힌덴부르크 경을 믿기로 하죠. 애초에 지금 보내봤자 제시간에 도착하기 힘듭니다.”

카이저와 귀족들은 자신들의 기반이 뺏길까 두려워하였다. 그렇기에 계속 동부로 병력을 급파해주길 애처럼 끈임 없이 요청하였다. 그러나 참모들의 끈질긴 설득에 동부를 내주며 자신들이 원하는 곳에서 싸우겠다는 슐리펜 계획의 정신은 유지되었다. 일단 오스트리아군이 원군을 보내준다고 하니 그때까지만 버텨주기를 빌었다. 다만 그들이 제시간에 당도하긴 힘들었다. 팔켄하인은 과연 8군이 버틸지 조금 의문이었다. 그러나 루덴도르프는 동부 전선으로 차출되기 전 서부 전선에 먼저 투입되어 리에주 공방전을 지휘한 공이 있기에 믿어볼 만했다고 그는 생각했다.

‘그래, 어차피 주사위는 던져졌다. 내가 몰트케를 대신해 총참모장이 된 이상 그와는 다른 전략을 구상할 수밖에 없어. 그렇다면 이대로 멈추지 않고 직진이다.’

팔켄하인은 동부 전선은 그대로 내버려두는 것으로 결정지었다. 도박이었으나 양면전선이 개시된 이상 도박을 할 수밖에 없었다. 그래도 다행인 것은 서부 전선은 빠른 선택과 행동으로 병력 우위에 성공하여 허겁지겁 군을 돌린 적들에 비해 병력이 상당히 촘촘하게 포진하고 있다는 것이었다. 이 병력 우위를 이용하여 적의 측면을 노리거나 빈틈으로 들어갈 수 있었다. 그렇기에 그는 전장에 나가 있는 지휘관들을 통해 임무형 지휘 체계가 잘 작동하길 빌었다. 자국에 행운이 있기를 빌면서.

*

“그러니까 이 눈앞의 놈들 다 패면 게임 끝이다 이거지?”

“그렇지. 그런데 저놈들도 엄청 많네. 지금까지 과정은 애교였나 봐.”

파리 우안의 마른강 근방, 그곳에 배치된 독일 제2군은 프랑스 5, 6군, 영국 대륙 원정군과 대치하고 있었다. 한스와 부대원들은 눈앞에 펼쳐진 적군들을 관찰하며 지금까지와는 다른 전투가 임박했음을 느끼고 있었다. 자국 군대의 숫자보다는 그래도 적었지만 유럽 유사 이래 수십만이 한 장소에 밀집되어 있는 것은 매우 드문 일이었다. 그야말로 대전투라 할 수 있는 순간이 임박하자 모든 부대원들은 긴장에 몸을 떨 수밖에 없었다.

“괜찮다. 저것들만 부수면 우리의 승리다. 반드시 파리를 함락하고 크리스마스에 집에 영웅으로 귀환하는 거다.”

소대장은 앞에 보이는 적들에 대해 무덤덤하게 반응하며 말했다. 요한 폰 바이어 중위는 1군의 파리 포위를 돕는 자신의 부대의 목적을 설명해주며 한동안은 전방 부대의 발을 묶는 것이 자신이 속한 부대의 제1목표라고 말했다.

“일단 우린 이 위치를 고수한다. 그리고 우리 사령관님의 판단하에 적절한 시점에 적의 측면이나 빈틈을 노린다. 방비하다가 돌격 명령이 하달되면 우린 공세 탄력을 유지하기 위해 우린 촘촘한 진형을 유지하며 전진한다. 마치 거대한 댐에 균열이 생겨 봇물 터져 들어가듯 전진하는 거지.”

요한 폰 바이어 중위는 망원경으로 적들을 바라보며 말했다. 현재 1군이 파리 포위 기동을 위해 움직이고 있었고 2군은 그를 돕기 위해 대기하고 있었다. 언제라도 공격 명령이 하달될 수 있기 때문에 소대장은 긴장을 유지하며 적들을 꾸준히 관찰하였다. 수많은 병력들이 집결해있기에 이것만 해낸다면 마지막이라는 긴장감과 함께 정말로 마지막이 될 수도 있다는 생각이 장병들의 마음을 지배하였다. 그래서 전투 돌입 전에 다들 회고하듯이 이런저런 생각을 떠올리거나 말했다. 어떤 병사는 목주를 꺼내 들고 하느님에게 승리와 생존을 빌기도 하였다.

그런 상황에서 스벤 크뤼거가 하르트만에게 말했다.

"저것들만 넘기면 바이에른으로 돌아갈 수 있겠네. 전쟁 끝나면 고향 갈 거지?"

"그래야지. 요즘 따라 더욱 그리워."

"맥주도?"

스벤의 말에 하르트만이 피식 웃었다. 바이에른 맥주는 독일 안에서도 유명한 특산품이었다. 이에 하르트만이 고향의 맛이 그립다고 언급하자 스벤도 살며시 웃으며 말했다.

"첫날은 미안하다. 내가 괴팍한 면이 있거든. 딴죽 거는 걸 좋아해서 말이지."

"뭘 그런 걸 신경 써. 원래 남부랑 북부는 그런 걸로 노는 게 일상이잖아. 통일된 지 아직 그리 오래된 것도 아니고. 확실히 우리 바이에른 사람들은 프로이센 주도의 통일을 반기지는 않아서 중앙 정부에 아주 협력적이지 않은 것도 사실이긴 하니까. 어찌 보면 사실을 말한 거니 신경 쓰지 마."

"뭐, 대단한 건 아니지만 마지막이 될 수도 있으니 말해봤어. 눈 감을 때 후회는 말아야지."

"에이, 마지막이라니."

스벤의 말에 하르트만은 그에게 어깨동무를 하며 아이 달래듯이 말했다. 스벤은 아주 선한 인물은 아니었지만 회고의 순간이 되니 자신의 마음에 걸린 것을 언급했다. 과연 고향으로 돌아갈 수 있을까? 그런 마음이 장병들의 마음을 흔들어 놓았다. 한스도 마찬가지였다. 눈앞의 대병력을 보니 이번 전투는 역사에 길이 남을 전투가 될 터, 죽을 가능성이 상당히 컸다. 과연 카를라에게 돌아갈 수 있을까? 지금껏 보았던 시체들처럼 포탄에 직격당해 장기자랑이나 하면서 죽는 것이 아닐까? 온갖 끔찍한 상상들이 이내 그의 머릿속을 지배했다.

"다들 정신 차려라! 죽더라도 너희의 뒤에 있는 사람들을 생각해! 패전만큼은 막아야 한다!"

소대장 바이어 중위는 대원들을 쳐다보며 외쳤다. 프로이센 군국주의자였던 그는 장병들이 이해는 가지만 약해지는 것을 원치 않았다. 그러나 군국주의자치고는 마음이 유순했던 사람이기에 다른 장교들처럼 폭력을 휘두르지는 않았다. 장병들의 마음을 존중해주며 동시에 그들을 기다리는 사람들을 떠올리게 해주었다.

"물론 우린 패전할 수도 있지. 하지만 우리가 진다면 다가올 결과들을 생각해봐. 너희가 지금 당장 원하는 건 뭐지? 사랑하는 사람들과 함께 식사 한번 하는 거 아닌가? 그 평범함의 소중함을 지금 느끼고 있지. 이 지옥에 떨어진 덕분에 말이야. 그 평범함, 그 소중함을 우리가 지면 우리 가족은 그것을 박탈당한다. 우리가 죽는 걸로 끝나면 좋겠지만 그걸로 끝나지 않아. 엄연히 우린 공격자로 이 땅에 왔으니 지면 우리 가족은 온갖 능욕을 당할 것이다. 잘 생각해봐라. 어느 나라든 공격 측이든 방어 측이든 전쟁이 나면 나라를 '지키기 위해'라는 구호는 말하는 것은 다 이런 이유 때문이다. 전쟁을 일으킨 사람은 엄연히 상충부인데도 불구하고 피해를 입는 평범한 사람들을 위해 싸워라. 카이저나 조국을 위해서라기보단 네 옆에 웃던 사람을 위해 목숨 바쳐 싸워라! 도이칠란트 만세! 아버지, 어머니 조국 만세! 우린 이긴다! 우리는 이길 뿐만 아니라 살아서 돌아간다!"

요한 폰 바이어 중위는 지금껏 프로이센 군국주의 사상을 지닌 사람이었다. 그러나 지금은 그다지 군국주의자답지 않은 연설을 내뱉으며 총을 하늘 위로 들었다. 지옥 같은 광경이 전형적인 군인이었던 그를 카이저를 가볍게 언급할 정도로 바꾼 것이리라. 그는 여전히 프로이센 군국주의를 지향했지만 동시에 일선 병사들에 어느 정도 배려를 하는 사람이었다. 다만 프랑스 사람이 들으면 복장 터질 말들이긴 하여 프로이센 사람답기는 하긴 하였다. 쳐들어온 쪽은 엄연히 독일이었으니 말이다. 그러나 독일 병사들의 마음을 울리기엔 충분했다. 독일인 입장에서는 가슴 뜨거운 울림이었다. 다들 고향의 가족들을 생각하며 이기고 꼭 살아서 영광을 누리자고 말했다.

"그래, 이기자!"

"이겨서 고향에 돌아가자!"

"꼭 이겨서 바이에른으로 돌아가라고 하르트만. 전쟁 끝나면 한 번 놀러 가도 되지?"

"그럼! 우리 집이 남부 명물인 슈바인스학세*Schweinshaxe*랑 슈패츨래*Spatzle*를 참 잘해. 한번 놀러 와. 전쟁 끝나면 다들 집에 초대할 테니 꼭 돌아가자고 친구들!"

"좋지, 좋아!"

"하르트만. 소대장도 초대할 거지?"

"그럼요!"

"한스는 이겨서 그녀와 결혼하라고! 주선은 나에게 맡기고!"

"하하하!"

스벤의 말에 모두들 함박웃음을 내던졌다. 많이 기분이 다운되었던 상태에서 좋아하는 것들을 떠올린 덕에 많이 기분이 호전되었다. 이제 갓 사회로 나온 새싹들인 만큼 긍정적인 마인드가 엿보였다. 무엇보다 그렇게라도 자신들의 생각을 무장하고자 하는 마음이 컸다. 다들 어서 집으로 돌아가고 싶었다. 이제 막 전쟁이 시작한 지 한달 밖에 안 되긴 했지만 이미 다들 충분히 지쳐 있었다. 고난과 같은 기나긴 행군과 전장의 살육이 그들을 지치게 하기엔 충분했다. 충실한 의무감도 있었지만 대부분 사회 분위기에 휩쓸려 입대한 탓에, 그저 남자라면 당연히 그래야 한다는 입대 분위기에, 다들 아주 후회까진 아니더라도 서서히 지쳐가는 것은 사실이었다. 그렇기에 마지막으로 보이는 이 순간에 다들 희망을 짜냈다.

그리고 얼마 지나지 않아. 긴장의 경계 속에 서로 간의 포격이 시작되었다. 전투가 시작된 것이다. 요한 폰 바이어 중위는 상관의 명을 소대원들에게 전달하며 부르짖었다. 소대원들은 일사불란하게 지정된 위치에 도달하여 적에게 사격을 가하기 시작했다. 후방 포병들의 포격이 전장을 매섭게 물들였고 보병들은 그 사이 사이를 메우며 적의 진격을 막았다. 귀를 찢을 것 같은 포격 소리와 총탄의 내음이 병사들의 마음을 뒤흔들어 놓기 시작했다. 한스는 순식간에 정신이 날아갈 것 같았지만 버티고 또 버텼다. 힘들지만 이것만 넘기면 그녀와 만날 수 있을 것이라는 생각이 있었다. 그것만을 한 줄기 희망 삼아 버티며 자신들의 고토를 회복하기 위해 다가오는 프랑스 병사들의 머리를 향해 침착하게 사격을 가했다.

"으아아! 파리를 포위해가는 건 1군인데 왜 우리 쪽으로 이렇게 들이닥치는 거야!"

"버텨라! 밀리면 우리 측 1군의 측면 방비가 허술하게 된다! 어떻게든 버티는 거다!"

소대장은 소대원들을 향해 소리치며 적들을 향해 사격했다. 한스의 부대원들이 자신들을 향해 밀려오는 프랑스와 영국 원정군 병사들을 막고 있을 시점, 그 시간대에 클루크 사령관의 독일 1군이 파리 포위를 위한 기동을 실시하고 있었다. 협상국 지휘부는 파리 포위 기동을 막기 위한 방책으로 독일군 연결고리의 틈을 찾기 위해 로트링겐 방면으로 향하는 3, 4군의 사이에 위치한 한스가 속해 있는 독일 2군을 맹렬히 공격하였다. 허나 협상국 군대의 기대와 다르게 독일군의 1, 2, 3, 4군은 적에 비해 많은 숫자를 보유한 덕에 조밀하게 이어져 있는 상태였기에 몰래 들어갈 틈은 없었다. 오히려 2군의 반격이 협상국 군대를 기다리고 있을 뿐이었다. 협상국 군대의 공세를 몇 차례 막자 역으로 무리한 공세로 인한 흩트려진 대열 탓에 협상국 라인 측에서 틈이 보이기 시작했다. 이에 폰 뷜로우 사령관은 영국원정군과 파리 5군 사이의 틈을 이용한 파리 우안을 감싸는 기동을 실시하라고 명령하였다.

"자, 자랑스러운 대원들이여, 우리의 공격 타이밍이다! 다들 진격하자! 파리를 향하여!"

"와!"

"파리가 눈앞에 보인다! 파리를 향해 달려가자!"

"도이칠란트 만세!"

명령을 전달하는 연락병이 소대장에게 명령을 전하자 바이어 중위는 주변 소대와 발맞춰 적의 흩트려진 틈을 향해 들어가기 시작했다. 마치 먹이를 노리는 늑대의 송곳니처럼 적이 약간 피를 흘리는 그곳을 집요하게 노렸다. 순간적으로 생긴 아주 좁은 공간이지만 고양이가 날렵하게 작은 문을 비집고 통과하듯 독일군은 미세한 틈 사이를 밀고 들어갔다. 이에 맞서 협상국 군대는 대열을 정비하며 적에게 맞섰다. 허나 그 탓에 프랑스 군대와 영국 원정군 간의 간격이 더 벌어지고 말았다. 엄연히 다른 국가의 군대인 탓에 자기들끼리 재집결하느라 서로 다른 포인트에 모였고 그 포인트 사이에 구멍이 벌려졌다. 이를 본 일선 지휘관 요한 폰 바이어 중위는 이를 상부에 보고하였고 이를 들은 폰 뷜로우 군단장은 지금이 독일군의 임무형 지휘 체계를 활용할 때라고 판단했다. 자신의 전군을 투입할 시기라고 판단한 그는 1군과 3군을 보조하는 주 임무를 잠시 미루고 그 틈을 향해 더더욱 대공세를 펼쳤다.

"돌격! 프랑스와 영국을 분단하면 우리의 시간이다! 가자!"

2군은 모든 예비대를 포함한 모든 병력을 프랑스 5군과 영국 원정군 사이로 퍼부었다. 먼저 휘하 기병사단이 적들 사이로 비집고 들어갔다. 한스와 부대원들은 그 뒤를 따라 들어가 적들의 측면을 강타하며 비집고 들어간 틈을 대문짝 열듯 크게 벌리기 시작했다.

말 그대로 보에 금이 생겨 순식간에 봇물이 들어가듯 몰아쳤다. 2군의 총공세에 1군도 예비대를 전부 동원하여 파리 포위 기동을 실시하였다. 두 사령관은 지금이야말로 파리를 포위할 타이밍이라 판단하였다. 이에 협상국 군대는 다급히 측면을 지키기 위한 움직임을 펼쳤고 이 덕에 서부 전선에 전반적으로 균열이 생겨버렸다. 이런 형태를 가만히 두고 볼 리 없는 독일군은 눈앞에 생긴 균열들 속으로 들어갔다.

"걱정 마라! 우리가 더 많다! 들어가라! 들어가!"

독일 2군은 사이를 벌리고 징집군으로 양옆을 막은 다음 중앙에 예비대를 투입하여 전진시켰다. 이를 막아야 할 양 사이드의 프랑스와 영국 군대는 발이 묶여 이를 막지 못했다. 슐리펜 계획에 따라 실시된 더 많은 군대가 빛을 발하는 순간이었다. 2군 예비대는 방해받지 않고 강을 건너 영국 원정군 측면과 후방을 타격하였다. 한스의 부대원들은 예비대의 진격을 최대한 돕기 위해 이를 막으려 득달같이 달려오는 영국군을 향해 사격을 가했다.

"대원들이여! 우리 지점이 돌파당하면 2군 정예는 그대로 고립되고 우리가 집으로 갈 확률은 사라진다! 저놈들의 머리를 날려버려라!"

"빌어먹을 영국 놈아! 너희 섬으로 가버려!"

형성되는 포위망을 뚫어버리기 위한 영국 원정군과 프랑스 군대의 일점 돌파가 한스가 속한 부대에 내리꽂기 시작했다. 한스는 열렬한 적의 사격에 최대한 몸을 지면에 붙이며 대항 사격을 가했다. 피켈하우베의 뾰족한 윗부분이 좋은 사격 목표가 됐기에 한스는 살기 위해 최대한 엄폐하고 지면과 하나 되어 다가오는 적에게 사격했다. 적이 근접하여 눈앞에 당도할 정도가 되자 한스는 다급히 전방에서 지급받은 품 안의 마우저 C96 권총을 꺼내 프랑스 병사의 머리를 날려버렸다.

"도와줘, 한스!"

전우의 다급한 목소리에 옆을 보자 그곳에는 스벤 크뤼거가 적의 의해 무기를 떨어트려 적의 총 끝 칼날에 목숨을 잃기 직전의 상황이 보였다. 한스는 스벤의 목에 총검을 박으려는 적의 머리를 마우저 권총으로 쏘고 그를 일으켜 주었다.

"고마워, 한스. 죽을 뻔했네."

"뭘, 같이 집에 돌아가야지."

둘은 계속해서 다가오는 적들을 바라보며 고개를 끄덕이곤 다시 열렬한 사격을 이어갔다. 사람이 사람을 죽여야 살 수 있는 이 비정상적인 곳에서 둘은 오로지 집으로 가기 위한다는 일념으로 버텼다. 집으로 가기 위해 집으로 가고 싶은 자들을 죽이며 스스로의 이성을 정지하는 것으로 그들은 고통스러운 마음을 참고 또 참았다. 그렇지 않으면 눈앞의 핏덩어리들에 정신을 잃을 것 같았으니 말이다. 그저 아무런 생각하지 않고 앞에 보이는 '것'들에 총을 쏘고 또 쏘며 빨리 이 순간이 끝나기를 한스와 동료들은 기도하였다.

그리고 그 기도는 얼마 지나지 않아 성사되었다. 협상국의 중간 허리를 끊는 전술이 지지부진 하는 사이 1군과 2군이 파리를 거의 포위하는 데 성공했기 때문이었다. 독일군은 더 많은 숫자를 이용하여 비슷한 수를 대치시켜 놓고 남은 몇 개의 사단을 만들어진 굴 안으로 집어넣었다. 그 굴을 통과한 사단들은 적의 방해를 받지 않고 우회 기동을 적극적으로 실시하여 적의 측면과 후방을 괴롭혔다. 이에 놀란 영국 원정군은 파리 안에 갇혀버리기 전에 단독으로 빠져나가는 것을 택하였다. 그 덕에 한스가 속한 2군의 중간 허리 부분에 대한 공세는 서서히 멈춰갔고 한스는 경각까지 달한 죽음의 문 앞에서 탈출할 수 있었다.

그와 동시에 파리 포위가 거의 확실시될 시점 4군을 이끄는 빌헬름 왕세자와 3군 사령관 막스 폰 하우젠이 로트링겐에 위치한 조프르의 대군을 분단시키기 위한 전진을 개시하였다. 프랑스 좌익 붕괴로 인하여 생긴 균열이 우익에도 영향을 미치자 이미 어느 정도 포슈의 9군을 밀어내고 있었던 3군은 더더욱 밀어내기로 판단한 것이었다. 비록 포슈의 반격에 한동안은 진격하지 못하고 패퇴하였지만 프랑스 좌익이 측면 사수를 위해 뒤로 물러나기를 반복하자 제아무리 포슈라도 몰려오는 더 많은 적들로부터 측면을 지키긴 힘들었다. 호기롭게 무너지는 지금이야말로 진격할 때라고 그는 부르짖었지만 자신이 투입한 예비대보다 더 많은 예비대를 투입하는 독일군의 공세탄력에 밀려날 수밖에 없었다. 머나먼 행군에 지친 독일군이었지만 머릿수라는 것은 무시할 수 없는 것이었다. 전쟁 초엽에 있는 특유의 드높은 사기 덕에 힘들지만 병사들은 무난한 전투 수행을 보여주었다. 2발 쏘면 4, 5발이 날아오는 위력, 그것은 상대적으로 병력이 적은 협상국으로선 버티기 힘든 것이었다. 그리고 전면부에서 대치하며 압박하고 적보다 남은 병력으로 측면을 노리는 정석적이지만 효과적인 공격에 포슈도 어쩔 수 없이 서서히 군을 물릴 수밖에 없었다. 이 정석적인 작전이 잘 먹힌 이유는 독일의 임무형 지휘 체계가 긍정적으로 구현되었기 때문이었다. 일선 지휘관들이 적의 틈이 보이면 시간을 아끼기 위해 독단적으로 틈으로 파고들어 갔고 측면이 노출된 협상국 군대는 군을 뒤로 물리는 판단을 할 수밖에 없었다. 그러면서도 더 많은 숫자 덕분에 자신들의 측면은 노출되지 않았다. 협상국 군대로서는 차악을 고를 수밖에 없었다.

국경 전투에서 한 번 크나큰 퇴각을 한 데 이어서 또 한 번의 큰 퇴각을 할 수밖에 없던 것이다. 이러한 상황 덕택에 한스는 죽음의 경각에서 탈출할 수 있었다. 파리수비대를 제외한 눈앞의 적들은 퇴로가 막히는 것을 막기 위해 점점 마른강의 전장에서 빠져나갔으며 2군은 1군과 함께 서서히 파리를 포위하는 데 성공하였다.

"소대장님, 이제 파리를 공격하나요?"

"아니. 저기는 요새가 너무 단단해. 건국 전쟁 때처럼 굶기는 쪽으로 작전을 짤 거 같아."

소대장의 생각대로였다. 독일 우익은 파리를 감싸곤 공격하지 않았다. 오히려 사람을 보내 항복을 요구하였다. 파리의 단단한 요새는 주력군이 빠져나가 숫자가 적어진 파리수비대라도 충분히 강대한 독일 우익을 막아낼 수 있는 수준이었지만 파리수비대장은 파리 시민들이 굶어 죽는 것을 원치 않았다. 독일군은 만일 항복하지 않는다면 반세기 전처럼 파리 시민들이 굶어 죽을 때까지 도시를 감쌀 것이라고 통보했기 때문에 이미 정부 요인들이 도망친 도시를 지키기 위해 항전하는 선택을 하지 않았다. 개인으로서는 매우 불명예스러운 선택이었지만 포위된 이상 식량 자급자족이 힘든 파리의 낙성은 결정된 일이나 다름없기 때문에 수비대장은 파리 시민들의 안전을 대가로 요새의 문을 열어버렸다.

"와, 저게 에펠탑이구나!"

"아름다워…. 역시 빛의 도시라고 불리는 곳 같아."

"이런 아름다운 곳을 점령하겠다고 포격을 하지 않은 게 정말 다행인 거 같아."

한스의 부대원들은 피를 흘리지 않고 파리에 입성하는 데 성공하였다. 아무런 방해를 받지 않으며 한스는 파리 안으로 들어갔고 파리를 상징하는 여러 건축물을 보며 감탄에 빠졌다. 한스뿐만 아니라 모든 부대원들이 주변의 아름다운 건축물들을 보며 감탄에 빠졌다. 그리고 얼마 지나지 않아 파리수비대장이 자신들의 병력과 함께 양팔을 들고 거리로 나왔으며 독일군은 그들의 무장을 해제하였다.

"파리 시민들에게 위해를 가하지 말아주시길 바랍니다."

"제가 상부에 꼭 그 협정 내용의 준수에 대한 간청을 보고할 테니 큰 걱정하지 마십시오. 독일군의 명예를 걸고 파리 시민들은 적절한 대우를 받을 것입니다."

파리수비대장은 자신의 권총을 가져가는 요한 폰 바이어 중위를 보며 약간 불안한 표정을 지으며 말했다. 바이어 중위는 웃으며 악수를 건넸고 주변에 모인 병사들을 향해 파리 시민들에 대한 약탈을 엄히 금한다는 내용을 발표하였다. 그리곤 총을 하늘 위로 들며 외쳤다.

"파리가 우리 손안에 떨어졌다! 도이칠란트 만세!"

"도이칠란트 만세!"

"이제 집으로 돌아갈 수 있다! 만세!"

독일 병사들은 큰 무리 없이 파리를 점령하는 데 성공하자 기쁨에 못 이겨 주변의 병사와 서로 얼싸안고 눈물을 지으며 만세를 소리쳤다. 한스는 이제 집에 갈 수 있다는 생각에 옆에 서 있던 하르트만은 껴안으며 기쁨이 넘치는 웃음을 지었다. 물론 과거 전쟁도 그러하듯이 점령군으로서 어느 정도는 프랑스에 있어야 하긴 하나 최소한 그녀에게 살아 돌아갈 수 있다는 사실에 감사하였다. 사태가 진정되면 조만간 카를라에게 편지를 쓸 수 있을 것이니 일단 그것만 기다리자고 한스는 생각했다.

"이제 우익 중앙의 3, 4군이 활약해주길 빌어야겠군."

"프랑스 주력만 사라지면 영국도 별수 없이 평화조약을 맺을 거야."

다들 파리 시내를 바라보며 긍정적인 예상을 내던졌다. 이제 3군과 4군이 자신의 위치에서 스위스 국경까지 도달한다면 포위작전은 성공하고 그대로 전쟁은 종결될 것이다. 협상국 군대는 전력 보존을 위해 서서히 뒤로 후퇴하고 있어서 병사들의 입장에서는 독일군이 크나큰 승리를 거머쥐고 있는 것으로 보였다. 게다가 들리는 바로는 3, 4군이 선전하여 상당히 깊숙이 전진하고 있다고 보고되었다. 그들은 마른강을 넘어 현재 센강 끝자락을 향해 달려가고 있었다. 한스나 병사들의 눈에는 이제 곧 승리 소식과 전쟁 종결 소식이 들려올 것만 같았다.

'드디어 집에 간다, 드디어!'

한스는 점령된 파리를 바라보며 부대원들과 함께 만세 소리를 내지르고 또 내질렀다. 그의 입장에서는 이제 집으로 돌아가는 일만이 남은 것이다. 이제 며칠만 지나면 모든 것이 결정될 것이니 한스는 다가올 소식을 기다리고 또 기다렸다.

부디 게르마니아께서 그를 지켜주시길 빌면서.

*

"당장 전진을 멈추십시오."

"그게 말이 되는가? 조금만 더 밀어붙이면 슐리펜 작전대로 프랑스 주력군을 그대로 집어삼킬 수가 있어! 전쟁이 끝난다는 말일세!"

"그러다가 우리가 죽습니다. 지금 피복도 제대로 갖추지 못한 장병들이 안 보이십니까? 보급상황이 엉망입니다. 게다가 피로가 절정에 달했습니다. 전진해도 병력을 추스르고 전진해야 합니다. 이대로 가다가는 아군의 보급 상황을 이용한 적의 타격에 우린 아무것도 하지 못할 것입니다. 사령관님의 눈에는 포슈가 무능한 지휘관으로 보이십니까? 조프르가 이걸 모를 거 같습니까? 파리를 점령했다고는 하나 그저 도시 하나일 뿐 중요한 것은 주력군입니다. 그 주력군이 반격을 해오면 어쩔 것입니까? 지금 당장 달려가기보단 준비를 마치고 서서히 조여 가야 합니다."

한편 비슷한 시각, 독일군 전선의 중앙부에서 총참모부에서 파견된 헨치 중령이 3군 하우젠 사령관과 대면하고 있었다. 비록 몇 단계 아래의 인사였지만 총참모장 대리로 온 것인지라 일선 지휘관보다 더 큰 권한을 가지고 있었다. 그는 전선을 몇 번 시찰한 뒤 하우젠 사령관과 빌헬름 왕세자에게 전진을 멈추라고 말했다. 이에 하우젠 사령관은 반대의 의사를 표현하였으나 헨치 중령의 의견은 확고하였다. 그의 눈에 일선 병사들의 상태는 매우 형편없었기 때문이었다. 지금까지는 일선 지휘관들의 활약과 병사들의 의지로 잘 전진해왔지만 이제 서서히 병사들이 그 명령을 따를 수준을 유지하고 있지 못했다. 걱정스럽던 보급 문제가 드디어 한계에 도달한 것이었다. 옷조차 제대로 입지 못하여 찢어지고 핏덩어리에 얼룩진 옷을 그대로 입고 있는 병사가 허다했다. 물론 그 상태에서도 전진을 부르짖던 병사들이었지만 이젠 정신력으로 물리력을 지배할 시점을 넘긴 것이다. 게다가 보급품이 제때 도착하지 않아 다들 피곤할 뿐만 아니라 배고픔과 싸우고 있던 상황이었다. 보급 최우선 순위에 있던 포병부대의 포탄에도 영향을 갈 정도의 수준이었다.

"이대로 가다가는 포슈의 반격에 당해 퇴로만 열어줄 뿐입니다. 전진을 멈추고 일단 보급이 도착하는 것을 기다려야 합니다."

"아니, 그러다가 오히려 적들이 빠져나가겠네! 헨치 중령, 역사에 오욕으로 남고 싶은가!"

"진정하시오. 헨치 중령, 그럼 어떻게 해야 하겠는가? 구체적으로 말하게."

빌헬름 왕세자는 막스 폰 하우젠 3군 사령관을 달래며 헨치 중령에게 말했다. 헨치 중령은 상태 좋은 부대를 선별하며 그들을 먼저 보내고 나머지는 보급을 받은 후 그 뒤를 따라야 한다고 말했다. 로트링겐 방면의 프랑스 주력군과 프랑스 본토 사이에 막을 여러 개를 서서히 치는 안을 헨치 중령은 빌헬름 왕세자에게 말했다.

"일단 당장 전진을 멈춰야 합니다. 병사들의 상태가 말이 아닙니다. 게다가 싸우려면 장비가 있어야 할 것 아닙니까? 보급을 기다려야지요."

"그래. 그럼 일단 6군에 연락하여 그쪽에서 시간을 벌어달라고 말해야겠군. 최대한 그쪽에서 발을 묶어달라고 말이지."

"예. 그렇게 하시는 것이 좋을 것 같습니다."

헨치 중령은 일단은 이기고 있는 상황이기에 전면 정지는 건의하지 않았지만 대부분의 부대는 정지해야 한다고 언급했다. 하우젠은 이에 불만을 표했지만 참모부에서 파견한 장교에게 절대적인 권한을 주는 독일군의 특성상 어쩔 수 없이 동의를 표할 뿐이었다. 이 순간만큼은 헨치 중령은 중령이 아니라 팔켄하인 총참모장 그 자체였다. 그는 만일 그대로 모두가 전진한다면 피폐해진 탓에 전선 유지가 안 되어 역으로 우리가 빈틈을 내줄 뿐만 아니라 아주 쉽게 무너질 것이라고 말했다. 어떤 부대는 앞으로 나가는데 어떤 부대는 거의 움직이지 못할 수준이라고 그는 언급하였다. 그렇기에 3, 4군은 상태 좋은 부대들만을 차출하여 전진시킬 수밖에 없었다. 일이 이렇게 되자 프랑스 9군 지휘관 포슈는 독일의 공세탄력이 급속도로 약해지는 것을 보고 지금이 기회라고 판단하였다.

"지금이다, 지금이야말로 우리가 무너지고 있지만 적들을 향해 진격할 때다!"

독일의 공세가 무뎌지자 서서히 뒤로 밀려나던 포슈는 서서히 전진을 멈춰가는 독일군을 향해 공세를 가하였다. 독일도 이를 보고만 있지 않아서 병력을 축차 투입하였지만 완전히 막기에는 무리였다. 결국 안타깝게도 포위망이 형성되기 전에 포슈의 9군을 비롯한 절반 정도의 프랑스 주력군이 보르도를 향하여 빠져나가는 것에 성공하였다. 그간 압도적인 병력으로 밀어붙이던 독일군이었지만 이 시점에서는 죄다 지친 군대여서 적극적으로 막기가 힘들었다. 결국 후속 부대가 도착할 즈음에는 절반이 탈출한 이후였고 절반만을 포위망 안에 가두는 것에 성공할 뿐이었다.

이는 독일군 장병들에게 있어서는 크나큰 재앙이었다. 전쟁이 길어진다는 의미였기 때문이었다. 독일이 상당한 병력을 집어 삼킨 것은 사실이었으나 프랑스가 앞으로 공세는 가할 수는 없더라도 버틸 수준의 병력을 남겨준 것도 사실이었다. 이 사실은 보르도로 피신한 프랑스 정부로 하여금 계속 전쟁을 이어갈 의지를 남기게 해주었다. 프랑스 정부는 파리 함락과 주력군 포위 소식에 절망했으나 탈출한 포슈의 군대를 반갑게 맞이하며 빼앗긴 프랑스 북부를 반드시 되찾으리라고 선언하였다. 동시에 원정군을 대부분 보존한 영국은 유럽의 균형을 위하여 이를 대대적으로 지원한다고 천명하였다.

결국 슐리펜 계획은 실패한 것이었다. 전쟁은 조기에 끝나지 않았다. 그래도 다행이라고 할 점은 슐리펜 계획이 상당 부분 먹혀들어 프랑스 북부 상당 부분을 점령하는 데 성공했다는 점이다. 파리 점령 후 무난하게 북으로는 센강이 흐르는 르아브르와 에브뢰, 남으로는 욘강의 오세르까지 점령한 독일군은 적의 측면을 노리기 위해 기동했고 이는 바다로의 행진을 낳았다. 결국 이 행진은 노르망디를 반으로 가르는 결과를 낳았고 이렇게 기다랗게 형성된 전선에는 장기전을 대비하여 참호가 깔리기 시작했다. 이러한 조기 종전의 실패 사실에 독일 총참모부는 경악을 금치 못했다. 결국 피하고 싶었던 양면전선이 현실화되었기 때문이었다. 그나마 다행인 것은 힌덴부르크가 탄넨베르크 근방에서 러시아군을 크게 패퇴시켰다는 점에 있었다. 루덴도르프 휘하 8군 작전참모 호프만 중령의 활약으로 러시아의 대군이 하나로 합쳐지기 전에 각개 격파에 성공하여 동부전선은 안정화되었다. 원군이 도달하기 전의 일로 이 전투로 인해 힌덴부르크와 루덴도르프의 평가가 급상승하였다. 다만 조기 종전에 실패했기에 팔켄하인은 총참모장에 잘릴 위기에 처했으나 모리츠 린커의 적극적인 옹호로 빌헬름 카이저는 그를 일단 유임하기로 결정하였다. 비록 조기 종전에는 성공하지 못하였으나 파리를 점령하고 주력군에 타격을 주어 프랑스 북부를 점령하는 데 성공하였기 때문에 독일군이 확실히 유리하였다. 그러한 공이 인정되어 그는 총참모장에 유지되었고 팔켄하인은 자신의 실패를 만회하기 위하여 한동안 책상에 박혀 골머리를 굴렸다. 그리곤 프랑스 정부가 이전되어있는 보르도를 점령하기 위한 새로운 작전안을 마련하였다. 일단 동부 전선은 안정화되었으니 추가 군대를 파견하되 여전히 서부 전선에 더 많이 투입한다는 이야기였다.

이러한 결정들은 한스에게 많은 것을 안겨다 주었다. 물론 나쁜 쪽으로.

*

얼마 지나지 않아 탄넨베르크 전투의 소식이 파리에 주둔하고 있는 장병들에게 알려졌다. 적은 숫자로 대군을 물리친 이 극적인 소식에 다들 환호성을 내던졌다. 순식간에 힌덴부르크와 루덴도르프는 독일 장병들의 인기 스타가 되어버릴 정도였다. 한스도 이 소식을 들어 서부에선 파리를, 동부에서는 대승을 거두었으니 이제 곧 전쟁이 끝나리라고 생각하였다. 그러나 그것은 착각이었다. 비록 프랑스는 상당한 타격을 입긴 했으나 이를 뒷받침해줄 존재인 영국이 존재했고 영국은 수많은 재원을 투하하여 프랑스 방어선의 구축을 지원하였다. 뿐만 아니라 유럽 균형의 붕괴를 우려하여 대규모 징집과 육군 파병을 실시하였으니 이는 독일의 입장에서는 크나큰 불행이었다. 그리고 얼마 지나지 않아 한스도 이 사실을 깨닫게 되었다. 파리 상공에서 영국의 비행선이 프로파간다 목적의 팸플릿을 뿌려댔는데 이를 경계 근무 중이던 한스가 주웠기 때문이었다. 내용은 다음과 같았다.

경애하는 파리 시민 여러분! 우리 제3공화국 정부는 절대 항복하지 않을 것입니다! 비록 우리가 밀리긴 했지만 이것은 패배를 의미하지 않습니다. 전진을 위한 일시적 후퇴에 불과합니다. 우리는 반드시 파리를 수복할 것이며 우리의 자긍심을 버리지 않을 것입니다! 그러니 부디 파리 시민 여러분은 절망감에 빠시지 마시고 정부를 믿고 기다려주십시오! 현재 영국의 대규모 지원을 받은 우리 정부 군대가 다시금 독일군과 맞서 싸우고 있습니다. 그러니 더러운 독일 놈들에게 협력하지 마시고 차분히 아국 군대를 맞이할 준비를 해주십시오. 부디 몸조심하시며 우린 항복하지 않으니 패배했다는 절망감에 빠지지 마시길 바랍니다! 곧 파리에서 다시 만나 뵙겠습니다!

이러한 내용에 한스는 화들짝 놀랐다. 아군의 승전 소식이 여기저기서 울려 퍼지고 있었다. 서부 전선도, 동부 전선도 이겼다는 이야기가 들리는데 항전이라니? 그의 눈에는 믿을 수 없는 사실이었다. 한스는 팸플릿을 주워 소대장에게 넘기며 이 사실을 알리자 바이어 중위도 역시 당황스러워하며 한스에게 말했다.

"일단 내가 상부에 보고할 테니 너무 경거망동하지 않도록. 적의 계략일 수도 있어."

허나 그것은 적의 눈속임 같은 것이 아니었다. 얼마 지나지 않아 부대에 전쟁이 끝나지 않았다는 소식이 전파되었다. 이에 장병들은 절망했다. 전쟁이 바로 끝날 줄만 알았던 것이다. 장병들은 파리에서 고향으로 돌아갈 것이라고 믿어 의심치 않았다. 파리를 떠나긴 했다. 다만 도착 장소가 고향이 아니라 프랑스 안쪽으로 형성된 전선이었을 뿐. 이러한 사실에 한스는 절망감에 빠졌다. 나름 이미 힘든 여정을 거쳐왔는데 그것이 끝이 아니라 시작임을 깨달으면 그 누구라도 돌아버릴 것이다. 정열적이라 여겨졌던 빨간색은 이제 그에게는 스트레스를 유발하는 색깔이 되었을 정도였다. 그나마 다행인 것은 파리를 떠나기 전 고향에 편지를 부칠 시간이 있다는 점 정도였다. 한스는 카를라에게 편지를 보냈다.

친애하는 카를라에게

안녕, 카를라. 한스야. 잘 지내고 있지? 이제야 편지를 보내게 되네. 난 지금 파리에 있어. 너는 아마 공장에서 열심히 군복을 만들고 있겠지? 이번 크리스마스에 돌아갈 거라고 약속했는데 아마 그러지 못할 거 같아. 미안해. 하지만 반드시 살아 돌아가겠다는 약속만큼은 지킬 거야. 그래도 다행인 건 부대원들이 전부 다 착하고 좋은 사람이더라. 믿고 내 안전을 맡겨도 좋을 친구들이야. 좋은 사람들이 있으니 아무래도 더더욱 살 수 있을 거라 생각해. 아주 크게 걱정하지 않아도 될 거 같아. 다만 한 가지 아쉬운 건 전쟁이 나기 전에 하고 싶었던 일을 재빨리 하지 않았던 것이 자꾸 후회로 남고 있어. 너에게도 많이 고맙다고 했어야 했는데 이제야 네가 내 옆에 있었다는 사실에 너무나도 고마워. 제발 다시 그런 날이 오기를, 다시 너의 곁에 서는 날이 오기를 빌고 있어. 부디 그날이 오기 전까지 서로 안전하기를 빌게. 다시 만나자 반드시!

너의 친구 한스가

한스는 짤막하게 편지를 적곤 봉투 안에 넣어 소대장에게 건넸다. 바이어 중위는 소대원들이 쓴 편지를 전부 수거한 다음 헤드쿼터에서 온 병사에게 넘겼다. 그들이 본국으로 편지를 보낼 것이다. 한스는 편지를 받은 병사가 서서히 멀어지는 것을 보며 감상에 잠겼다. 주로 후회의 감정이었다. 왜 아무렇지도 않게 전쟁을 받아들였을까? 그녀와의 남은 시간은 왜 순진하게 보내버렸을까? 고백이라도 하면 좋았을 텐데. 그는 그러려니 했던 나날들이 후회스러웠다. 그는 가볍게 고향을 떠난 것이 너무나도 후회스러웠다. 그는 전쟁이 빨리 끝날 것으로 생각했다. 그것은 그의 잘못이 아니었다. 벨 에포크, 평화가 계속 이어져 오던 그 시대를 생각하면 그가 그리 생각했던 것도 무리는 아니었다. 끝없이 발전하여 인간이 하늘을 달게 된 세상인데 낙관적으로 생각하는 것도 전혀 무리가 아니었다. 평범한 사람인 그가 그 이상을 생각한다면 그것이 오히려 이상한 것이니 말이다. 그렇다고는 해도 그는 자신의 행동이 후회스러웠다. 다시 돌아오지 않을 나날을 그저 그렇게 보냈으니 말이다. 평범함이라는 그 감사함을 그는 너무나도 늦게 깨달았다. 만일 언제 돌아갈 수 있다고 알 수만 있다면 굳건히 버틸 수 있을 것이다. 그러나 기약 없는 기다림이 앞길로 놓여있으니 그는 마음이 무너져 내리는 것 같았다.

하지만 아직 끝내고 싶지 않았다. 아직 하고 싶은 일이 남아있는 그였기에 두 눈을 질끈 감으며 양손으로 자신의 뺨을 때리곤 스스로 정신을 차리자고 다짐했다. 그는 아직 살고 싶었다. 돌아가고 싶은 장소가 있었다.

그렇기에 일단은 이 상황을 받아들이기로 하였다. 뭐 어쩌겠는가? 일선 병사가 할 일이라고는 그것뿐이었다. 그는 침착하게 다음 명령을 기다렸다. 그리고 얼마 지나지 않아 상부로부터 새로운 명령을 하달받은 바이어 소대장을 통해 다음 명령을 전해 들었다.

"제군들. 우리의 다음 목적지가 정해졌다. 우리의 다음 목적지는 오를레앙 방면에 형성된 전선이다. 파리에서 하루만 더 쉬고 바로 이동한다. 준비하도록."

바이어 중위는 최대한 나긋하게 다음 전장에 대해 언급하였다. 소대원들은 집으로 가지 않고 더 깊숙이 프랑스 안으로 들어간다는 소식에 의기소침하였다. 이러한 실망은 소대장도 비슷해서 같이 풀 죽고 싶어 할 정도였다. 그러나 엄연히 작지만 부대의 장이였던 그는 그럴 수 없기에 최대한 부대원들을 다독이며 말했다.

"그래도 일단 곧 겨울이 다가오니 당장은 서로 공세가 없을 거 같다. 한동안은 다들 편할 거야. 게다가 프랑스는 주력에 크나큰 손실을 입어 영국이 부축해주는 꼴. 적어도 올해는 무난할 거야."

바이어 중위의 말에 그다지 부대원들은 기분이 좋아지진 않았다. 그래봤자 전장에서 죽을 위험은 항상 도사리니 말이다. 그래도 그 뒤에 이어 전선에서 행해질 '참호'라는 것에 대해선 다들 긍정적으로 받아들였다. 땅에 기대고 숨는다면 살 확률이 많이 늘어날 것이라고 그래도 살 확률이 올라갈 것이라는 기대 때문이었다. 대원들은 게하르트 호프만 병장이 건네주는 참호에 관한 교육이 적힌 팸플릿을 들며 숙지해가기 시작했다. 다만 참호가 전선에 조밀하게 깔린다는 것은 장기화를 의미했기에 아주 기분이 달갑지는 않았다. 다들 내색은 안 했지만 집으로 돌아가지 못한다는 사실에 불평불만을 해댔다. 물론 뒤로 그랬지만 이는 지휘관들도 아는 사실이라서 한동안 병사들을 어느 정도 풀어주는 방향으로 가닥을 잡았다.

호프만 병장은 마른강과 파리 전투 이후 보급이 안정화되면서 도착한 담배를 장병들에게 나눠주었다.

"자, 기운 내자. 그래도 우리 덕에 본토는 안전하지 않냐? 가족들을 생각하자고."

"그래, 뭐 어쩌겠어. 자, 노래 한 곡 부르면서 기운 내볼까?"

리온 슐츠는 노랫가락 하나를 장병들에게 들려주었다. 그 노래는 실레지아 지방의 민요로 보통 크리스마스 때 부르는 노래였다. 크리스마스가 한 달 정도 남은 시점에서 다들 가족과 즐겨 부르던 그 노래에 빠지며 따라 부르기 시작했다.

O Tannenbaum, o Tannenbaum,

오 전나무여, 오 전나무여,

Du kannst mir sehr gefallen!

너는 정말로 사랑스럽구나!

Wie oft hat schon zur Winterzeit

너는 눈보라 치는 겨울철마다

Ein Baum von dir mich hoch erfreut!

얼마나 자주 나를 기쁘게 해주었던지!

O Tannenbaum, o Tannenbaum,

오 전나무여, 오 전나무여,

Du kannst mir sehr gefallen!

너는 정말로 사랑스럽구나!

한스는 한때 카를라와 함께 같이 부르던 이 노래를 부르며 감상에 빠졌다. 노랫가락 속 전나무의 푸르름은 그에게 그녀의 아름다움과도 같았다. 정말로 사랑스러웠던 그녀, 그 기쁨을 다시금 되새기며 한스는 어떻게든 버티자고 마음먹었다. 그래도 독일군이 유리한 형국이니 살아 돌아가리라는 것도 아주 헛된 희망도 아니었다.

그러니 어떤 일이 있더라도 포기하지 않으리! 반드시 삶을 멈추지 않으리!

Chapter 2

시작되는 이야기

"후… 추워 죽겠다."

"꽤 춥지? 리온, 이거 껴. 안 쓰는 장갑 너 줄게."

"고마워, 스벤. 그래도 한스가 더 추워 보이니 한스 줘. 난 아직 괜찮아."

"고마워, 리온. 으으… 손 시려…. 러시아에 온 것도 아닌데 의외로 춥네."

1910년 겨울, 한스와 부대원들은 오를레앙 근방에 형성된 참호에서 서로의 몸을 녹이고 있었다. 대략 3㎜의 높이의 참호 안에서 부대원들은 서로가 가진 피복을 교환하며 겨울을 버티고 있었다. 지금은 전투가 없었기에 다들 사격을 할 때 올라서야 할 참호의 디딤판을 의자 삼아 배수로 위의 판자 위에 다리를 올린 상태로 휴식을 취하고 있었다. 일부는 참호 가장 아래인 배수로 위 판자 옆에 파놓은 일종의 개미구멍인 대피호에 들어가 잠을 청하기도 하였다.

"딱히 프랑스 놈들도 안 쳐들어오니, 분위기나 내볼까?"

한편 하르트만은 참호 위쪽에 모래주머니와 함께 쌓여있는 나뭇

가지들을 몇 개 빼 참호 안에 작은 트리를 만들기 시작했다. 이를 바라보면 호프만 병장은 은근슬쩍 넘어가 주었다. 이미 전투가 일어나지 않은 지 일주일이 넘은 시점이었다. 참호가 깔린 이후론 아직까진 전투가 거의 없었는데 아마 봄이 오기 전까진 전투가 소강상태에 접어들 것이 분명했다. 물론 전투가 아예 없진 않겠지만, 다들 조만간 다가올 크리스마스에 분위기를 살리고 싶었다.

"그래, 어차피 재네도 분위기 타고 있을 텐데. 이왕 만드는 거 제대로 만들어야지."

호프만 병장은 이를 지켜보다가 하르트만에 가세하였다. 주변에서 주워왔는지 제법 실한 크기의 나무를 하나 가져와 참호 한가운데 세우고 그곳에 여러 장식을 달았다. 그리곤 장병들에게 각자 하나씩 주머니를 달자고 하였다.

"아니, 구린내 나는 양말 단 놈은 누구야?"

장병들은 트리에 달린 것들을 보며 웃었다. 어떤 이는 통조림 뚜껑을 따 내용물을 먹고 그걸 걸기도 했다. 한편 대대 회의로부터 복귀한 바이어 중위가 이를 보자 소대원들에게 한소리를 하였다. 하지만 다들 이때 즈음 고향으로 돌아갈 줄 알았기에 그 마음을 이해하여 결국 용인하고 말았다.

"그래, 이해한다. 그런데 갑자기 적이 쳐들어오면 어쩌려고. 적당히 하고 치우게."

"소대장님. 그럼 차라리 일시 휴전하는 거 어떨까요?"

"일시 휴전?"

"네. 프랑스 지휘관한테 크리스마스 때만 쉬자고 하는 거죠. 딱 좋지 않습니까?"

"휴전 청하다가 총 맞기도 딱 좋겠구먼. 정신 나갔냐?"

리온의 의견에 스벤이 비아냥거리면서 말했다. 참호가 완벽히 깔린 이 장소에서 머리를 조금이라도 땅 위로 올렸다가는 저격당해 죽기 십상이었다. 하지만 크리스마스만큼은 쉬고 싶었던지라 의외로 솔깃하기도 하였다. 아마 그런 마음은 협상국 장병들도 비슷할 것이었다. 그 누구도 아직까지 전쟁할 줄은 몰랐다. 고로 하루쯤 쉬자는 발상도 나쁘지 않게 여겨졌다. 바이어 중위는 하얀 깃발을 구해 거기 위에 불어로 '대화하자'라고 적은 다음 참호 위에 잘 보이게 흔들기 시작했다. 한동안은 아무런 반응도 없었지만 이내 상대편에서도 독일어로 알겠다는 표시가 흔들리기 시작했다.

"오, 대화에 응할 거 같기도 한데. 그럼 한 번 도박해볼까나."

소대장은 참호 위로 서서히 올라갔다. 피켈하우베의 뾰족한 부분이 먼저 서서히 참호 위에 드러나기 시작했다. 그리곤 어느새 소대장의 몸통이 참호 위로 보일 정도로 올랐다. 그때까지 프랑스군의 사격이 없자 소대장은 확신하고 참호 위로 완전히 올라갔다. 바이어 중위는 참호 위에 설치된 장애물을 천천히 피하면서 프랑스 참호로 걸어갔다. 이에 주변에서 이를 바라보던 독일 장병들은 놀라 이를 숨죽이고 쳐다보았다. 이내 프랑스 참호 쪽에서도 한 장교가 올라와 바이어 중위 앞에 서며 악수를 건넸다.

"반갑습니다. 이쪽은 프랑스 3군 13여단 휘하의 베르티에 소위입니다."

"아, 저는 독일 2군 12연대 소속 바이어 중위라고 합니다. 한 가지 제안이 있는데 들어보시겠습니까?"

"무슨 제안이시죠?"

"크리스마스 기간 동안만 일시 휴전하는 거 어떻겠습니까? 상부에 알리지 말고 우리끼리만 몰래 쉽시다."

"제가 침략자인 그대들의 제안을 받아들이리라 보십니까?"

바이어 중위의 말에 프랑스 장교는 가시 돋는 발언으로 화답하였다. 이에 바이어 중위는 당황하지 않고 프랑스 장교에게 웃음으로 화답하며 답했다.

"틀린 말은 아니니 반박하지 않겠습니다. 허나 그저 명령을 따르는 장병들이 무슨 잘못이겠습니까? 프랑스인들은 관용을 베푸는 것을 자랑으로 여긴다고 들었습니다. 부탁드립니다."

바이어 중위는 장병들에게는 책임이 없으니 봐달라고 말했다. 프랑스 장교 입장에서는 뻔뻔하기 그지없었으나 제대로 된 투표권이 없는 프로이센식 입헌군주제의 나라 사람들에게 책임을 묻긴 힘들었다. 민주주의의 아름다운 점은 국민이 책임을 지는 시스템이라는 것인데, 프랑스 사람으로서는 책임을 느끼지 않는 그들이 이해하기 힘들었지만 카이저에게 권력이 집중되어있는 것은 누구나 아는 이야기라서 이내 프랑스 장교는 이해하고는 일시적인 화평을 수락하였다. 물론 순수하게 침공자인 독일인을 이해하였다기보다는 크리스마스 분위기에 취해 그들도 쉬고 싶은 탓이 더 크긴 하였다.

"뭐, 고작 며칠. 그렇게 하지요."

"고맙습니다."

일시적 화평이 이루어지자 너도나도 참호 위로 올라오기 시작했다. 한스도 부대원들을 따라 참호 위로 올라갔다. 그곳에는 수많은 각국 장병들이 악수를 건네고 있었다.

"막 치고 박고 싸울 줄 알았더니, 안 그러네."

"프랑스 애들도 아는 거지. 나쁜 건 코냑이나 마셔대면서 전장 사정은 하나도 모르는 윗대가리란 걸. 그간 우리가 서로 죽여대긴 했지만 그거야 명령 때문이지, 우리가 사이코패스도 아니고 살인이 좋은 사람이 어디 있겠어?"

"하긴. 그건 그래. 프랑스 담배나 한번 피우러 가볼까."

스벤은 한스와 하르트만의 대화에 반응한 뒤 프랑스 참호 쪽으로 다가갔다. 그리곤 상대방 병사에게 자국 담배를 건넨 뒤 프랑스 담배를 건네받아 피웠다. 그는 만족스러운 표정을 지으며 바닥에 주저앉아 담배를 피웠다. 수많은 장병들이 그처럼 자신들의 가진 것들을 교환하였다. 그리곤 다 같이 바닥에 주저앉아 이런저런 신변잡기와 같은 이야기들을 해댔다. 쉬고 싶다는 생각 때문인지 두 민족 간의 적대감은 거의 보이질 않았다. 오히려 서로 언어 차이로 인해 발음이 이상하다며 서로를 놀려대며 같이 놀 뿐이었다. 저번 전쟁 이후로 악감정이 쌓여갔던 두 민족 사람들이었다만 지금은 그런 걸 생각하기엔 피곤할 뿐이었다. 그 감정들이 다시금 발화될 수도 있다만 지금 이 순간만큼은 다들 그 감정들을 뒤로한 채 답답한 참호에서 나와 대지에 트리를 세우고 노래를 부르며 크리스마스 주간을 즐겼다.

"바이어 중위님."

"아, 베르티에 소위님. 무슨 일입니까?"

"한잔하시겠습니까? 포도주입니다."

"저야 영광이죠."

장병들이 트리를 만들며 노래를 부르는 것을 바라보고 있던 독일군 장교에게 프랑스 장교가 다가와 술잔을 건넸다. 독일 장교는 그걸 냅다 받아 꿀꺽 삼키며 아주 맛 좋다고 답하였다. 프랑스 장교는 병사들이 떠들고 노는 걸 바라보며 말했다.

"장병들이 한숨 돌릴 틈이 생기니 아주 즐겁게 휴식을 취하군요."

"집에 돌아갈 기미는 안 보이니 지금이라도 쉬어야지요."

"집에 돌아갈 기미가 안 보인다라…. 하긴 그렇죠. 누가 이기든 빨리 끝날 줄 알았습니다. 당연한 거 아니겠습니까? 저희 할아버지가 태어날 때만 해도 어느 누가 인간이 하늘을 날 줄 알았겠습니까? 우리 주변의 모든 것이 정교화되었고 지난 전쟁들도 빨리 끝났으니 말이죠."

"그렇죠. 물론 전 저희가 빠르게 이길 줄 알았습니다만."

"하하. 한 달 전 즈음에 헬리골란트에서 협상국 해군이 여러분들의 해군을 이긴 소식을 못 들으셨나요? 오래 걸려도 우리가 이길 겁니다."

베르티에 소위의 말에 바이어 중위는 반박하지 않고 포도주를 한 잔 더 마셨다. 그렇게 자랑하던 독일 제국의 대양함대가 헬리골란트 인근 해안에서 활약하지 못한 것은 이미 알려진 사실이었기 때문이었다. 결과에 반박하지 못하고 바이어 중위는 못난 해군 덕에 자랑스러운 육군이 발목 잡히고 있다고 말했다. 프랑스 장교는 의외로 바로 인정하는 프로이센 장교의 반응에 웃음 지었다. 그리곤 신변잡기에 불과한 것을 교환하며 기뻐하는 자국 병사들을 바라보며 약간 슬픈 표정을 지은 뒤 말을 이어갔다.

“사실 오늘 흔쾌히 일시적 휴전을 받아들인 것은 저의 개인적 욕심 때문입니다.”

“그게 무엇이신가요?”

“아까 제가 집에 언제 돌아갈지 모른다고 말했죠? 그 이유 때문입니다. 제 고향은 파리입니다. 파리에서 나고 자랐죠. 제 아내도 파리에서 자란 사람이죠. 여전히 파리에 있습니다. 부디 이걸 전해주실 수 있겠습니까?”

프랑스 사람은 독일 사람에게 편지를 건네며 말했다. 그와 동시에 자신이 가진 두둑한 마르크 화폐를 건네었다. 일종의 뇌물이었다. 그는 고향에 남아있는 가족들을 걱정하며 부탁을 들어주었으니 자신의 부탁도 들어달라고 말했다.

“편지를 꼭 아내에게 전달해주십사 합니다. 그 사람, 저 아니면 아무것도 못 하는 사람이라 너무 걱정이 되어서요.”

바이어 중위는 약간 얼떨떨해하면서 편지와 봉투를 받아들었다. 파리는 독일군에 의해 접근이 불가능하니 다른 방도를 찾는 것은 이해가 갔다. 하지만 견원관계의 나라사람에게 이런 부탁을 하다니? 평소 프랑스 사람들이 독일 사람들을 보며 훈족 오랑캐라고 놀리곤 하였다. 그만큼 지난 세기 중후반부에 일어났던 전쟁의 여파로 두 나라의 관계는 악화일로를 걷고 있었다. 그런데 그런 나라사람에게 돈을 쥐어주며 부탁할 정도라면 가족 걱정이 이만저만이 아니라는 증거였다. 그런 모습을 보니 바이어 중위는 독일 동부에서 기다리고 있는 자신의 가족을 떠올렸다. 최소한 자신은 연락이라도 보낼 수 있었다. 역지사지로 자신이 연락이 안 닿는다고 생각하니 그 애타는 마음이 확연히 이해가 갔다.

'가족이 적국의 손아귀에 떨어져 있는데 얼마나 불안할까. 나라도 그랬을 거야.'

바이어 중위는 그렇게 생각하며 프랑스 장교가 건네주는 주소를 확인하곤 웃으며 말했다.

"프로이센 장교의 명예를 걸고 그 약속 지킬 테니 걱정 마십시오."

예전이라면 독일이라는 집단을 위해 자신의 마음을 죽였을 것이다. 그에게 그가 속한 집단만큼 소중한 것은 없었다. 개인이란 멍청한 구호였다. 개인에 좀 더 마음을 쓰는 프랑스인들이 그로선 이해하기 힘들었다. 예전의 바이어 중위에게는 독일이라는 바운더리가 가장 중요시되었기 때문이었다. 허나 그 바운더리를 중요시하다 보니 그 안에 존재하는 독일 장병들의 마음을 챙기고 엿보는 것으로 프랑스인을 이해하게 되었다. 장병들은 서서히 집을 그리워하고 있었다. 그는 그런 장병들을 이해하고 동정하고 있었다. 그렇기에 같은 감정을 가진 프랑스인에게도 동정심이 갔다. 결국 같은 인간이라는 동질감이 싹튼 것이다.

"큰 걱정은 하지 마세요. 부디 살아서 고향에 돌아가길 빕니다."

"살아서 돌아 간다라…. 그래야죠."

"왜 그러십니까?"

바이어 중위는 달갑지만은 않은 베르티에 소위의 반응에 의아하였다. 베르티에는 자신의 소대원들을 바라보며 말했다.

"그러면 좋겠지만, 과연 살아 돌아갈 수 있을지…. 중위님 소대에는 전사자가 없습니까?"

"아직까지는 없습니다."

"대단한 지휘관이시군요. 전 이미 6명을 잃었습니다. 무능력했죠."

"아닙니다. 제가 운이 좋은 것일 뿐 아무리 승리를 항상 거머쥐는 군대라도 사상자는 있기 마련인데 그리 자책할 필요는 없습니다."

"그건 그렇죠. 다만 가족에게 닿기 전에 소대원들을 뒤따라갈까 걱정입니다."

"너무 걱정 마세요. 살아 돌아갈 수 있을 겁니다. 지금은 그런 생각 말고 서로의 생존을 위해 한잔합시다. 건배!"

바이어 중위는 술잔을 프랑스 장교에게 건네며 말했다. 프랑스인은 이에 웃으며 독일인과 술을 마셨다. 그렇게 둘이 술을 먹고 있을 때 한스와 소대원들이 다가와 자기들도 한잔 달라고 부탁했다. 프랑스 장교는 부탁하는 입장에 있다 보니 흔쾌히 수락하며 가지고 있는 병들을 전부 땄다.

"와, 엄청 맛있네요. 어디 술이에요?"

"여러분이 점령해야 할 보르도에서 가져온 겁니다. 포도주 하면 우리의 서부 지방이죠."

"하지만 맥주 하면 우리 남부죠. 한번 드실래요?"

한스가 맥주를 건네자 프랑스 장교가 받아 들이켰다. 프랑스 장교는 맛있는 맥주라며 칭찬했다. 옆에 있던 하르트만은 만일 전쟁이 끝나면 놀러 오라고 말했다. 그 맥주를 아주 원하는 대로 먹을 수 있게 해주겠다고 말이다. 그저 으레 하는 말이었다만 감수성이 뛰어난 프랑스 장교는 언제 갈 수 있을지 모른다며 착잡해하였다. 이를 보던 한스는 처음에는 유난 떤다고 생각했다. 장교라는 사람이 이제 기분 풀자고 했는데 또 저런 태도를 띄우니 말이다. 하지만 그의 이야기를 들으면 들을수록 그의 고향에 있는 가족에 대한 마음을 이해할 수 있었다. 그의 마음가짐은 자신이 카를라에게 가지고 있는 마음가짐과 유사하였다. 그간 독일 사람들은 프랑스 사람들을 증오하며 그들을 악마처럼 생각했다. 그러나 그런 악마들이 우리와 비슷한 생각을 하고 있다고 생각하니 결국 같은 사람임을 새삼 느끼게 되었다. 악마가 사람으로 변하는 순간이었다. 한스는 그에게 연민을 느꼈고 점령지의 프랑스 사람에게 나쁘게 대하지 말아야겠다고 생각했다.

물론 계속 생존한다는 전제 하의 이야기다만.

그렇게 다시금 침울한 분위기에서 벗어나 다들 마시고 먹으며 웃고 떠들기 시작했다. 프랑스 장교는 고향 노래를 불렀고 그 아름다운 선율이 참호를 뒤덮었다. 전쟁이 아직 끝나지 않았기 이들의 행동은 미친 행동일 수도 있었다. 그러나 다들 지금만큼은 고향에 돌아온 느낌으로 움직였다. 잠시만이라도 힘든 것들을 잊고 고향을 그리우며 만나고 싶은 사람들에 대한 노래를 불렀다. 한스도 이를 따라 부르며 카를라를 다시금 떠올렸다. 그리고 다시금 되새겼다.

'그래, 목표는 이제 하나야. 무조건 살아야 해.'

한스는 이국의 땅에서 죽지 않으리라 다짐하였다. 다만 그런 생각을 여기 있는 모두가 하고 있으니 애석할 따름이었다.

*

한스와 부대원들은 그해 겨울의 마지막을 그래도 어느 정도 안전하게 보내는 데 성공하였다. 슐리펜 작전과 파리 점령 이후의 1910년은 엄연히 소강상태에 가까웠기 때문이었다. 큰 전투 없이 서로 눈치 보며 참호를 구축하는 것에 시간을 소요하였다. 이렇게 된 가장 큰 이유는 독일군의 보급 편제 재편성과 보급 루트 안정화에 드는 시간이 컸기 때문이었다. 한 번 보급의 어려움을 경험한 독일군은 부서진 철도를 수리하고 보급 트럭과 마차를 더 확충하는 데 힘을 집중하였다. 또한 뒤이어 이어질 전투에 대비하여 파리에 엄청난 보급품을 실어 날랐다. 그리고 전선과 후방 사이사이의 주요 지점에 보급로와 시설을 구축함으로써 앞으로의 전투에 대비하였다. 이러다 보니 겨울에는 큰 전투가 없었고 한스는 안정적으로 겨울을 지나는 것에 성공할 수 있었다. 프랑스 장교의 부탁을 들어줄 시간이 있을 정도였다. 그래서 한스는 한동안 상대적으로 안락하여 희망적인 낙관론을 펼치기도 하였다. 허나 봄이 되자 상황은 급변하였다. 안 그래도 슐리펜 계획의 실패와 헬리골란트 인근 해전에서의 패배로 인하여 전쟁이 장기화될 조짐이 보이는데 참전국이 늘어나 전쟁의 크기가 확연히 증대하였기 때문이었다. 독일이 꾸준히 설득하던 오스만 제국의 참전은 전쟁의 양상을 더 크게 변화시키기에 충분하였다. 친독파였던 이스마일 엔베르 파샤와 그가 이끄는 청년 튀르크당이 결국 술탄을 설득하여 독일의 세력으로 참전한 것이다. 그는 러시아로부터 강탈당한 영토를 되찾고 발칸 반도에서의 영향력을 회복하겠다고 천명하였다. 사실 술탄은 친영에 가까워 계속 주저하고 있었고 오스만 제국 내부에는 친영파가 은근히 많았다. 그러나 우호적인 독일의 제스처와는 다르게 영국은 오스만에 별다른 반응을 보이지 않았다. 그저 독일과 가까이하면 안 된다는 신호만 보낼 뿐이었다. 은근히 차가운 영국의 반응은 친독파에게 힘을 실어 주었고 독일의 이집트 반환 약속과 크림 반환 약속이라는 구미가 당기는 사안에 그만 설득되고 말았다. 서서히 무너져 가는 유럽의 환자에게 고토 회복이라는 말들은 마치 에덴동산의 사과를 취하는 욕구와도 같았다. 여하튼 청년 튀르크 당의 강압으로 술탄은 동맹국 참전을 결정하였다.

이러한 결정은 발칸반도를 흔들기 충분하였다. 이 결정에 러시아와 밀접한 관계에 있던 불가리아가 러시아의 요청에 따라 협상국에 가입하였다. 그리스도 얼마 안 가 가입하는데 오스만이 발칸반도를 유지하려고 하는 것에 반발하였기 때문이었다. 갓 독립을 이룬 그들로서는 자유를 지키기 위해서라도 참전할 필요가 있었다. 이러한 동방 국가들의 참전으로 전쟁은 더더욱 커지게 되었다. 독일은 오스만을 설득하는 것에 성공하여 상당히 많은 영국의 전력을 동방 쪽으로 보내는 데 성공하였다. 또한 이탈리아 왕국이 동맹국 라인으로 참전하여 전쟁의 영역이 더욱 확장되었다. 이탈리아는 파리 함락 소식을 듣고 독일과의 조약에 따라 검토한 끝에 결국 프랑스가 패하리라는 분석으로 가닥을 잡았다. 그들이 보기에는 슐리펜 계획의 궁극적 목적은 달성해지 못했으나 확실히 유리한 판도를 이끌어내긴 하였다. 현재 프랑스의 북부 공업지대가 독일의 발굽 아래 떨어진 상황이었다. 그 덕에 프랑스의 철강 생산력은 사실상 정지된 상황이었다. 고로 자신들이 가세한다면 동맹국이 유리하리라 판단하였다. 또한 지중해에서 영국 해군을 어느 정도 잡아준다면 독일 해군의 승리도 꿈은 아닐 것이다. 여하튼 이탈리아는 고민 끝에 전쟁 2년 전 독일과 맺은 새로운 조약에 따라 동맹국으로 참전하였다. 그들은 사보이와 니스를 탈환하자는 구호를 자국민에게 표명하며 독일에 참전의 의사를 표명하였다.

그렇게 동맹국의 역량은 크게 확대되었으며 팔켄하인 총참모장은 지금이야말로 서부 전선에 총공세를 펼칠 때라고 판단했다. 협상국의 전력이 참전국으로 인해 여기저기로 퍼져 가는 이때가 최대의 찬스라고 그는 생각했다. 다만 여러 국가의 참전이 독일에게 항상 득은 아니었는데 오스만의 참전에 오스트리아는 분개하였다. 오스만을 꾸준히 패퇴시킨 나라는 러시아뿐만 아니라 오스트리아도 그러한 역사가 있었기 때문에 오스만이 발칸 반도를 다시금 노리는 것에 대해 매우 불쾌하였다. 오스트리아는 치머만과 야고프와 같은 외무 관료들을 통해 대단히 항의하였다. 이에 독일은 세르비아와 몬테네그로는 무조건 오스트리아의 것이 될 거라며 다독이는 것으로 당면의 위기를 넘겼다.

동맹국 가입 세력이 늘어가자 영국도 협상국 참전 세력을 찾기 시작했다 대표적으로 일본이 영국의 편으로 참전하였다. 그들은 칭다오와 독일령 태평양 군도들을 차지하기 위해 선전포고하였고 칭다오는 얼마 안 가 무력하게 함락되었다. 다만 일본은 유럽 전선에 끼어드는 것은 원치 않아 협상국에 물자만 대줄 뿐이라 독일은 그나마 안심할 수 있었다.

이렇게 여러 국가가 각각 협상국과 동맹국으로 참전하자 단기간에 끝나리라는 전쟁은 총참모장의 생각보다 너무나도 확장되었다. 그러나 그는 아직 희망을 놓지 않았고 앞서 말했듯이 오스만과 이탈리아의 참전으로 프랑스와 독일 점령지 사이에 군사가 적어지리라 희망이 있었다. 그는 보르도 점령을 위한 최단 거리 공세를 상정한 계획을 전군에 하달하였다.

훗날 팔켄하인 공세라 불릴 이 총공세의 주전장은 오를레앙 방면이었다. 따라서 자연히 한스가 속한 부대는 명령을 전해 받았고 한스는 바이어 중위를 통해 작전에 대한 브리핑을 듣게 되었다.

"다들 주목! 제군들. 총참모부로부터 새로운 명령이 하달되었다. 보름 뒤 우린 협상국과 분할하여 차지하고 있는 오를레앙과 그 주변 지역을 완전 점령하기 위해 진군한다. 현재 우리의 위치와 프랑스 정부 피난처인 보르도 사이에 요새와 참호들이 즐비해 있다. 이들 중 보르도로 향하는 최단 거리에 위치한 요새와 참호들을 박살낸다. 총공세로 적을 최대한 빨리 박살 내어 보르도를 점령하고 프랑스 정부를 항복시키는 것이 이번 공세의 요지다. 이번 작전은 우리에게 유리한 점이 많다. 지난해의 작전 계획이 비록 최종적으로는 성공하지 못하였으나 많은 성과를 거두어 우린 프랑스 북부를 취하는 것에 성공하였다. 프랑스 북부의 요새들에 비하면 남부의 요새는 그리 엄청난 수준이 아니다. 따라서 그다지 큰 걱정은 할 필요 없을 것이다. 이번 총공세를 통하여 반드시 이 전쟁을 올해 안으로 마무리 짓는다! 그러니 최선을 다해 싸워주길 바란다!"

바이어 중위는 이번 작전의 유리한 점을 설파하며 부대원들의 사기를 드높이고자 노력하였다. 그는 작전 개시 시점에서 먼저 포병 부대가 포격을 실시하여 요새와 참호를 무력화시킨 다음 자신들이 속한 보병 부대가 진격할 것이라 설명하였는데 작년 벨기에에서 크나큰 활약을 한 305밀리 곡사포로 이루어진 포병부대가 이번 작전을 도울 것이니 승산은 충분하다고 설파하였다. 또한 팔켄하인 총참모장은 이번 작전을 위해 엄청난 포대를 집중 보강하였는데 그 수가 얼마나 많은지 전선에 1마일당 1개 사단과 150여 문의 대포가 빼곡히 집중 배치되어 있었다. 뿐만 아니라 전선에 수백만 발의 포탄까지 비축해두니 정말인지 어마어마한 대군이 아닐 수 없었다.

"총참모장께선 전선의 어느 곳에서도 적군이 안심하지 못하게 전면적인 포격을 가하라고 명했다. 적은 어디서든 안전하다고 못 느낄 것이고 자연스레 보급도 불안정해질 것이다. 우리 독일의 모든 힘을 집중 배치하였으니 어느 한 곳에서 빈틈이 생길 수밖에 없는 구조다. 따라서 작년처럼 그 틈을 치고 들어가 보르도까지 진격한다."

팔켄하인 총참모장은 이번 공세에 사활을 걸었다. 만일 이번 작전이 실패한다면 경질될 것이 자명한 사실이었다. 기대도 하지 않은 동부 전선에서 작년 크나큰 승리를 거두었을 뿐만 아니라 이미 폴란드를 점령해가고 있었다. 적은 병력으로 말이다. 따라서 모든 병력을 집중시킨 이 작전이 실패한다면 그는 카이저의 진노를 살 것이 자명했다. 고로 팔켄하인 총참모장은 작년에 그러하였듯이 대규모 병력을 통한 특유의 공세 탄력을 활용하여 요새를 돌파하거나 만일 힘들 것 같으면 대규모 병력을 이용하여 협소한 지역들에 적을 끌어들여 적에게 소모전을 강요, 그를 통해 발생되는 전선 붕괴를 통하여 보르도로 재빨리 진격해 이 전쟁을 마무리할 생각이었다. 이를 위해 그는 최대한 많은 포대를 서부 전선에 배치하였다. 게다가 동맹국으로 참전한 국가들 덕에 병력이 여전히 우위를 점하고 있었으니 승산이 분명히 있었다.

"우리가 유리하다. 그러니 제군들은 안심하라! 승리는 자명한 사실이다! 자, 다들 보름 뒤에 죽도록 싸워 보자! 우리의 고향을 위해, 도이칠란트를 위해!"

소대장의 말에 다들 고향을 위해 싸우자는 구호를 열심히 외쳤다. 그 구호를 오랜만에 다들 진심으로 열렬히 외쳤다. 다들 조기 종전에 실패하여 의기소침하고 있었다. 그러나 북부를 강탈당해 동원력과 산업이 저하된 프랑스와 달리 독일군은 여유가 있었다. 그 사실에 병사들은 다시금 조기종전의 희망을 품을 수 있게 되었다. 그러한 연유에 다들 오랜만에 상승된 기분으로 승리를 외쳤다.

이는 한스도 크게 다르지 않았다. 처음 겨울을 타국에서 보낼 때는 고향과 카를라를 그리워하며 허송하게 보냈으나 소대장의 말을 들으니 승리가 머지않아 보였다. 조금만 힘을 내면 고생 끝에 낙이 올 것 같았다.

"자, 다들 보름 뒤를 위해 충분히 휴식을 취하자! 배도 든든히 채우고!"

바이어 중위는 본부 대대로부터 받아온 특식을 호프만 병장과 함께 소대원들에게 나눠주었다. 간단히 만든 퍽퍽한 전선용 식량이 아닌, 오랜만에 육즙이 나오는 고기에 다들 진심으로 환호성을 질렀다. 사실상 도축하기 전 돼지를 살찌우는 것에 가까운 행위였지만, 장병들은 눈앞의 고기에 당장의 쾌락을 마음껏 즐겼다.

"맛있나?"

"예! 아주 괜찮습니다!"

다들 웃음으로 화답하자 소대장은 사기를 좀 더 올리기 위해 본부에서 받은 소식을 장병들에게 알려주었다.

"먹으면서 들어라, 아주 기쁜 소식이 있다. 아까 우리가 유리하다고 했지? 우리의 병력이 적보다 많다. 그 이유는 다른 지역에서 활약해주는 아군과 동맹국 군대 덕분이다. 다들 칭다오가 간악한 아시아 원숭이들에게 점령당했다는 소식을 들었을 것이다. 해외 영토라 중과부적이었겠지. 허나 우리의 동아프리카가 파울 폰 레토-포어베크 대령의 빛나는 지휘하에 여전히 항쟁하고 있다 한다. 그곳에서 묶어주고 있는 만큼 우리 앞에 적이 없는 것이지. 작년 말 SMS엠덴의 함장 칼 폰 뮐러가 아시아 바다에서 엄청난 활약을 해준 것처럼 각지의 우리 군대가 여러 활약상을 펼치고 있다. 그 활약만큼 우리의 눈앞에 적이 더욱 허약해지고 있지. 그 기대를 우리는 꼭 이어받아야 한다. 본대인 우리가 협상국 군대를 격파해주어야만 이 눈부신 활약들이 비로소 의미가 있게 되는 것이다. 다들 많이 먹고 꼭 국가와 국민, 그리고 열심히 싸워주고 있는 아군의 기대에 부응하자. 특히나 동부전선은 우릴 위해 적은 수로 러시아의 대군을 상대하고 있다. 그런 좋지 못한 상황에도 폴란드를 점령해가니 꼭 기대에 부응하자."

"벌써 폴란드를 해방해 간답니까?"

"그래. 루덴도르프경이 아주 대단한 능력자인 듯해. 강력한 차기 총참모장 후보라고 요새 소문이 자자하더라고. 허나 전쟁을 끝낼 진정한 활약을 할 차례는 바로 우리 앞에 놓여있다. 다들 승리를 거머쥐고 고향의 사람들에게 영웅으로 돌아가자. 그럼 소대장은 잠시 나갔다 올 테니 편히 쉬고 있도록."

소대장이 나가자 다들 들려오는 승전 소식을 나누며 기쁘게 음식을 먹었다. 전장의 장병들에게 다른 전선의 좋은 소식은 자국 승전 가능성을 올려주는 것으로 판단되기에 다들 다른 전선의 영웅들에 호평하며 식사를 하였다. 그 대화의 주인공은 단연 루덴도르프 참모장이었다. 작년 이후 증강되긴 했지만 여전히 일개 군단도 못한 병력으로 러시아의 수십만 대군을 얼어붙게 하고 있었다. 힌덴부르크의 지휘와 루덴도르프의 지략이 동부전선에 승리를 가져다주고 있었다. 이런 이야기에 다들 자신들만 한 번 더 이기면 전쟁은 손쉽게 끝나리라는 희망에 빠져 있었다.

"오스트리아 녀석들만 더 잘해줬으면 좋았을 텐데. 아직도 세르비아랑 몬테네그로를 밀지도 못하고 있다며?"

"그래도 러시아의 많은 군대를 잡아주고 있으니 나름 제 역할을 다하고 있긴 하지. 안 그러면 아무리 루덴도르프 참모장이라도 바르샤바를 함락시키긴 힘들었을걸. 병력이 별로 없으니까."

"아니지, 이탈리아 덕이지. 이탈리아 덕에 서부는 아예 신경도 안 쓰고 있잖아? 그런데도 전진은 고사하고 붙잡는 게 한계라니. 카이저도 무능한 것들을 동맹으로 삼았다니까."

소대원들은 동부에서 들려온 이야기를 하였다. 들리는 바에 의하면 오스트리아는 예상과 달리 큰 활약을 하지 못하고 있다는 이야기였다. 그래도 거대한 인구에서 나오는 병력은 무시할 것이 못 되어서 러시아의 대군이 마음대로 움직이지 못하게 만드는 역할을 하고 있었다. 그래도 동맹국이고 같은 민족이 주축인 나라이기에 다들 진심으로 놀린다기보다는 대화의 소재로 사용하며 웃음을 자아냈다. 그리고 다들 벌써부터 승전 이후 영웅이 된 자신들의 모습을 상상하며 그날을 기다리며 버티자고 서로를 다독였다. 다만 몇 달 전 프랑스인들에게 얻어먹은 것이 기억나 다들 그래도 일반 시민들은 건들지 말자고 약속하였다.

"당연하지. 우리가 야만족이냐?"

"프랑스가 항복하면 당연히 돈 주고 사 먹어야지. 보르도 정부가 항복하면 난 허락 맡고 바로 길거리에 가서 포도주나 사야겠다. 작년 크리스마스 때 엄청 맛있었지."

"난 빵이나 먹어야겠어. 하하."

한스의 당부에 하르트만과 리온이 당연한 것을 묻지 말라며 웃어넘겼다. 그래도 아직 전사자가 없는 부대라 그런지 모두 살아서 돌아가리라는 희망과 함께 오랜만에 보급된 기름진 술과 고기를 들이켰다. 다만 오토 리비히는 포탄 내음 속으로 다시 들어가기 싫은 나머지 그다지 기뻐하지 않았다. 이미 여러 전장을 거쳐 온 사내지만 여전히 구역질이 심했다.

"왜 그래? 무서워, 오토?"

"아, 그게…."

"괜찮아. 네 곁에는 내가 있잖아."

"고향 여친 두고 바람피우는 거냐, 한스!"

"하하!"

스벤의 농에 부대원들이 한껏 웃었다. 허나 재미있는 농을 하여도 리비히를 비웃는 사람은 없었다. 이미 슐리펜 작전의 수렁을 거친 사내들이었다. 총알이 빗발치는 공간, 말 그대로 비가 흐르듯이 총알이 지나가는 그 공간에서 아주 운 좋게 살아남은 자들이었다. 그야말로 운이 좋다고 할 수밖에 없는 것이 비가 오는데 우산 없이 비를 피하리라는 것은 거의 불가능에 가깝기 때문이다. 그런데 우중충한 탄알들의 비를 여태까지 지나왔으니 그야말로 오늘 살아있는 것이 기적에 가까웠다. 비록 소대원이 죽는 것은 구경하지 않았으나 다른 부대 사람의 시체를 보고 그걸 지나친 적은 많았다. 언제 자신들도 그리 될지 모르는 마당에 소심하게 구는 리비히를 놀릴 사람은 없었다. 그렇기에 다들 동료애가 발동되어 모두 리비히에게 다가가 조금만 더 힘내자고 말했다.

"남자답게! 넌 너무 소심해서 탈이야. 우린 무슨 강철 심장이야? 우리도 쫄려. 그러나 고향을 생각하는 거야. 아니면 너도 한스처럼 여자를 생각하며 버티든가."

"이봐, 리온. 그 장난은 이제 그만…."

"아니야. 장난이 아니라 진심이야. 버팀목이 있다는 건 좋은 거잖아. 난 내심 네가 부럽다고. 난 그런 관계의 여성이 아직 없단 말이야."

"뭐야. 모태 솔로냐?"

"짜증 나니까 아가리 닫아주세요. 크뤼거님. 여하튼 소중한 걸 떠올리자, 이 말이지. 그럼 자연스레 힘이 날 거야. 전장에서 무섭지만 앞으로 걷게 해주는 힘이 생기지. 오토. 지금까지 넌 항상 우리 뒤에만 서길 반복했는데 무섭지만 앞에 네가 나서 봐. 그게 빠르게 공포가 없어질 방법이야."

리온의 말에 다들 홍이 날 뿐만 아니라 눈물이 나면서도 힘이 났다. 소중한 것은 사람에게 희망을 주기 충분하니 말이다. 20대 초반 어린애들답게 다들 몇 번 전장을 거쳤는데도 불구하고 여전히 긍정적인 마인드를 뽐내었다. 돌이켜보면 아직 전쟁이 일어난 지 1년도 되지 않았다. 전장의 폭력이 완전히 스며들기까지는 아직 시간이 남아있었다. 그래서 동료를 아낌없이 응원하고 지지해줄 줄 알았다. 폭력이 완전히 스며들기 전에 전쟁이 끝난다면 다들 사회에 돌아가 멋진 이웃이 되어 줄 터였다. 다들 이것을 본능적으로 알고 있었기에 이번이 마지막이 되기를 빌고 또 빌었다. 부디 그들의 소원처럼 되기를!

*

보름 뒤, 한스는 참호 발판 위에 서서 적들을 유심히 바라보고 있었다. 작전 개시 직전이기에 정해진 자신의 위치에서 적들을 바라보고 있던 것이다. 가죽 덮은 피켈하우베를 최대한 곧게 다잡으면서 그는 공격 명령이 떨어지기를 기다렸다. 그는 공격 명령을 기다리며 온갖 생각에 빠졌다. 마치 깊은 바다에 들어간 것 같았다. 카를라에 대한 마음뿐만 아니라 부모님에 대한 그리움도 갑작스레 커져갔다. 과연 다시 만날 수 있을까? 지금까지 자신은 너무나도 운이 좋았다. 아직까지 생존해 있다니 감사하면서도 또한 두려웠다. 이미 쓰러져간 이들을 뒤따라가기 너무 싫었다. 하지만 어쩌겠는가. 선택지는 이제 하나뿐, 죽기 전에 눈앞의 적을 죽이는 수밖에 없었다. 아이러니하게도 살기 위해 다른 이를 죽여야만 하는 것이었다. 허나 전쟁이란 원래 그런 법이니 한스는 불평하지 말자고 스스로를 세뇌하였다. 지금 이 순간만큼은 스스로를 비이성적으로 세뇌하며 버텨나갔다.

그리고 얼마 지나지 않아 작전 개시를 알리는 포격의 소리가 울려 퍼지기 시작했다. 벨기에에서 요새들을 박살 냈던 제국이 자랑하는 무거운 곡사포가 적의 참호 곳곳을 내리찍기 시작한 것이다. 그 강렬한 포격에 적들의 참호는 순식간에 엉망진창이 되어버렸다. 철조망과 포대는 먼지 조각이 되어버렸고 참호 안에서 버티려던 병사들은 넝마덩이가 되고 말았다. 역시 포병은 전장의 꽃이자 신이라고 할 수 있었다. 포격으로 인해 적들이 혼미해진 와중에 사령부는 보병들에게 전진할 것을 명했다. 이에 한스는 참호에서 뛰어나와 앞으로 뛰어나갔다.

'젠장맞을, 지옥이군. 오토가 힘들어할 만해.'

참호 밖으로 나온 한스는 눈앞에 펼쳐진 지옥도에 혀를 찼다. 눈앞에 보이는 모든 것들이 엉망진창이 되고 있었다. 게다가 앞서 나갔던 아군이 적의 대응사격과 포병의 응전에 당하여 시체가 되어 널브러져 있는 모습은 너무나도 시각적으로 가혹했다. 그런 상황에서 여전히 멈추지 않고 계속 이어지는 아군의 포격, 그에 대응하는 적의 포격에 그의 귀는 찢어질 것만 같았다. 그래도 다행인 것은 선제 포격으로 인하여 겨우 당도한 적의 참호 안에 살아있는 병사가 별로 없었다는 점이었다. 숨이 붙어 있는 프랑스 병사들은 최대한 저항하였으나 물량에 답이 없듯이 얼마 안 가 저항은 종료되었다.

"제군들, 힘들겠지만 다음 참호도 점령해야 한다. 바로 전진하자!"

바이어 중위는 소대원들을 독려하며 다시금 아군 포격에 발맞춰 앞으로 나갈 것을 명했다. 한스는 참호 안에 처박혀 마치 종이처럼 꾸겨져 있는 시체를 보며 토가 나올 것 같았지만 이내 최대한 참고 다시 참호 밖으로 나가 전진하였다. 그렇게 한스의 소대는 몇 개의 참호를 무난하게 점령하였다. 아군의 포격에 적의 참호가 넝마가 된 덕분이었다. 그러나 그러한 상황은 계속 이어지지 않았다. 금세 끝날 것 같은 참호라인은 마치 거미줄처럼 겹겹이 이어져 있었고 뚫어 가면 갈수록 상태는 호전되고 있었다. 허나 바이어 중위는 멈추지 않고 계속 전진할 것을 명했다. 한스는 기진맥진했으나 명에 따라 최대한 움직였다. 고향에 있는 사람들을 생각하며 말이다. 그러나 얼마 안 가 적의 강한 저항에 한스의 소대원들은 주저앉을 수밖에 없었다. 참호에 설치된 기관총의 총알 세례에 바이어 중위는 잠시 멈추고 아군의 포격으로 적이 정리될 때까지 기다리라고 명했다. 한스는 아직도 이어지고 있는 포격을 바라보며 생각했다.

'언제까지 쏴대는 거야? 저러다가 내가 저 포탄에 맞아 죽는 게 아닐까?'

한스는 아군의 진격과 근접할 수준으로 쏘아대는 포격을 보며 걱정했다. 독일군 참모부는 최대한 참호라인을 돌파하기 위해 포격을 멈추지 않았다. 심지어 아군이 근처까지 도달했어도 말이다. 이 덕에 재빠른 참호 점거가 가능했으니 아주 나쁜 방법은 아니었다. 그러나 서서히 오인 사격에 가까운 결과들이 나왔고 이내 그것은 한스의 눈앞에 펼쳐졌다.

"리온!"

한스는 아군의 포탄 파편에 직격당한 리온을 향해 달려가며 소리쳤다. 리온은 자신의 얼굴 절반을 날린 아군의 포격 결과물에 엄청난 고통의 소리를 내던졌다. 호프만 병장은 재빨리 리온에게 다가가 진통제를 투여하였고 근처 위생병을 향해 소리쳤다. 리온은 고통에 몸부림치며 살려달라고 외쳤다. 어린아이가 절망에 빠져 떼쓰는 것과 같은 모습이 기관총의 사선에서도 살아남았던 장정답지 않아 보였다. 허나 고통에 어쩌겠는가. 죽음에 다가오고 있다는 신호엔 모두가 평등했다. 결국 얼마 가지 않아 리온은 끝내

목숨을 잃었다. 참으로 순식간에 벌어진 일이었다. 바이어 중위는 리온의 두 눈을 감겨주곤 다시 전진하자고 외쳤다. 마치 아무 일도 없었다는 듯이 말이다.

한스는 그 말에 발이 떨어지지 않았다. 지금껏 많은 시체를 보았지만 그간 같이 밥을 먹고 같이 참호 안에서 잠을 청했던 옆 동료가 사망하니 마음이 요동쳤다. 게다가 너무 순식간에 죽어버리니 실감이 나지 않았다. 엊그제까지만 해도 장난치던, 생동감 그 자체라고 할 수 있었던 그 발랄한 동료가 맞는가? 평소 웃길 좋아하던 동료는 순식간에 싸늘해지고 있었다. 평소라면 시체들을 봐도 어찌어찌 넘기는 게 가능했으나 옆에 있던 사람이 죽으니 한스는 충격에 몸을 움직이지 못했다. 더 자세히 알아갈 수도 있었을 사람이 파리 목숨처럼 죽다니. 아마 오토는 이런 고통을 남보다 미리, 그리고 더 자세히 느끼고 있었을 터였다. 그런 감정을 자신도 느끼니 한스는 발을 떼는 데 시간이 오래 걸렸다.

"한스, 진격해, 어서! 죽은 사람 처음 보나!"

옆에 있던 게하르트 호프만 병장이 한스를 보며 외쳤다. 그제야 한스는 동료의 죽음을 뒤로하고 발을 움직였다. 그는 스스로 정신 차리자고 생각했다. 리온의 죽음은 어이가 없을 정도로 쉽게 지나갔지만, 그렇다고 여기서 주저앉을 수 없었다. 고향은 둘째치더라도 옆의 동료와 자신의 목숨은 챙겨야 하니 말이다.

"그래, 그래. 잘 생각했어. 자, 다시 전진…."

게하르트 호프만 병장은 한스를 보고 웃으며 앞을 보자마자 기관총의 총탄에 직격당했다. 아군 포격에 눈앞의 기관포대가 무너진 줄 알았으나 착각이었던 것이다. 그간 참호의 기관총이 얼마나 무서운지 알기에 조심스럽게 다가가던 한스의 소대였지만 판단 미스로 한 번에 소대원들이 사격을 당하기 시작했다. 호프만 병장은 그대로 즉사했고 옆에 있던 스벤은 어깨에 부상을 입었다. 한스도 한쪽 팔에 총상을 입었고 거의 모든 소대원들이 부상을 입었다. 다행히 추가 사망자는 게하르트 호프만 한 사람뿐이었지만 순식간에 전투 불능 상황에 놓여버렸다. 바이어 중위는 2명의 사망자와 여러 부상자들이 생긴 소대로는 더 이상 전투는 힘들다고 판단, 자신의 재량권을 이용하여 일단 소대를 뒤로 물리기로 결정하였다.

"자, 일단 다른 소대에 맡기고 우린 후퇴한다. 몸 상태에 따라 서로를 부축하도록 하자. 빨리 뒤로 물러가자."

한스는 소대장의 명에 따라 성한 팔로 쓰러져 있는 하르트만을 부축하며 천천히 베이스를 향해 걸어갔다. 그러면서 그는 주변을 바라보았다. 경계를 하기 위해 바라보기 시작한 주변 광경은 참으로도 끔찍하였다. 독일군의 공세가 멎기 시작했는지 주변의 아군이 참호의 기관총과 적의 포격에 곤죽이 되고 있었다. 심지어 아군의 근접 포격에 희생당하는 장병들도 보이고 있었다. 지금까지 한스의 소대가 잘 생존하던 것은 그저 운이었다고 비웃는 것처럼 주변의 장병들이 한 번에 수백 명씩 죽어 나가고 있었다. 과장이 아니라 불과 몇 분 만에 사단 하나가 증발돼가는 속도였다. 포격에 곤죽이 될 것 같았던 협상국의 참호는 프랑스의 명장 페탱의 지휘하에 지연전으로 차분하게 유지되었다. 앞 라인은 초토화되었지만 뒤에 있는 참호 라인들은 엄청난 포격 속에서도 요새화를 유지하고 있었다. 이는 작년처럼 힘으로 누르려는 독일군의 자만이 부른 참극이었다. 비록 북부 국경 라인에 비하면 낮은 등급의 요새들이 위치한 곳이긴 하나 이미 땅으로 기어 들어간 참호가 겹겹이 유지되어있는 곳인 이상 포격에 한계가 있었다. 지면은 초토화되고 달의 뒷면처럼 크레이터가 형성되었으나 참호로 이루어진 간이 요새 자체는 박살 나지 않았다. 독일이 작년 말부터 공격을 준비해왔듯 방어를 준비해온 협상국 군대는 뒤편에 주로 지은 단단한 콘크리트 덩어리 안에 숨어 달려오는 적들을 향해 기관총을 퍼부었다. 잘 요새화된 곳에 있는 기관총 사수에게 몰려드는 보병들이란 아주 맛 좋은 먹이였다. 게다가 지그재그 형식으로 지어진 참호에 돌격은 다가오는 적에게 집중 사격하기도 용이하였다. 프랑스 지휘관 페탱은 독일군이 스스로 물러나길 원하여 최대한 많은 동원 병력과 군수 물자들을 번갈아 투입하며 출혈을 요구하였고 이는 정확히 맞아떨어지게 되었다. 결국 병력 우위를 통해 압도적인 사상자 교환 비율을 자랑하고자 하였던 독일군의 계획은 실패하고 말았다. 사상자 비율은 서서히 동등해졌다. 협상국 군대도 포격으로 인해 엄청난 사상자를 냈으나 독일군 군대도 요새화된 참호에 그대로 병사를 내주는 형국이 되어 엄청난 사상자를 낸 것이다. 정리하자면 수많은 포대로 리에주 때와 같이 요새와 참호들을 무력화시키리라고 독일 지휘부는 생각했으나 전선에 즐비한 참호들은 엉망이 되었을지언정 완전히 무력화되지 않았고 수많은 요새들에 그대로 병사들을 박아버린 결과를 독일군은 맞이하게 된 것이다.

그렇게 독일군의 첫 오를레앙 공세는 참혹한 실패로 끝났다. 이는 독일군으로서는 상당한 불행이었는데 협상국 군대가 독일의 공세로부터 버텼다는 것은 그들에게 희망을 줄 뿐만 아니라 교훈을 주기도 했기 때문이었다. 독일군의 생각과 달리 프랑스 군대엔 유능한 장교들이 넘쳐났다. 대표적으로 6군 사령관 에밀 파욜은 포병이 파괴하고 보병이 전진하여 장악하는 방법을 잘 이해했다. 포슈, 니벨 같은 장교들은 그 방법을 침략자들로부터 당한 것을 통해 잘 깨우쳤다. 프랑스 군대는 독일군의 단점은 경계하고 장점은 배워나갔다. 그들은 포병과 보병의 합의 중요함을 깨달았다. 공세가 어느 정도 멎어지고 반격의 타이밍이 되자 프랑스 군대는 포격을 하되 선상을 지키며 발맞춰 보병을 진군하여 자신들의 조국을 침략한 적들에게 강렬한 타격을 가했다. 물론 처음부터 생각대로 되지는 않았다만 이것은 가면 갈수록 정교화될 것은 자명한 사실이었다. 이러한 사실은 독일군의 일방적 공세의 종결을 의미하였고 또한 전쟁의 장기화를 의미하였다.

그나마 위안 삼을 것은 독일군의 총공세에 협상국 군대도 엄청난 사상자가 나왔다는 것이다. 협상국의 일반 보병들은 참호 발판 위에 올라가려다가 포격에 떼죽음을 당하곤 하였다. 양측의 기병사단은 참호에 아무런 활약도 못 하고 바로 고꾸라져버렸다. 여하튼 엄청난 피해로 부대가 속속히 사라지는 진풍경이 펼쳐지자 바이어 중위는 자신의 소대만큼은 최대한 유지하기 위해 후방으로 급속히 빠져나갔다. 그리곤 아군 참호로 복귀하여 위생병을 부르고 부상자들에게 응급처치를 실시하였다.

“팔 아프지? 이거 꽉 붙잡고 조금만 참아. 난 다리 다친 크뤼거를 좀 보고 올게."

바이어 중위는 한스의 어깨를 쓰다듬으며 말했다. 한스는 아픈 팔을 부여잡으면서 주위를 바라보았다. 주변에는 이곳저곳에 총상을 당한 같은 소대원들이 보였다. 그간 생존해왔던 소대원들 중 둘이 사망하였다는 사실에 한스는 정신이 아찔해졌다. 사망한 둘이 자신의 미래처럼 보였기 때문이었다. 그래도 그나마 다행인 것은 다른 사람들은 다치는 선에서 끝났다는 점이었다. 여전히 한스의 소대는 운이 좋은 편이었다. 다른 소대는 소대 자체가 사라지거나 한두 명이 죽는 것이 아니라 한두 명 살아남는 것이 일상다반사였다.

'리온… 호프만 병장님…. 시체를 수습하는 건 불가능하겠지….'

한스는 먼저 간 둘을 떠올렸다. 너무나도 안타까웠다. 더 많은 것을 알 수 있었을 텐데 그럴 기미도 없이 생명이 꺼져버렸으니 너무나도 인생이 무익해 보였다. 그간 많은 죽음을 봐왔지만 옆의 동료가 죽으니 그는 진정으로 죽음의 두려움에 빠져버렸다. 특히나 호프만 병장은 별말 없이 자신의 임무만을 묵묵히 수행하는 사람이었는데 갑작스럽게 사망하니 너무나도 덧없게 보였다. 순간 한스는 오묘하고도 두려운 감정에 빠졌다. 큰 의미 없이 자신이 갑작스럽게 세상에 사라질 수 있음을 바로 옆의 사람들의 죽음으로 그는 깨달은 것이었다.

'그래도 아직 죽긴 싫어…. 죽더라도 카를라를 보고 죽어야 해….'

한스는 붕대로 묶을 쪽의 팔을 다잡으며 속으로 고향에서 기다릴 그녀를 생각했다. 여기서 갑자기 사라 질수는 없다고 그는 생각했다. 동시에 그는 먼저 떠나간 둘을 생각했다. 장난치길 좋아하지만 기차에서의 기억을 보다시피 진지할 땐 진지했던 상냥했던 리온, 자신의 의무에 충실했던 독일 시민 그 자체인 호프만, 그 둘을 그는 잊지 말자고 기억했다. 그들의 죽음이 의미가 있을 것이라고 그는 분명히 생각했다. 분명히 덧없이 가는 것이 아니라 여기 있는 모두가, 그리고 국민들이 기억해주리라 그는 믿었다.

"하르트만 괜찮아?"

"아, 비껴 나가서 괜찮아. 잘못하면 어깨가 아니라 목이 날아갈 뻔했지만, 뭐 살았으니까. 좋게 생각하자고. 일단 한동안은 후방에 있을 수 있잖아. 단 며칠이라도 말이지. 그래도 저 지옥에서 살아서 빠져나와서 다행이야."

하르트만은 여전히 엄청난 서로 간의 포격소리가 들리는 전장을 향해 바라보며 말했다. 하르트만의 말대로 전장에서는 지옥도가 펼쳐지고 있었다. 그야말로 시체들의 향연이었다. 적의 총탄과 포격에 널브러져 있는 시체가 서로의 참호를 가득 메우고 있었다. 포격으로 인해 부수진 틈을 시체가 차곡차곡 채우고 있는 형국이었다. 성인까지 자라는 데 족히 십수 년은 걸리는 인간들이 단 몇 초만에 죽어 나가고 있었다. 그것도 아름다운 죽음이 아니라 끔찍한 모습이 되어가며 죽는 모습이 정말로 지옥 같았다. 저런 곳에서 빠져나왔다는 생각에 한스는 안도의 한숨을 내쉬었다.

"다른 사람들에게 미안하지만 산 걸로 만족하자. 부디 리온과 호프만 병장님이 편안히 잠들길."

하르트만의 말에 살아남은 소대원들은 다들 목에 걸린 작은 십자가를 어루만지며 묵념하였다. 그리고 참호 뒤편에 설치된 간이병원으로 이동하였다. 치료를 실시한 군의관에 따르면 다행히도 그리 큰 상처들은 아니었다. 당장은 총을 격발하긴 힘든 상황이지만 아마 보름 정도 쉬면 다들 충분히 전장으로 복귀할 수 있는 수준이라고 판단하였다. 다들 전장에 다시 가야 한다는 소식에 별로 좋은 표정을 짓지 않았다만 그래도 한동안 쉰다는 사실에 만족하였다. 그러면서 이기적이지만 쉬는 동안 전장의 상황이 좋아지기를 바랐다. 그래야 살길이 보일 테니까.

그래서 한스는 아는 모든 종류의 신들에게 빌었다. 비겁하지만 제발 다시 전장으로 돌아갈 때 상황이 호전되기를! 사람 고기가 널브러져 있는 저 장소에 구원이 당도하기를!

부디 게르마니아께서 굽어살피시길.

*

분명 한스는 게르마니아에게 빌었다. 그러나 독일의 수호신은 바쁜 일이 있는 것인지 한스의 바람대로 흘러가지 않았다. 전황은 점점 어두워져만 가고 있었다. 분명 작전 개시 전에 팔켄하인 총참모장은 자신만만하고 있었다. 독일 제국이 자랑하는 곡사포에 벨기에에서처럼 적들은 무너질 것이라고 생각했다. 그러나 한스가 앞서 경험한 것처럼 요새와 참호는 이에 버텨갔다. 버텨갈 뿐만 아니라 시간이 흐를수록 원활한 병력 수급을 통하여 차례대로 적의 공세를 맞이하였다. 팔켄하인 총참모장의 기대와는 다르게 눈앞의 적들은 일정 숫자를 꾸준히 유지하였다. 이탈리아 전선과 동방 전선에 원정군을 파견한 협상국이었지만 그들의 동원 능력은 상상 이상이었다. 이전 시대와는 다르게 그야말로 모든 것을 붓는 시대가 열린 탓에 프랑스는 그야말로 나라의 모든 인적자원을 부어 적들의 공세를 막아갔다. 영국 또한 대륙 원정군의 규모를 크게 늘려 프랑스를 도우니 페텡과 니벨은 자원의 부족을 크게 느끼지 않았다. 이렇게 모인 인적 자원을 전선에 돌아가며 순환 배치시키니 그렇게 만들어진 탄탄한 여러 겹의 막을 독일 제국군은 끝내 돌파하지 못하였다. 곡사포에 어느 정도 무너지긴 해도 여전히 참호에서 기관총을 갈겨대는 그 라인을 넘어서는 데는 엄청난 애로 사항이 있었다. 결국 팔켄하인은 실패 시 생각해두었던 협소한 지형으로의 유도를 시도했으나 그것도 큰 수확을 거두지 못했다. 유례없는 규모의 전쟁에 서로 엄청난 피해만 볼 뿐 협소한 곳에서 계속 죽어나갈 뿐이었다. 그만큼 참호는 단단하면서도 조밀하게 구성되어 있었다. 이 벽을 뚫기에 기존의 포를 넘어선 무언가가 필요했다.

"오늘 카이저께 단단히 혼났습니다. 이제 그걸 써야 할 시점 같습니다."

"그거라면…. 그래도 될까요? 하지만 한 번 쓰면 돌이킬 수 없습니다."

공세 시작 후 보름 뒤, 룩셈부르크의 총참모부 지휘소에서 현 참모장은 전 참모장에게 심중을 토로했다. 팔켄하인은 포에 참호가 무력화되지 않는 것을 보고 비장의 무기를 쓰는 것에 전 참모장 몰트케에게 의견을 물어보았다. 그것은 바로 염소가스, 이른바 독가스라고 불리는 무기였다. 이 말에 몰트케는 놀라 처음엔 부정적인 반응을 보였다. 그러나 그가 보기에도 지금의 전황을 뒤집을 만한 무언가가 필요했다. 왜냐면 포격을 하면 할수록 겉은 전부 박살 나더라도 참호가 땅으로 들어가는 형세로 변화하고 있어서 참호에 들어간 것들을 박살 낼 새로운 무기가 필요했기 때문이었다.

"공감은 가지만, 그래도…."

"승리를 해야 합니다! 승리를요!"

어물쩍거리는 몰트케의 반응에 팔켄하인은 입술을 떨면서 소리쳤다. 그는 승리해야만 하는 이유에 대해서 떠들어댔다. 그는 독일제국이 이 거대한 대전에서 패한다면 뒷감당을 하지 못하고 역사 속에 사라질 것이라 주장했다. 확실히 점점 규모가 커지고 있었다. 한스가 야전 병원으로 물러간 이 시점에서 서로 더 많은 병력을 투입하고 있었고 수만에서 수십만, 이제 100만 단위의 군대를 퍼부으며 수십만의 단위로 죽어 나가고 있었다. 만일 이런 규모의 전쟁에서 패한다면 독일은 어마어마한 패전의 대가를 치룰 것이 분명했다. 무엇보다 중립국인 벨기에를 침공할 것을 허가했던 게 다름 아닌 바로 자신 총참모장 팔켄하인이 아니던가? 그러니 패한다면 팔켄하인 총참모장의 운명은 좋게 끝나지 못할 것이 분명했다. 애국심과 개인의 공명심, 일신의 안녕이 한가운데 총집결된 형국이었던 것이다. 만일 실패한다면 그는 카이저에게 죽을 것이고 독일에게 죽을 것이요, 세계에게 죽을 것이었다. 그래서 지금까지 부대를 하나라도 더 집어넣었으나 효과는 크지 않았다. 그야말로 오를레앙은 죽음이 도사리는 무덤이 되고 있었다.

"우린 이곳을 넘어야 합니다! 아군의 피해를 최소화하면서! 그럼 적이 죽고 우린 안 다치는 이 방법이 얼마나 매혹적입니까?"

"그, 그러나…. 이에 대한 비난의 화살도 있을 것인데…."

"겁 많으면 아가리 닥치세요!"

작년 누구도 불완전하다고 판단했던 슐리펜 계획을 어느 정도 성공시킨 인물로는 보이지 않을 발언들을 팔켄하인 총참모장은 내뱉었다. 그만큼 그는 급했다. 목이 달린 문제니 말이다. 게다가 해상 봉쇄 문제도 있어서 동부 전선을 제외하고는 전황이 전체적으로 나빠져 가고 있었다. 이대로 가다간 장기전이 될 공산이 컸고 장기전엔 독일에게 있어서는 크나큰 불리한 점으로 작용될 것이 분명하였다. 고로 총명했던 그는 자신의 목에 집착하여 결국 주변의 회의감과 반대 속에도 독가스 사용을 최종적으로 승인하였다. 그는 독가스를 통해서 참호 안에 숨어있는 적들을 전부 죽이고 요새를 점거하여 빠르게 보르도로 향하는 새로운 작전을 구상하였다.

그렇게 죽음의 천사가 전선으로 속속히 배달되었다.

*

"한스, 상처는 좀 어떤가? 괜찮아졌어?"

"네, 소대장님. 이제 조만간 그리운 전선으로 다시 돌아갈 수 있을 거 같습니다."

"하하, 그립다니. 아주 참 군인이구먼. 그래, 좀 더 푹 쉬도록."

오를레앙 공세 시작 후 대략 한 달 뒤, 전선 뒤의 야전 병원에서 한스의 소대원들은 편히 휴식을 취하고 있었다. 먼저 상처가 다 나은 소대장은 소대원들을 일일이 체크하며 전선 복귀에 관하여 검토하고 있었다. 한스는 참군인처럼 말했지만 당연히 속으로는 전선 복귀를 원하지 않았다. 그래서 사실상 이미 상처가 다 회복된 상황인데도 여전히 누워있었다. 이는 다른 소대원도 다르지 않았다. 고로 한스의 소대가 나이롱환자처럼 버티고 있는 것이나 다름없었으나 이제 전선으로 돌아갈 때가 되긴 하였다. 더 이상 버티긴 힘들었다. 전장은 재투입될 인력을 간절히 원하고 있었다. 조금이라도 더 적을 밀어내기 위하여 인력과 자원을 총동원하고 있었다. 그래서 그들의 퇴원 날짜는 곧 정해졌고 동시에 작전 개시 날짜도 바로 정해졌다.

'저길 다시 가야 한다니….'

한스는 전장을 바라보며 기억들을 되새겼다. 피가 난무하는 전장, 사람의 안에 있는 것들을 전부 보여주는 전장! 그곳은 말 그대로 연옥과 다름없었다. 살기 위해 자신이 노린 적의 머리에서 흘러나오는 뇌수를 보고 있자면 한스는 죄책감에 잠을 이루기 힘들 정도였다. 그래도 그는 움직여야 했다. 이런 일을 카를라가 경험하면 안 된다는 마음이 있으니 말이다. 그렇기에 그는 힘을 내야 한다고 생각했다. 힘을 내야 카를라를 다시 만날 수 있으니까.

하지만 불행히도 게르마니아는 그런 그의 다짐을 비웃듯이 새로운 전장의 무기를 선사해주었다. 소대장은 곧 이어질 작전에 대해 설명했고 이 독가스라는 것에 한스는 절망을 아니 할 수 없었다. 무엇보다 제대로 된 방호구가 개발되지 않았다는 이 독가스를 막을 만한 것은 없었다. 즉 자국군에게도 피해를 끼칠 수 있는 양날의 검, 고작 대비할 수 있는 거라곤 오줌 묻은 더러운 천 조각 정도라니 이게 말이나 되는가? 그런 걸 전장에 써야 한다고 소대장이 설명하자 한스는 주저앉고 싶었다.

"자, 자! 오줌이니 좀 더럽긴 하지만 오줌의 요산이 염소가스를 막아준다고 하더라, 고로 다들 독가스가 지나간 전장을 안전히 다니려면 꼭 껴야 해!"

구토하려는 장병들을 최대한 다독이며 바이어 중위는 말했다. 그는 독일이 자랑하는 화학자 프리츠 하버가 선물해준 전쟁을 끝낼 선물이라고 설명을 이어갔다. 동시에 라인강의 수비를 부르며 전쟁을 이기기 위한 결단임을 설파했지만 다들 반응은 미온적이었다. 그래도 이 꼴을 본토 사람들이 경험하면 안 된다는 공유된 의식이 있기에 결국마저 따라 부르며 다들 가스전에 대한 간략한 설명을 들었다. 설명에 의하면 참호 위에 염소가스통과 적 참호로 불어버릴 송풍기가 설치되는데 적 참호를 완전히 덮고, 지나간 다음까지 기다린 다음 적이 전멸한 참호를 점령하고 다시 가스를 살포하는 것을 반복하는 것이었다.

'이런 도덕적이지 못한 것까지 해야 하나? 내가 상상하던 멋진 제국군은 이런 게 아니었는데.'

한스는 애써 설명하는 바이어 중위를 보며 속으로 그렇게 생각했다. 실망스럽다고. 실망스러울 수밖에 없었다. 독가스는 대단히 위험한 물건으로 이를 방호할 수단은 적도 아군도 없었다. 방독면이라는 것을 만들고 있다고는 하나 아직은 요원한 일, 무엇보다 국제적으로 금기시되고 있었고 실제로 대략 10년 전 헤이그에서 금지하자고 국제적으로 정한 바도 있었다. 이런 걸 꺼내들다니 실망스러울 뿐만 아니라 자칫하면 말려 죽기 안성맞춤인지라 한스는 너무나도 불안하였다. 방독면이라는 것만 있었어도 그렇게까진 부정적이지 않았을 것이다. 그런데 독가스가 지나간 공간에 빨리빨리 들어가라니? 윗대가리들에게 사람 목숨은 아무것도 아니란 말인가? 물론 독가스와 일정 거리두기를 하긴 하겠으나 미량의 가스에도 치명상을 입을 가능성은 다분했다. 안 그래도 목숨이 경각에 달하는 전장인데 자국이 추가해서 죽을 요소를 더 얹어주니 한스는 한탄스러울 뿐이었다.

작년의 제국군은 확실히 아름답고도 멋졌다. 불완전하게 보였던 작전을 멋지게 성공시켜 파리와 프랑스의 북부를 장악했다. 마른강에서는 협상국보다 우위의 전력을 보이며 적들을 밀어냈다. 정정당당한 수 싸움에서 이겨낸 것이다. 하지만 지금의 제국은 다가올 봉쇄의 공포에 빠른 전쟁 종결 수단을 원하고 있었다. 이해가 안 가는 것은 아니었으나 한스는 다가올 전장에서 자신이 계속 생존할 수 있을지 의문스러웠다. 곧 죽은 전우의 뒤를 따르지는 않을까?

'이상한 생각하지 말자. 그녀를 다시 봐야 하잖아. 부모님도 다시 봐야 하고.'

한스는 소중한 이를 생각하며 버텼다. 반드시 살아 돌아가길!

*

대략 10일 뒤, 새로운 작전은 빠르게 개시 준비를 완료하였다. 애초에 협상국이든 동맹국이든 혹시 모를 상황에 대비하여 독가스를 비축해두었기에 가능한 일이었다. 한 달도 안 되어 참호 곳곳에 배치된 염소가스통은 적 참호를 바라보고 있었다. 송풍기도 적 방향으로 가스를 날려버릴 준비를 하고 있었고 참호 위편의 모래 포대 위에 살며시 숨어있었다. 이제 명령만 떨어지면 고스란히 가스가 살포될 예정이었다. 바이어 중위는 소대원들과 참호에서 대기하며 독가스에 대한 교범을 재확인하였다. 오줌 묻은 천을 얼굴에 두를 준비를 하고 살포될 가스와의 거리를 두며 간혹 살아있을 적 병사의 목을 야전삽으로 내리칠 준비를 하였다. 그러면서 바이어 중위는 혹시라도 바람이 역류할 경우를 대비하여 다시 한번 참호의 은닉 공간과 이동 경로를 파악하였다. 그렇게 어느 정도 준비가 끝나자 바이어 중위는 프리드리히 대왕에 관한 이야기를 하며 사기를 고조시키고자 하였다.

"지금이 비록 좋은 상황은 아님을 안다. 우리는 금단을 깨야 할 정도로 급하니 말이다. 그러나 포기하지 않고 끝까지 도전하는 프리드리히 정신을 기억하도록! 대왕을 기억하며 후일 다가올 빛을 기대하길 바란다!"

바이어 중위는 독일 사람이라면 다들 가슴 두근거릴 프리드리히 2세에 관한 이야기를 하며 그때와 같이 우리도 끝내 승리하리라고 말을 했다. 프리드리히 2세, 감자 대왕이라고도 불리는 그는 평범한 브란덴부르크-프로이센 백성을 위하여 몸 바쳐 싸웠다. 융커들의 직영 농장 시스템인 구츠헤르샤프트의 게진데에 예속된 일반 백성들을 해방시키기 위한 여러 업적들은 아직도 독일 백성들이 그를 존경하고 그리워하는 이유였다. 그렇기에 바이어 중위는 그의 위상에 기대어 모두에게 밝은 내일에 대한 믿음을 불러일으키고자 하였다.

하지만 한스는 프리드리히 대왕을 언급하는 말에 의구심을 품으며 속으로 이리 생각하였다.

'새롭게 떠오르는 것들을 망설이지 않고 도입하였던 그분이 국제 규범을 어기는 우리를 보고 뭐라 생각하실까?'

한스는 착잡하였다. 그러나 이렇게 된 이상 열심히 싸우지 않을 수 없었다. 여러 정신적인 위기가 올 때마다 그는 카를라를 생각하며 버텼다. 그녀를 떠올리며 앞서 간 두 사람처럼 되지 않기를 기도하였다.

그렇게 한스가 고향 사람들과 죽은 전우를 떠올릴 무렵 지휘부의 도박에 따라 전선으로 배달된 염소가스가 담긴 압력 용기가 하나둘 개봉되어갔다. 모래 포대 위에 함께 설치되어있는 송풍기의 바람에 따라 노란 가스가 적들의 참호를 덮치기 시작하였다. 한스와 부대원들은 혹시 몰라 바로 오줌 덮은 천을 얼굴에 덮었다. 팔켄하인 총참모장의 애간장이 반영된 독가스는 얼마 지나지 않아 완전히 협상국 참호를 덮쳤다. 협상국 장병들은 노랗고도 뿌연 공기에 처음에는 무슨 일인지 이해하지 못했다. 그러나 그들 모두 바보는 아닌지라 주로 장교들이 바로 이 상황을 파악하여 장병들에게 숨 쉴 것을 참고 얼굴을 가리라고 외쳤다. 웬만한 병사들도 이 가스가 무엇을 의미하는지 알기에 최대한 얼굴과 입을 막아보려 하였으나 헛수고였다. 현재로선 가스를 막을 만한 마땅한 방호 수단이 없기 때문에 막는 것은 불가능하였다. 오줌 천도 사실 약간 막아주는 것에 불과하였다. 그래서 동맹국이던 협상국이던 이 금기를 건드리지 않으려고 한 것이다. 그러나 독일은 그 금기를 건드렸고 그 결과 순식간에 협상국 참호의 장병들이 떼죽음 당하기 시작했다.

최대한 다들 숨을 버텨보려 하였지만 그것은 말처럼 쉬운 것이 아니었고 다들 염소가스를 들이켜 마셔댔다. 곧 폐로 들어간 가스는 물과 반응해 염산이 되었고 그 염산은 폐포를 녹이기 시작했다. 이러한 화학반응에 이내 산소가 부족해진 협상국 장병들은 질식하며 땅으로 쓰러졌다. 숨을 제대로 쉬지 못하여 고통스러운 소리를 내뱉었고 사방에 온갖 종류의 비명이 울려 퍼졌다. 그야말로 아비규환, 말 그대로 순식간에 참호에서 적을 기다리던 협상국 장병들이 목숨을 잃었다. 협상국 장교들은 이 사실을 어떻게든 극복하려 했지만 윗선에 알리기도 전에 자신들도 장병들을 따라갈 뿐이었다. 그렇듯 독가스는 모두를 가리지 않고 평등하게 죽음을 선사해주었다. 이를 보며 바로 진격하고 싶은 독일군은 일단 가스가 더 지나가길 기다린 후 가스가 완전히 참호를 뒤덮고 지나가자 그때 앞으로 나가길 명했다.

"가자. 이제 저 단단한 참호는 우리 것이다!"

바이어 중위는 오줌 천을 얼굴에 덮고 야전삽을 든 채로 먼저 참호 위로 올라섰다. 그들은 노란색과 거리를 두며 노란 것이 앞으로 나가면 자신들도 앞으로 나가는 형태로 서서히 적의 참호를 향해 다가갔다. 그리곤 참호 안에 들어가 야전삽으로 죽은 병사들을 확인 사살해가며 앞으로, 또 앞으로 진격하여 철옹성 같던 적들의 참호를 점거해갔다.

한스는 부대원들을 따라 적 참호에 들어가 겨우겨우 숨통을 유지하고 있는 프랑스인들의 머리를 야전삽으로 내리치길 반복하였다. 하지만 운 좋게 살아있는 사람은 거의 없었고 진입하는 참호마다 시체들만이 널브러져 있기를 반복하고 있을 뿐이었다. 단시간에 수천 명의 협상국 장병이 아무것도 못 하고 사망한 것이다. 그덕에 수월하게 독일 제국군은 보르도로 향하는 오를레앙 방면 참호들을 손쉽게 점거할 수 있었다. 다만 저항도 못 하고 널브러져 있는 한스는 다시금 복잡 미묘한 감정에 빠졌다. 입대 전 자신이 가졌던 정의로운 제국군이라는 이미지와는 이제 확연히 달라졌기 때문이었다. 독을 써서 대항할 수 없는 적을 죽이는 행동은 그의 눈에 비겁해 보였다. 본디 저항하지 못하는 적을 참살하는 것은 도리에 어긋난 행동이었다.

혹자는 전쟁에 있어서 이득만 신경 쓰면 되지, 도덕은 신경 쓸 바가 아니라고 한다. 비단 전쟁뿐만 아니라 세상 모든 일에 있어서 말이다. 허나 도덕은 서로 간의 비밀 약조와 같은 일이다. 즉 나도 약속받기 위한 행동, 이러한 무자비한 행동을 적이 안 하리란 보장이 있는가? 널브러져 있는 시체가 곧 한스 자신의 미래가 될 수 있음을 느끼며 그는 소름 돋았다. 비겁한 술수로 인한 양심의 가책도 있으나 곧 돌아올 적의 반격을 예상하니 오금이 저렸다. 도덕이란 그런 것이다. 상냥해서가 아니라 상냥하게 대우받고 싶어서 하는 것, 과연 이런 행동을 저지르고 독일 제국이 옹호적인 판단을 받을 수 있을까?

'아냐. 그래도 일단 이기는 게 중요해. 자꾸 허튼 생각하지 말자.'

한스는 지금 공세로 제국군이 이기면 그만이라고 생각했다. 그리고 실제로 놀랍도록 독가스의 효과는 탁월했다. 여러 전선에서 협상국 군대는 손도 못 쓰고 수천 명의 사상자와 함께 참호들을 내주었다. 돌파하지 못한 전선들을 꾸준히 돌파하며 오를레앙 전선 돌파가 코앞까지 당도할 정도였다. 그야말로 협상국 입장에서는 절체절명의 순간이었다. 프랑스의 최전선 지휘관 페텡은 독일군의 공세에 골머리를 앓았다. 그는 유능한 장교로 인식되던 가믈랭과 니벨을 급히 불러 의견을 물었다.

"누가 훈족의 후예 아니랄까 봐 독일 놈들이 금기를 깨며 진격 중일세. 이대로 가다가는 보르도로 가는 길을 열어줄 수밖에 없네. 혹시 좋은 생각이라도 있는가?"

"흠, 일단 우리도 독가스를 사용하는 것이 어떻겠습니까? 우리도 혹시 몰라 비축은 해놨지 않습니까? 적들의 진격 루트에 최대한 살포하여 일종의 방벽을 만드는 것이 좋을 것 같습니다."

모리스 가믈랭이 페텡의 말에 답했다. 현재 독일군은 전선에 독가스를 살포하고 눈앞의 적 사단이 파괴되면 움직이고 다시 눈앞의 전선에 살포하기를 반복하고 있었다. 적이 살포하기 전에 먼저 살포하여 일종의 벽을 만들기를 그는 주장했다. 어차피 독일이 금기를 어긴 이상 독일의 진격로에 가스를 살포하여 서로 못 움직이게 하여 전선 돌파를 막자는 것이었다.

“일단 우리도 독가스를 써야겠죠. 그러나 그건 그저 임시방책 아니겠습니까? 이미 돌파한 부분들을 탈환하지 못한다면 향후 방어에 있어서 큰 난점이 될 것입니다.”

“독가스도 살포하는 마당에 이미 내준 참호들을 다시 되찾겠습니까?”

니벨의 말에 가믈랭이 답했다. 서로 간의 금기를 어긴 탓에 전장은 혼란 그 자체였다. 만일 협상국도 독가스를 살포하기 시작한다면 대지는 죽음이 도사리는 곳으로 변하여 독가스 대책이 나오지 않는 한 아무도 움직이지 못하게 될 터였다. 그런데 탈환을 하겠다는 것은 어불성설로 보였다.

“간단합니다. 독가스가 위험한 것도 너무 여기에 병력이 집중되어있기 때문입니다. 다른 곳을 통하여 이곳의 압박을 줄이면 틈이 생기지 않겠습니까? 그 틈을 이용하면 됩니다.”

“그럼 제2전선을 열자는 말인가?”

“예. 노르망디 방면이 적합할 듯합니다.”

“이를 허용한다면 적의 입장에서는 자신들의 돌진이 오히려 측면을 허용하는 돌출부를 형성하게 되는 것이겠군. 좋네. 당장 움직이세!”

프랑스 지휘부는 결정된 바를 바로 실행에 옮겼다. 다만 프랑스 입장에서는 북부의 상당 부분을 상실하여 가용 병력이 줄었을 뿐만 아니라 이탈리아가 참전한 사보이-니스 방면도 신경 써야 하기에 영국에 협조를 요청하였다. 이에 영국은 필요성을 느끼고 자신들이 보낸 대륙 원정군의 대부분을 북부 전선에 집중 투입하기 시작하였다. 이러한 적의 움직임에 니벨의 예상대로 독일군은 움직일 수밖에 없었다. 이젠 작년처럼 서부 전선이 적들에 비해 압도적 우위인 상태가 아니었기 때문이었다. 협상국은 해를 넘기며 동맹국에 맞서 가용 병력을 전부 긁어모아 서부 전선에 투입하였다. 이제는 숫자를 무시할 수 있는 수준이 아니었다. 그야말로 총력전의 시대였다. 적을 막기 위해 모든 것을 부어버리는 시대인 만큼 전역 초기와 같이 우위를 점하긴 힘들었다. 러시아는 예상대로 형편없는 동원 능력과 무장 수준을 보여주었지만 확실히 영국과 프랑스는 달랐다. 그들은 무시할 수 없는 수준의 군대를 북쪽에 이동시켰고 이에 대응하기 위해 서서히 병력을 옮겨 팔켄하인이 야심 차게 준비한 공세는 둔화될 수밖에 없었다. 이를 극복하기 위해 다시금 팔켄하인 총참모장은 가스뿐만이 아니라 엄청난 양의 포탄을 돌파 지점의 요새에 뿌려댔다. 그리고 동시에 또 다른 비장의 무기인 스톰트루퍼 부대를 투입하였다. 그들은 과거 기사들과 같은 흉갑을 입은 상태로 떨어지는 포탄과 근접하여 진격하는 보병부대로 매우 적극적인 공격성을 띠웠다. 이는 확실히 효과를 보아 한동안 계속 전선을 돌파하게 해주었다. 그러나 부작용으로 나오는 무지막지한 사상자와 서서히 답이 안 나오는 가스전, 그리고 제2전선의 개막으로 팔켄하인 공세가 벌어지고 있는 오를레앙 방면의 돌파는 점점 둔화되어갔다.

독일군 입장에서는 가장 짜증 나는 것은 적들도 가스를 사용하기 시작했다는 것이다. 방독면이라는 것이 개발 중이긴 하나 아직은 요원하기 때문에 서로 가스를 뿌려대면 해당 전장은 죽어버린 대지로 변해 서로 움직이기 힘들었다. 독일은 먼저 써서 적이 혼란한 틈을 타 단숨에 일단 보르도까지 먼저 도달하려는 생각이었지만 협상국의 대응은 빨랐다. 그들도 미리 가스를 준비해놨기 때문이었다. 독일 측이 이를 예상하지 못한 것은 아니었으나 예상보다 더 빠르게 협상국이 바로 가스를 꺼내 전장에 뿌려대기 시작했다. 결국 오를레앙 방면에서 벗어나려는 순간에 독일군의 공세는 멈출 수밖에 없었다.

"어쩔 수 없지요. 그래도 곧 방독면이 개발될 것이니 다음을 노리고 일단 확보한 영토를 굳건히 지키는 것이 어떨까요?"

룩셈부르크 지휘소에서 전략 지도를 보고 있던 팔켄하인을 향해 부관들이 말했다. 부관들은 차라리 다음 공세를 준비하는 것이 어떻겠냐고 자신들의 상관에게 의견을 표하였다. 합리적인 의견이었는데 가스에 대한 방호 능력 없이 계속 작전을 수행하는 것은 무리였기 때문이었다. 팔켄하인도 이를 알기에 가스를 통해 기습 효과를 톡톡히 보고자 하였으나 앞서 말했듯이 협상국의 대응이 빨랐다. 고로 이 시점에서는 부관들의 말이 합리적으로 보였다. 별수 있겠는가? 그러나 모든 것은 동전의 양면이라고 하였던가. 팔켄하인은 오히려 합리성을 이유로 다시 진격하길 명했다.

"바보 같긴. 내가 그런 것도 모를 거 같나? 난 파리를 함락시킨 사람이다. 하지만 우리 독일의 가장 위험한 점이 뭔 거 같나?"

"그야 영국 놈들의 해상 봉쇄겠지요."

"그래. 너희들도 알다시피 우리의 카이저마리네가 영국 해군 놈들을 밀어내지 못하고 있다. 분전하고 있지만 영국의 해군이 세계 제일의 규모를 자랑하기에 3척을 침몰시켜도 우리가 1척만 침몰하면 손해지. 그래서 결국 우린 소극적이게 움직이고 있고 자연스럽게 제해권을 차지하지 못하고 있다. 이대로 가다간 언젠간 우리 비축 물자가 바닥날 것이고 참담한 미래가 닥칠지 모를 일이다."

팔켄하인 총참모장은 대규모 아사 사태를 언급하며 작전의 속행의 중요성을 설파했다. 틀린 말이 아니었다. 북해에서의 공방에서 독일 해군이 밀리고 있었기 때문에 이대로 가다간 힘들었다. 중립국인 네덜란드를 통해 어느 정도 물자를 확보하고 있으나 한계는 명확하였다. 물론 이번 전쟁은 독일이 계획적으로 움직인 것이기 때문에 반년 정도만 기다리면 방독면이 개발 완료될 예정이었다. 허나 팔켄하인은 그때까지 기다릴 생각이 없었다. 올해까진 충분히 괜찮을 것이다. 그러나 내년부터는 힘들어질 것이 분명했기에 올해 안에 전쟁을 마무리하고 싶었던 것이다.

"어떻게든 사단들에게 돌격하라고 명하게."

"가스가 넘쳐나는 지대들은 어떻게 합니까? 모든 전장에 가스가 사용되고 있는 것은 아니지만 조금만 있어도 치명적일 겁니다."

"최대한 얼굴을 가려 진격하면 되지 않겠나? 가스 성분을 모르는 것이 아니니 그걸 분해할 요소를 마스크와 옷에 듬뿍 바르고 전진하면 되겠지."

팔켄하인은 안일한 마인드를 보여주며 전략 지도에 부대들을 앞으로 전진 배치하며 말했다. 그는 결과를 정해놓고 과정은 어떻게든 한다는 생각을 가지게 되었다. 무조건 전쟁을 단기전으로 끝내야 한다는 생각이 그런 결과물을 만든 것이다. 그 생각이 아주 틀린 것은 아니었다. 애초에 슐리펜 계획을 보면 알 수 있다시피 단기결전으로 계획된 전쟁인 만큼 앞일을 생각하면 적극성을 표할 필요가 있었다. 자기 자리보전을 위해서라도 말이다.

결국 총참모장의 속행 명령에 따라 오를레앙 방면에 포진되어 있는 군단들은 다시금 엄청난 포탄을 퍼부으며 전진을 개시하였다. 이에 자연히 지연전을 위해 적들은 가스를 뿌려댔다. 이에 전선 지휘관들은 당황했으나 명령받은 이상 어떻게든 해야만 하였다. 그것이 군인의 비애 아니겠는가?

"자, 다들 최대한 얼굴을 가려봐."

바이어 중위는 여러 화학 요소로 뒤덮인 마스크를 배부하며 말했다. 이에 소대원들은 당황했다. 이것이 안전한지 불분명하기 때문이었다. 그러나 아직까지 프로이센 군대의 현황은 프레깅이 일어날 정도까진 아닌지라 다들 의아해하면서도 묵묵하게 온몸에 냄새나는 것들을 두르기 시작하였다.

"걱정 마라. 난 명예로운 프로이센 장교다. 전장에서는 독자적 판단 권한이 있으니 위험하면 내가 후퇴하라고 손짓할 거고 책임은 내가 진다. 너희들은 오로지 국가와 집에서 기다리는 가족만을 생각하며 버텨라."

바이어 중위는 소대원들에게 말했다. 이에 한스는 책임감 넘치는 소대장의 언급에 어느 정도 안도감을 느꼈다. 아주 위험하지는 않을 것 같다는 생각이 들었다. 이는 새로운 신병들도 마찬가지라서 새로 들어온 두 명도 안심하는 듯했다.

"에밋, 에베렛. 내가 말했잖아. 안심해도 된다고."

한스는 새로 온 신병인 에밋 베르너와 에베렛 랑을 바라보며 말했다. 확실히 한스의 눈에는 자기가 속한 소대는 그리 나쁘지 않은 곳이었다. 그렇기에 어느 정도 안심할 수가 있었다. 의지할 수 있는 사람들이 있는 곳이었다. 비록 그 중 리온과 호프만이 가버렸지만 여전히 든든하고 상냥한 사람들이 있는 곳이었다. 한스는 그간 같이 전투를 한 사람들을 믿으며 난관을 헤쳐가자고 다짐하고 주변에 그리 말했다. 이에 소대장도 웃으며 모두에게 다들 큰 걱정하지 말고 고향과 가족을 위해 움직여줄 것을 말했다.

그리곤 바이어 중위는 자신도 온몸에 화학물질들을 두르며 참호 발판 위로 올라갔다. 그는 손짓과 팔짓의 구호로 독가스의 움직임에 맞춰 상부의 명에 따라 앞으로 걸어 나갈 것을 소대원들에게 명했다. 한스는 이에 따라 부대원들과 함께 참호 위로 올라갔다. 주변엔 자신의 소대뿐만 아니라 수많은 소대와 중대들이 참호 위에 올라가고 있었다. 그야말로 거의 모든 병력을 붓는 돌격의 시작이었다.

그러나 적 방향으로 총성은 들리지 않았기에 그야말로 침묵의 진군이었다. 협상국은 가스를 뿌렸고 독일군은 이를 지나가고 있었다. 이번에 헤쳐나가야 할 것은 참호와 기관총좌가 아니라 가스였다. 독일군은 이를 신속히 지나 가스 아래 침묵하고 있는 적들의 목을 치는 것이 목표였다. 과감히 진격하는 자국군과 다르게 협상국 군대는 가스를 뿌리고 참호 밑에서 가스를 피하고 있었다. 이번 진격의 요지는 재빠르게 돌파하여 이들의 목을 치는 것이었다.

듣기만 하면 정말 그럴싸한 작전이었다. 적이 자신들의 방법을 믿고 방심할 때 빠르게 다가가 처치하는 것. 나쁘지 않은 전략이었다. 그러나 그것은 돌파가 가능하다는 전제하의 일이었다. 팔켄하인 총참모장은 무조건 돌파해야 한다고 느끼는 시점이었기에 올해가 가기 전에 무조건 진격하라고 명했다. '무조건' 어찌 되던 말이다.

그러한 명령은 모두가 알 결과를 만들었다.

다들 서서히 목이 죄어오는 느낌을 받기 시작한 것이다. 온갖 불길한 느낌이 들며 따끔따끔 거리는 피부와 더불어 속이 막히는 기분이 모두를 지배하였다. 예상대로 사방에 화학물질들을 바른다 할지라도 들어올 틈은 충분했던 것이다. 얼굴을 완벽히 봉쇄할 마스크가 탄생하지 않는 이상 완전히 막는 것은 불가능했고 어느 정도 걷다가 결국 다들 고통스러워하며 바닥으로 주저앉기 시작했다.

'빌어먹을. 역시 미친 짓이야. 제대로 된 방호 장비 없이 가스 사이로 걸어가라니. 파리를 점령한 그 인간이 맞나?'

바이어 중위는 속속히 쓰러져 가는 아군들을 바라보며 속으로 생각했다. 이것이 결과를 정해놓고 과정을 끼어서 맞추면 나오는 결과물이었다. 그는 바로 소대원들에게 후퇴하라고 손짓했다. 주변에는 다른 부대원들이 묵묵히 걸어가고 있었으므로 한스와 소대원들은 옆 소대의 눈치를 보았으나 소대장은 자신이 먼저 움직임으로써 리드하였다. 소대장은 부대원들이 쓰러지기 전에 어서 빠져

나가길 손짓하였다. 하지만 불길한 예감은 맞아떨어진다고 하였던가. 부대원들 중 한 명이 호흡 곤란 증세를 표출하였다.

'오토!'

한스는 숨이 막혀 자빠지려는 동료를 재빠르게 붙잡았다. 오토는 고통에 몸부림치며 두 눈을 컨트롤하지 못하고 있었다. 자칫하다간 상태가 좋지 못하다 못해 죽을 수도 있는 상황이었다. 그는 자신의 몸을 가누지 못하고 서서히 사경을 헤매기 시작했다. 이를 본 바이어 중위는 한스의 옆으로 재빠르게 다가와 같이 부축하며 재빨리 아군 참호를 향해 걸어 나가기 시작했다. 다행히도 소대장의 재빠른 판단으로 오토를 비롯한 그의 소대는 크나큰 피해를 입지 않고 유유히 가스 속을 빠져나갔다. 오토도 위험한 순간까지는 가지 않았다. 매우 힘들어하였을 뿐. 다만 아군의 시체들을 뒤로하며 참호로 후퇴하는 것은 매우 가슴이 아픈 일이었다. 멍청한 총참모부의 얄팍한 생각으로 인하여 그들의 목숨은 그저 문서에 쓰여 있는 숫자로 취급받았고 그 결과는 끔찍했다. 병사들은 명령을 따르기 위해 노력하다가 아무 의미 없이 땅으로 고꾸라지기를 반복할 뿐이었다. 한스는 자신의 뒤에 쌓여가는 시체에 학을 떼며 서둘러 아군 진지로 향하였다. 그리곤 아군 진지에 도착하자 한스는 냄새나는 마스크를 벗곤 오토의 상태를 재확인하였다.

"오토, 오토! 괜찮아?"

오토는 그의 말에 대답하지 못했다. 가슴을 쥐며 고통스러워할 뿐이었다. 소대장은 그를 신속히 야전 병원으로 후송하였다. 나머지 인원들은 대기하고 있으라는 말과 함께. 한스의 소대는 여러 겹의 참호에서 1선을 맡고 있었기 때문에 눈앞의 아군 상황이 잘 보이고 있었다. 한스는 아군의 상황을 바라보며 대기하였다.

그야말로 수명이 다된 꽃들처럼 허무하게 지고 있었다. 원래 계획대로 살며시 재빠르게 적 참호까지 도달하여 적에게 습격을 가한다는 것은 일체하지 못하고 걸어가다가 쓰러지기를 반복하고 있었다. 명령에 살고 명령에 죽는 프로이센 사람들답게 거의 후퇴하지 않고 명령을 따르다 죽어가고 있었다.

정말로 의미 없게. 기억조차 남지 않을 정도로 말이다. 루덴도르프 같은 사람은 기억해도 누가 저들의 죽음을 기억한단 말인가?

'리온과 호프만처럼….'

한스는 먼저 간 두 명을 생각하였다. 그러면서 동시에 두려워졌다. 언젠가는 자신도 그 둘과 같아지진 않을까? 처음에는 성공의 연속처럼 보였던 이 전쟁이 끝나긴 할까? 끝나지 않은 진흙탕 속에 자신도 빨려 들어가지 않을까? 원하지는 않지만 결국 그 늪에 빠져 허우적대며 말없이 사라지는 게 아닐까? 나란 존재가 의미 없이 모두의 생각 속에서 사라지는 게 아닐까?

그런 생각이 그를 지배하였고 그는 이 전쟁을 겪으면서 처음으로 눈물을 지었다. 공포에 온몸을 적시면서 말이다. 이젠 전투 의지 따윈 사라졌고 그저 살고 싶어 하는 어린아이만이 전장 한복판에 남아있을 뿐이었다.

그리고 이는 다른 소대원들도 마찬가지였다. 다들 떼죽음을 목도하며 죽음이 그리 멀지 않다는 것을 뼈저리게 느꼈다. 의미 없는 죽음이 무엇인지를 똑똑히 느꼈다. 고로 그들은 마지막 동아줄을 잡는 심정으로 눈물을 흘리며 기도하였다.

부디 게르마니아께서 그들을 보살펴 주기를.

*

"이게 뭐요! 이게 대체 어떻게 된 거냐, 이 말이오!"

작전 개시 일주일 뒤, 프로이센 국왕이자 독일 제국 구성국의 최고 지위자인 카이저 빌헬름 2세가 올라온 보고서를 팔켄하인 총참모장의 얼굴에 내던지며 외쳤다. 그곳에는 수많은 사상자들에 대한 보고가 적혀있었는데 고작 2, 3시간 만에 몇 개 사단들이 사라졌다는 내용이 적혀 있었다.

"뭐라 드릴 말씀이 없습니다. 죄송합니다."

"뭐, 뭐라? 죄송하다? 아니 그걸 말이라고…. 이제 어떻게 할 거요? 이 사태를 어찌 해결할 거요!"

독일 제국의 꼭대기에 있는 자는 너무나도 화가 난 나머지 주변에 있는 것들을 죄다 집어 던지며 외쳤다. 그렇게 화가 날 정도긴 하였다. 이번 공세의 실패로 인해 제국의 미래가 어두워졌기 때문이었다. 이젠 승리를 할 수 있다고는 해도 조기 종전은 힘들었다. 그나마 다행인 것은 노르망디 방면의 협상국 공세를 잘 막아내고 있다는 것이었다. 그러나 이쪽 공세의 목적은 오를레앙, 나아가 보르도로 가는 공세를 열어지게 하기 위한 목적이므로 그리 달갑기만 한 것은 아니었다. 독일이 당하였듯 잘 준비된 참호와 기관총좌에 엘랑비탈의 정신으로 달려드는 것은 매우 무모한 짓이었고 여기선 협상국 군대가 중발하였다. 허나 협상국은 목적대로 오를레앙을 공세를 둔화시킨다는 목적을 달성하였다. 이 공세로 오히려 독일군은 옅어진 군세로 인해 이번 공세로 얻은 영토 일부를 뱉어내기도 하였다. 고로 올해의 서부 전선은 독일의 실패라고 해도 과언이 아니었다. 성공적으로 슐리펜 계획을 작동시켜 적의 측면을 노리며 포위 섬멸을 어느 정도 이루며 빛나는 전과를 올렸던 작년과 달리 올해는 적의 심장부를 쥐는 것에 실패한 것이었다.

"당최 몇 개 사단이 증발한 건지…. 고작 일개 군단으로 러시아를 상대하는 동부 군단에 부끄럽지도 않으쇼? 이미 폴란드를 해방하고 발트를 해방해가는 그들은 서부 전선을 위해 아끼고 또 아끼는데 이만한 전력으로 한다는 짓이 이런 거라니…. 팔켄하인 경. 이번 책임을 지셔야겠습니다."

외팔이 카이저는 팔켄하인 총참모장을 째려보며 말했다. 그 눈초리에 총참모장은 이제 자신의 자리에서 내려와야 함을 직감했다. 그가 바라지 않던 결과가 결국 온 것이다. 빌헬름 2세는 옆에 서 있던, 교체를 위해 미리 호출한 전 총참모장이자 현재는 오스트리아 방면을 담당하고 있는 소 몰트케를 보며 말했다.

"몰트케. 내가 그대의 말을 미리 들었으면 얼마나 좋았을까. 그대는 소심한 게 아니라 신중한 것이었소. 전쟁 전에도 하나하나 꼼꼼히 체크하며 작전이 가져올 후폭풍을 걱정하였지. 고로 이제 그대가 활약해줄 타이밍 같습니다. 새로운 총참모장이 정해질 때까지 그대가 총참모장 대리로서 활약해주시오."

"나의 카이저시여. 이제 공세가 시작된 지 고작 한두 달입니다. 재고를 해주심이…."

"방독면이 아직 개발 완료되기 전인데 이제 공세가 되겠습니까? 지금은 굳건히 빼앗은 영토를 지켜야 할 때. 어차피 장기전을 피할 수가 없소! 그렇다면 그대만 한 사람이 또 없으니 따르세요!"

빌헬름 2세 카이저의 역정에 몰트케는 따르겠다고 답했다. 카이저는 화를 내며 지휘소를 나갔고 그 안엔 전 총참모장과 현 총참모장 대리가 남게 되었다. 전 총참모장은 바닥만을 쳐다보다가 아무 말 없이 밖을 나갔다. 몰트케는 그에게 위로의 말을 건네주려 했으나 어느 정도 우유부단한 사람인 만큼 결국 말없이 나가는 것을 잡지 못하였다.

"이거, 이거. 축하드립니다. 총참모장이 되셨군요."

"임시로 할 뿐 그리 대단한 일이 아닙니다."

혼자 덩그러니 룩셈부르크의 총참모부 지휘소 안에 남아있던 소 몰트케를 향해 새로운 인물이 입장하며 말을 걸었다. 그는 오스트리아의 최고 지휘관은 회첸도르프로 동부 전선에 대한 지원을 구애하기 위해 직접 독일 지휘부로 달려온 것이었다. 그의 입장으로선 동부 전선을 걱정하던 몰트케의 승진은 아주 달가운 소식이었다.

"서부 전선 보조는 이탈리아가, 동부 전선 보조는 우리 오스트리아-헝가리 제국이 맡고 있지요. 사보이와 니스도 제대로 탈환 못 하는 그들보단 일단 우리를 돕는 것이 이득일 터. 너무 나쁜 소식이 아니라고 믿습니다. 하하."

회첸도르프는 신중함을 따지며 동부 전선에 더 많은 병력을 보내야 한다고 주장했던 몰트케의 주장을 인용하며 그것을 펼칠 때라고 말하였다. 그러면서 이제야 그의 신중함이 빛을 발할 수 있다며 총참모장이 된 것을 축하하였다.

"그저 대리일 뿐입니다."

"하하, 겸손하시긴! 그대 말고 누가 총참모장을 한단 말이오?"

"저보단 루덴도르프 경이 적합할 듯합니다."

"요새 좀 잘나간다고 하는 그 사람 말입니까? 그래봤자 그대에겐 아니 되지요! 비록 서부 전선의 일은 슬픈 일이나 전체적으로 아직 우리가 유리합니다. 갈리치아 방면으로 서서히 시작되고 있는 러시아의 반격을 막기만 하면 주도권은 완벽히 우리 것입니다. 자자. 오늘을 즐깁시다!"

회첸도르프는 얼마 전 개시된 러시아 남서집단군 총사령 알렉세이 브루실로프의 공세 작전에 대해 언급하였다. 러시아는 프랑스의 요청에 따라 전군을 모아 공세를 서서히 시작하고 있었다. 회첸도르프는 협상국의 부드러운 부분이 러시아임을 언급하며 동부 전선에 더 많은 병력을 투입해야 한다고 말하였다. 확실히 러시아는 빠른 개전으로 인해 여전히 형편없는 전력을 보여주고 있었다. 느린 동원과 부족한 보급을 광활한 영토와 인구수로 꾸역꾸역 막아내고 있는 것에 불과했다. 이런 러시아를 아직도 완전 밀어내지 못하고 있는 것은 동부 전선에 독일 제국이 거의 전력이 투입하지 않아서였다.

허나 시간을 준다면 러시아는 그 특유의 강대함을 보여줄 것이 자명하였다. 러시아가 부패와 혼란으로 군대가 부실한 이때를 놓쳐서는 안 될 터, 이를 평소에 알고 있던 몰트케는 회첸도르프의 말에 동의하였다. 이로써 서부 전선 수세, 동부 전선 공세라는 작전 변환이 결정되었다. 하지만 이 말은 달리 말하면 장기전으로 천천히 승부를 보겠다는 말이었다. 물론 독가스를 사용하기 애매한 동부 전선에 공세를 가한다는 것은 괜찮은 생각이었다. 무엇보다 우크라이나를 확보한다면 조만간 다가올 식량 문제도 어느 정도 해결될 터였다.

다만 누군가에겐 이 합리적인 판단과 동시에 결정된 사안이 한스를 불행하게 만들었다.

*

"또 비가 올 것이 분명하니 최대한 깊게 파 놔라. 그거 말곤 답이 없다."

새로운 총참모장의 작전 변경이 있고 얼마 후, 한스는 자신이 속한 참호를 갈아엎는 작업을 소대원들과 함께 하고 있었다. 소대장은 이 일만 끝나면 드디어 기다리던 본국에서의 편지가 있을 거라고 독려하며 장마에 대비하여 최대한 배수로를 만들어보자고 말하였다. 요 근래에 엄청나게 내린 비로 인해 참호가 물바다가 된 전적이 있었다. 그렇다고 참호를 비울 수도 없으니 이 일이 반복되면 다리가 물에 적셔져 썩을 것이 분명할 터, 다들 젖은 바지에서 오는 찝찝함을 견뎌 내가며 땅을 파고 또 파내었다. 다만 방어에 집중되어있고 배수에는 거의 설계가 없던 것이 참호였던 만큼 물이 고이는 현상은 막기 힘들어 보였다.

"대충 파고 그냥 젖은 다리나 햇볕에 말리면 안 됩니까? 그게 더 나을 듯합니다."

"물론 그렇게도 해야겠지만 지금 조금이라도 더 안 파놓으면 너희 다리 죄다 절단해야 할 수도 있어. 자자, 조금만 힘내자! 어차피 저격수도 피해야 할 거 아니냐! 굴 하나 판다고 생각해."

크뤼거의 말에 바이어 중위가 그의 어깨를 쓰다듬으며 말했다. 장기전으로 변환된 지금 적이나 아군이나 직접적 공세를 가하기보단 포탄을 퍼부으며 견제에 몰두하고 있었다. 그에 따라 부상한 문제가 바로 저격수였다. 각국의 저격수들은 얼굴만 조금만 보이면 바로 총격을 가하고 있었다. 그 덕에 다들 화장실도 가기 힘들어하여 종이에 변을 처리하는 것이 요즘의 일상이었다.

'종이에 × 싸고, 잘 곳은 물바다가 되고. 이게 사람 할 짓인가….'

소대장의 독려에 한스는 오히려 속으로 짜증이 났다. 점점 전장의 상황이 더러워지자 불쾌감이 극에 달했기 때문이었다. 그럴 만도 한 게 샤워 시설이 없는 것은 아니었지만 대치 상황이 길어지자 제대로 이용할 수 없었기 때문에 아무것도 못 하고 참호 안에서 버틴 게 하루 이틀이 아니었기 때문이었다. 온몸에 이가 돋아나 자신을 갉아먹는 느낌을 받고 있었다. 게다가 집에 돌아갈 기미는 안 보이고 전쟁이 장기화되니 짜증 날 수밖에 없었다. 그나마 다행인 것은 들리는 바로는 동부 전선은 상황이 좋다는 것이었다. 루덴도르프는 증강된 군단을 이끌며 발트 지역을 휘젓고 있었다. 다만 갈리치아 방면으로는 러시아의 대공세로 고전하고 있다고 들어 역시 장기화는 피하기 힘들었다.

그래도 버티는 이유가 있다면 고향에서 기다릴 사람들 때문이라 할 수 있었다. 오늘 드디어 카를라의 답장이 오는 날이었다. 그렇기에 한스는 억지로라도 힘을 내며 삽질을 해댔다.

"자, 자. 수고했다. 다들 자기 거 받아."

삽질을 얼마나 해댔을까. 얼마 후 드디어 편지 배부의 시간이 당도하였다. 한스는 즐거워하며 오랜만에 온 편지를 뜯어보았다.

친애하는 한스에게

안녕, 한스! 잘 지내고 있지? 너의 편지 잘 받았어. 빠르게 답장을 보내야 하는데 이제야 보내서 미안해. 너도 예상했다시피 내 가게는 이제 군복을 만드는 곳이 되어버려서 한동안 바빴거든. 나라에서 전후 보상해준다고 해서 믿고 열심히 의무를 다하는 중이야. 그러다 보니 이제야 편지를 보내니 미안해. 어서 전쟁이 끝나 다시 널 보는 날이 왔으면 좋겠다. 많이 힘들지? 편지 내용이 은근히 너답지 않더라고. 갑자기 솔직해졌달까. 그만큼 힘든 거겠지. 내일을 장담할 수 없을 만큼. 직접 가서 위로해주고 싶은데 그러지 못해서 미안해. 하지만 아무리 힘들더라도 꼭 정신 차리고 너다움을 잃지 않았으면 좋겠어. 넌 상냥한 사람이니까 돌아와 다시 만났을 때도 내 기억 속의 너이길 바라. 부디 아무 일 없이 잘 지내길 빌게. 부디 안전하게 살아서 다시 만나자.

너의 친구 카를라가

한스는 카를라의 편지를 읽으며 눈물을 훔쳤다. 그녀는 한스의 마음을 정확히 알았고 심심한 위로의 편지를 보내주었다. 그렇기 때문에 한스는 마음먹었다. 그녀가 존재하는 한 나쁜 마음을 먹지 않기로 말이다. 반드시 웃는 얼굴로 그녀를 다시 보리라고 오늘도 그는 다짐하였다.

"여자 친구야?"

"그랬으면 좋겠어. 전에도 말했지만 아니라니까. 하하…."

하르트만이 한스를 바라보며 말했다. 그가 기억력이 좋지 않은 것은 아니었으나 동료를 조금이라도 웃게 만들려고 그런 말을 해 본 것이었다. 하르트만은 아버지로부터 편지를 받았는데 대강 독일 내부 상황이 적혀 있었다. 그와 함께 격려의 말이 적혀있었는데 다른 이들도 이와 편지 내용이 유사하였다. 다들 격려의 편지에 힘을 내었다. 다만 본토에서 식량 아끼기 위한 작업에 들어갔다는 소식에 하르트만이 조금 불안해하며 말했다.

"전쟁이 장기화되니 물자를 아끼고 있다라…."

"우리야 병사니까 정확한 이야기는 모르지만 그렇게 심각한 상황이겠어? 그래도 나름 우리가 유리하긴 하잖아?"

한스는 카를라를 떠올리며 걱정스럽게 말했다. 하르트만은 웃으며 말했다.

"하긴 그렇겠지. 우리나라는 식량 자급자족이 힘드니까 항구 봉쇄에 맞서는 한 방법 정도일 거야. 너무 걱정하지 말자고."

하르트만은 본국의 소식을 대수롭지 않게 여겼다. 애초에 검열되는 만큼 자세한 이야기를 알기도 힘들었다. 일단 그의 생각엔 한스의 말이 맞았다. 독일 본토에서는 전투가 일어나지 않고 오히려 프랑스와 러시아의 영토를 점령하고 있으니 지도만 보면 아군이 이기고 있는 것으로 보였다. 적어도 본토 사람들이 피해는 보지 않으리라고 생각하였다. 적어도 본토는 말이다.

"그래, 본토 걱정하지 말고 우리나 걱정하자. 맛있는 밥 먹어본 게 언젠지…."

"맞아. 당최 언제쯤 슈바인스학세 얻어먹을까."

한스의 말에 하르트만은 웃었다. 둘은 고향 음식들을 떠올리며 추억에 잠겼다. 근래 순무를 이용한 전투 식량이 늘어 가는지라 둘은 더더욱 고향이 그리울 수밖에 없었다. 둘은 자신들의 고향을 떠올리며 향수에 잠겼다. 독일을 상징하는 두 도시인 베를린과 바이에른의 정취가 그들을 달래주었다. 다만 적진으로부터 날아온 포격 소리에 그 정취가 오래가진 않았다.

"아오, 또 저러네. 어차피 저격수 말고는 병력 보낼 것도 아니면서."

"참호 또 보수해야겠네. 질린다, 질려."

협상국 참호로부터 날라 온 포음에 둘은 게베어 소총을 잡기보단 귀를 다잡으며 투정을 부렸다. 앞서 언급하였듯 근래 독가스로 인하여 직접적인 교전보다는 상대방을 피 말리는 작전으로 바꾼 양국의 전략으로 다들 노이로제에 걸릴 정도로 견제성 공격을 받고 있었다. 어느 병사는 마치 개처럼 포격 소리만 들리면 지릴 정도였다.

"그래도 이렇게만 진행되면 올해는 우리 조심만 하면 죽진 않겠는데?"

하르트만이 살며시 미소를 지으며 한스에게 말했다. 한스는 하르트만의 긍정적인 자세에 호응하였다. 그것이 전장에서 버틸 수 있는 방법이니 말이다. 그렇게 둘은 자신들만의 정신무장에 나서며 오늘도 별일 없기를 바랐다. 다행히 어느 정도 게르마니아께서 들어주신 덕분인지 둘은 한동안 안전한 나날을 보낼 수 있었다. 대신 대가로 작은 일을 해야만 하였다.

"중대장님, 그게 사실입니까?"

"그래, 인마. 내가 너랑 장난치려고 널 불렀겠냐? 룩셈부르크에 있는 총참모장 대리의 명령이야. 우린 앞으로 장기전을 대비해야 해."

몇 시간 뒤, 룩셈부르크로부터 2군에 명령이 하달되었다. 그에 따라 군단장은 사단장들을, 사단장들은 연대와 대대장들을 불러 명령을 전달하였다. 바이어 중위는 중대장의 말에 귀를 의심하며 되물어보았으나 같은 답을 해줄 뿐이었다. 그 명령은 바이어 중위로 하여감 당혹을 감추지 못하게 하였다.

"점령지 수탈이라니…. 그건 아니지 않습니까?"

"어허! 수탈이라니! 협조야, 협조! 말을 좀 가려서 해!"

"차라리 동맹국들에게 도움을 요청하는 게 좋지 않을까요?"

명예를 중요시 여기던 요한 폰 바이어 중위는 자신의 상사에게 의견을 피력해보았다. 파리 함락으로 독일 제국의 편에 든 나라가 많으니 정말로 제국이 물자 부족 현상에 처한다면 그들의 협조를 구해보자는 것이었다. 그러나 중대장은 담배를 한 대 피며 힘 빠지는 소리와 함께 답하였다.

“그게 동맹국들 사정이 안 좋은가 봐. 특히나 불가리아 왕국이 엄청난 변수였어. 그놈들이 그리 잘 싸울 줄 몰랐다니까. 이탈리아가 사보이, 니스도 못 밀고 있는 것도 오스트리아를 돕는다고 걔네도 병력을 그쪽으로 파견한 것도 있다고 할 정도니…. 결국 오스트리아는 갈리치아를 상실해가고 있고…. 여하튼 다들 수준이 그래서 도움을 요청하긴 힘들지. 물론 협상국 군대를 그들이 엄청나게 마크해주고 있으니 그거로도 고맙긴 하지만 따로 도움을 요청하긴 애매한 수준이야. 유럽의 환자는 말할 필요도 없고.”

“그렇다면….”

“인마, 나도 마음이 편한 건 아니야. 하지만 그럼 우리 독일인들에게 뜯어오리? 이번 일만 잘되면 너뿐만 아니라 소대원들 전부 휴가 보내 줄 테니 화끈하게 하고 와! 근처 점령지에 가서 식량이라든지 탄알 재료로 쓸 수 있는 그릇이나 수저 같은 것들 다른 소대들과 교대로 돌아가며 다 싹쓸이 해와. 바이어, 그럼 믿고 간다!”

중대장은 바이어 중위에게 한 번 더 총참모부로부터 내려온 명령을 설명해주고 자리를 떠났다. 그의 설명으로라면 올해까지는 무난하게 독일은 버텨낼 것이다. 그러나 내년이 오면 위기가 올 것이 분명하였다. 해상 봉쇄가 풀리지 않는 이상 네덜란드와 같은 중립국을 통한 무역도 한계가 있었다. 물자가 부족해지면 다가올 대규모 아사 사태를 피하기 위해 미리 올해부터 점령지에 대한 수탈을 시작하라는 것이 총참모부의 명령이었다.

‘하지만 그런 짓까지 해야 하는가….’

바이어 중위는 참혹해하며 부대원들을 이끌기 위해 발을 움직여 갔다. 이날의 총참모부의 판단이 옳은 것인지 생각해가며….

*

"굳이 그래야 합니까?"

"총참모부의 명령이야. 그리고 우리는 군인이고. 다들 이해했지?"

며칠 뒤, 한스와 소대원들은 오랜만에 전선에서 벗어나 포탄 냄새가 이젠 나지 않는 도시로 향하고 있었다. 다만 그 이유가 소대원들 입장에서는 탐탁지 않아서 다들 소대장에게 진실인지 묻기를 반복하며 도시를 향해 걸어가고 있었다. 총참모부의 명령이라는 것이 근방 도시 내부를 돌아다니며 국가의 이름하에 약탈을 하는 것이었으니 당연한 반응이었다. 독일은 장기전에 대비한다는 명분하에 자국에겐 협조를, 점령지에는 협박에 가까운 협조를 요구하고 있었다. 이것은 나라를 지킨다는 명분하에 참전한 군인들로 하여금 기분 빠지게 하였다.

하지만 어쩌겠는가? 군인이 명령에 복종해야 하는 것은 어쩔 수 없는 진리였다. 중대장의 말처럼 독일인을 수탈할 수는 없는 노릇 아닌가? 한스는 카를라가 협박당하는 모습을 상상하며 애써 도덕적 도피를 꾀하였다. 그래도 카를라가 당하는 것보단 괜찮다는 허울 좋은 생각을 하며….

그렇게 한스의 소대는 도시 내부로 진입하였고 집 하나하나 문을 두드리기 시작했다.

"누구시죠…?"

"독일 제국군 2군 12연대 소속 요한 폰 바이어 중위라고 합니다."

"독일 분들이 여긴 무슨 일이시죠…?"

소대장의 노크에 문을 연 프랑스 할머니가 소대장을 올려다보며 조심스럽게 말했다. 적국에 점령당한 곳의 피지배민으로서 조심스러워하는 태도가 안쓰러울 정도였다. 소대장은 묵묵히 품 안에 있는 문서를 보여주며 말했다.

"그게 뭔가요?"

"전쟁이 끝나면 전부 제국에서 보상한다는 문서입니다. 우리 독일을 위해 가지신 것을 좀 기부해주셨으면 합니다."

"기부라뇨…? 저흰 드릴 게 없습니다."

"하…. 애들아, 뒤져!"

노년의 프랑스 여인의 말에 소대장은 한숨을 내쉬며 소대원들에게 외쳤다. 명령을 따라야 하면서도 그들의 태도를 이해하는 복잡한 감정이 소대장을 덮쳤다. 그것은 소대원들도 마찬가지라 엉거주춤한 포즈를 취해가며 집 안을 뒤졌다. 이에 집 안에 있던 사람들이 군인들을 붙잡으며 그만하라고 외쳐댔다.

"아니, 빵에 그릇까지 가져가면 저희는 뭐로 겨울을 버팁니까!"

집 안에 있던 젊은 여인이 한스를 붙잡으며 외쳤다. 카를라와 자신의 또래처럼 보였다. 전장에서 겪은 첫 번째 겨울의 추억 때문에 프랑스인들이 제법 친밀하게 느껴졌던 한스는 매우 양심이 찔렸다. 하지만 어쩌겠는가? 임무는 수행해야 하는 법. 한스는 못 들은 척을 해대며 그 여인은 떨쳐내곤 빵을 가져온 수레에 옮겼다. 이를 보다 못한 하르트만이 소대장에게 말했다.

"소대장님, 이건 아닙니다!"

"그래서 뭐?"

"그래서라뇨? 당장 중지해야…."

"몰트케 장군의 명령이야, 일병! 후…. 짜증 나겠지만 수행해."

바이어 중위는 손바닥으로 얼굴을 가리며 빨리 임무를 수행하라고 말했다. 부끄럽지만 근래 물자를 아낀다는 명목하에 부식품이 부실해지고 있는지라 병사들은 먹을 것들을 닥치는 대로 챙겼다. 정말로 부끄러울 수준이었다. 바이어 중위는 강한 양심의 가책을 받았다. 심장이 아파올 지경이었다. 그러나 어쩌겠는가? 위에서 명령이 내려왔으니 일단은 지켜야만 했다. 집 안에 남자들이 전부 전쟁터에 갔다면서 이리 다 가져가면 우린 어찌 사냐고 울부짖는 여인들을 뒤로하며 한스와 소대원들은 약탈꾼이 되었다. 조금이라도 군용으로 쓸 수 있는 것은 죄다 챙겼다. 곧 겨울이 다가오니 두꺼운 옷부터 시작하여 가구와 부엌 용품 등등 쓸 만한 것은 죄다 챙기기 시작했다. 다만 오토는 독가스 이후로 보이던 불안한 손 떨림과 함께 움직이지 못하고 있었다.

"뭐하나, 오토. 빨리 챙겨!"

"저, 저기…."

"뭐 하는 거냐고! 빨리 챙기라니까!"

"그, 그게…."

오토는 자신에게 매달리는 젊은 프랑스 여인은 바라보며 말했다.

집 안에 있는 것들 죄다 가져가니 애걸복걸하는 여인을 보며 오토는 양심이 찔린 것이었다. 물론 다른 인원도 양심이 안 찔리는 것은 아니었다. 진심을 담은 눈물을 흘리는 사람을 보고도 가만히 있는 사이코는 거의 없을 것이다. 바이어 중위도 중대장의 말에 이의를 제기할 정도였다. 그래도 명령은 따라야 했다. 그것이 군인이니까. 남자의 세계란 그런 것이니까. 상명하복이란 단어가 그런 것이니까. 그러나 본디 남자답지 못하다고 놀림 받던 오토는 조금 달랐다. 남자답지 못하다는 소리를 들어왔기에 다른 시각으로 생각할 줄 알았다. 소심했지만, 아니 소심했기 때문에 이런 심장 떨리는 범죄는 할 수 없던 것이었다.

"죄송합니다…. 전 따를 수 없…."

오토가 말을 끝내기도 전에 소대장은 그에게 다가가 발로 그를 날려버렸다. 오토가 구석에 처박혀버린 것을 보며 소대원들은 얼어버렸다. 소대장은 피켈하우베로 얼굴을 최대한 가리면서 말했다.

"젠장, 일단 하란…."

소대장은 말을 다 끝내지 못했다. 독가스 이후로 불안증세를 보이며 힘들어했던 오토였다. 고로 최대한 짜내서 내뱉은 진심이었음을 소대장으로서 모를 리 없었다. 그렇기에 말을 잇지 못하고 소대원들에게 챙기고 나오라며 밖으로 나갔다. 대장이 나가자 하르트만이 오토에게 다가가 괜찮은지 물으며 부축해주었다. 한스와 소대원들은 소대장의 말에 일단 명령에 따랐다. 그래도 목숨을 빼앗는 것은 아닌지라 다들 큰 가책까진 느끼진 않았다. 사실상 뺏는 것과 다름없었지만 그래도 괜찮을 것이라는 생각을 자신에게 세뇌시키며 직무를 수행하였다. 그렇게 한스는 프랑스 여인들의 발버둥을 물리치며 이 집 저 집 약탈해갔다.

'뭔가 이상해….'

한스는 양심에 찔리는 약탈을 해가며 뭔가 이상한 느낌을 받았다. 그리고 그것은 이내 바로 풀리게 되는데 이 마을에 거의 남자가 없다는 것이었다. 아마 전쟁의 여파일 것이다. 시대가 시대인지라 보호받는 대상이라고 여겨지는 여인들을 상대로 밀쳐내는 행동을 가하며 물자를 약탈해가는 것은 한스의 마음을 아프게 하였다. 하지만 말단 병사인 그가 혼자서 뭘 하겠는가? 그는 그저 이러한 행동을 하지 않으면 본토의 카를라가 이 일을 당할 수도 있다며 스스로를 세뇌시킬 뿐이었다. 허나 어느 정도 결정권이 있던 한 장교의 마음은 달랐다. 병사야 명령대로 따라야 하지만 그는 자신은 조금 다르다고 생각하였다.

'이건 자랑스러운 도이칠란트의 방식이 아니야…. 그야말로 훈족의 방식이지…. 적들이 놀리는 것처럼….'

오토의 행동 때문이었을까, 아니면 개인의 양심의 탓이었을까. 그는 평소답지 못하였다. 프로이센 군국주의자라면 이 수탈은 양심의 가책을 느낄지언정 눈감았을 행동이었다. 그만큼 독일인들에겐 나라의 승리와 안전이 소중하였다. 무엇보다 독일이 우선시되어야만 했다. 하지만 바이어 중위는 주위를 둘러보았다. 남자는 거의 없고 전장에 남편과 아들을 뺏긴 여인들이 가족이 남긴 것들을 지키기 위해 모든 힘을 쓰고 있는 모습을 보고 있자니 크리스마스 때가 떠올려졌다.

저들도 사람이다. 독일인과 같은….

그런 생각이 바이어 중위의 머리 위를 스쳤다. 그는 두 눈을 감으며 모두에게 말했다.

“전원 중지! 멈춰라! 수거를 멈춰!”

바이어 중위의 말에 한스와 소대원들은 놀라 그를 쳐다보았다. 이는 프랑스인들도 마찬가지였다. 소대장은 약탈한 물건들을 전부 되돌려주라는 말을 하였다. 이에 크뤼거가 놀라 소대장에게 다가가 말했다.

“정말로 괜찮습니까? 뭐 저희야 좋지만 소대장님이 문책을 당할까 봐 무섭습니다. 몰트케 총참모장 대리의 명 아닙니까?”

“괜찮다. 지금은 명보다 더 중요한 본능을 따라보자.”

소대장의 말에 한스는 웃으며 가져간 것들을 돌려주기 시작했다. 마음이 편해지는 순간이었다. 소대원들도 피차 다르지 않아 재빨리 훔쳐 간 것들을 돌려주었다. 이랬다저랬다 하는 것에 프랑스 사람들은 어처구니가 없긴 했지만 상부의 명령을 어기는 독일 장교의 모습에 다들 감사함을 표하였다. 바이어 중위는 쓴웃음을 지으며 전선으로 돌아갔다. 허나 이 소식에 중대장은 화가 날 수밖에 없었다. 명령을 어긴 자가 군인이라 할 수 없으니 말이다.

“넌 뭐 하는 ×끼야!”

중대장은 빈손으로 복귀한 소대장을 다른 소대가 보는 앞에서 복날에 개 패듯 때리면서 외쳤다.

“아니 ×발, 어처구니가 없네? 뭐 사람? 저것들이 사람이야? 아니야. 가축이야, 가축. 우리가 점령한 지역에 속하는 가축이라고! 뒤

지든 말든 우리 알 바가 아니란 말이야 이 ×끼야! 와, 나. 생각해도 어이가 없네? ×나 착한 척한다? 넌 내가 나쁜 ×끼로 보이지? 피도 눈물도 없는 ×끼로 보이지? 어? 어서 말해봐, 이 ×끼야!"

중대장은 바이어 중위의 복부를 발로 차버리며 외쳤다. 그간 충실히 임무를 수행했던 자가 명령 불복종을 행하니 더더욱 화가 난 것일까, 그는 공개적으로 폭행을 가하였다. 그리곤 반대 의사를 냈던 오토 리비히 일병을 소총의 개머리판으로 때리며 외쳤다.

"넌 또 뭐 하는 ×끼야! 뭐? 양심이 찔러? 넌 인마! 처음부터 마음에 안 들었어! 계집애처럼 굴길 좋아하더니 이렇게 또 피해를 주네? 피해를 줄 거면 네 집에나 주란 말이야 이×끼야!"

중대장은 자신의 중대원의 행적을 말하며 오토를 때렸다. 오토가 그간 적응하기 힘들어했던 모습들을 전 중대 앞에 떠들어대며 발로 까댔다. 중대장이란 인간이 마음의 상처를 주는 단어들을 내뱉으며 오토를 때렸고 다른 한스의 소대원들에게도 폭행을 가하였다. 한스는 개머리판에 머리를 맞아 한동안 일어나지 못할 정도였다. 오토가 기절해 몸을 부르르 떨 정도로 너무 심하게 때리자 이내 보다 못한 다른 소대장들이 중대장을 뜯어말리기 시작하였다. 중대장은 다른 장교들의 제지에 화를 참아가며 말했다.

"하…. 개같네. 너흰 앞으로 내가 살아있는 한 전쟁 끝날 때까지 휴가는 일절 없을 줄 알아! 휴가 없이 전선에 계속 처박혀 있을 테니 기대하라고!"

중대장은 그렇게 말하며 다른 소대에 오늘 약탈을 너희들이 다시 해오라고 말하였다. 다른 소대라고 악마의 부대는 아니고 한스의 소대와 다를 바 없었지만 그들은 상부의 명령을 철저히 따르는 중대장을 보며 눈치를 살필 수밖에 없었다. 결국 그날의 약탈은 다시 시작되었고 프랑스 여인들의 눈물을 닦아 줄 자는 없었다. 한스는 이 꼴을 보며 하르트만에게 말했다.

"세상이 원망스러운 건 이번이 처음이야. 신도… 카이저도."

"너무 그렇게 생각할 필요 없어. 신도, 카이저도 그다지 믿을 만한 자식들이 아니거든."

하르트만은 자신의 상처에서 흘러나오는 피를 닦으며 말했다. 평소라면 경을 칠 말들이었지만 한스는 웃으며 아무런 대답도 하지 않았다. 온갖 생각이 그의 머리를 스쳐 지나가고 있었기 때문이었다. 정말로 신이 존재하기는 하는 걸까? 존재한다면 왜 악행을 보고도 가만히 있으신 것일까? 정말로 선하시다면 왜 이리도 구경하는 걸 좋아하시는 걸까? 그런 생각이 한스의 머리를 지배하였다.

"그래도 이제 양심 찔리는 짓은 다른 소대가 하겠네. 우린 이제 외출, 외박도 금지니까."

"하하. 나갈 일이 없으니 그거 하나는 좋구먼!"

하르트만은 한스의 말에 함박웃음을 하며 답하였다. 둘은 사람들을 약탈하는 것보단 포탄의 폭우 안에 있는 것이 좋다는 것에 동의하였다. 하지만 역으로 말한다면 중대장의 화가 풀리면 남을 탄압하는 생활을 해야 생존을 한다는 것이었다. 포탄과 저격이 넘치는 곳과 마음을 버려야 하는 곳이 유일한 두 선택지라는 점에서 둘은 한숨을 내쉴 뿐이었다.

"하, 또 종이에 일 봐야 하네."

"그래도 독가스 대책 나오기 전까지는 접전은 없을 테니 목숨이 한동안 안전하긴 하겠어. 조심만 한다면."

"조심하기가 어디 쉽냐?"

"뭐, 그래도 어떻게든 살아남자고 한스. 이딴 데서 죽긴 억울해. 아직 해보고 싶은 공부가 넘치걸랑. 넌 보고 싶은 사람도 있잖아?"

하르트만의 말에 한스는 카를라를 떠올렸다. 부모님보다 그녀를 먼저 떠올려서 한스는 부모님께 미안한 감정이 들었지만 동시에 그녀가 너무나도 보고 싶었다. 현재로선 한스에게는 그녀가 자신을 버티게 해주는 힘이었다. 한스는 그런 그녀를 생각하며 하르트만을 보며 웃었다. 하르트만은 아직까진 정상적인 한스를 보며 웃었다. 그리곤 옆의 소대원들을 보았다. 다들 아직까진 버틸 만한 것으로 보였다. 딱 한 사람 빼고.

*

바이어 중위와 소대원들이 중대장에게 얻어맞은 뒤로 대략 한 달 뒤, 한스와 소대원들은 겨울이 오기 전 협상국 군대의 마지막 총공세를 막고 있었다. 협상국은 지난 팔켄하인 공세를 통해 독일군이 얻은 영토를 전부 회복하진 못하였고 해가 바뀌기 전에 회복한다는 목표를 잡고 고토를 향해 돌격하였다. 다만 기관총과 참호, 독가스에 대한 명쾌한 답이 생긴 다음 온 것이 아니라서 협상국 군대는 고전을 면치 못하였다. 전선을 촘촘히 이루기 힘든 동부 전선과 달리 서부 전선은 그야말로 개미 떼의 집합이었고 결국 올해 안의 양측 군대의 행동은 전부 결과물을 얻기 힘들었다. 독가스 대책과 더불어 참호를 돌파할 만한 '거대한 무언가'가 필요한 시점이었다.

여하튼 현재로서는 참호에는 야포 말고는 답이 없는 상황이었다. 그래서 협상국 군대는 정말 밤낮 할 것 없이 미친 것들처럼 포격을 해대었다.

"으아, 정말 노이로제 걸리겠네! 그만 쏴!"

한스는 포격 소리에 최대한 귀를 막으며 소리쳤다. 한스는 정말로 정신병이 걸릴 것만 같았다. 어째서 적들은 적당함이란 걸 모르는 걸까? 포탄이 남아도는 것인지 그들은 계속 포격하였고 이 덕에 모두들 잠도 자지 못할 정도였다. 그 덕에 다들 서서히 맛이 가고 있었다. 그리고 단연 심각한 사람은 오토 리비히 일병이었다. 다른 병사들은 머리는 복잡해도 그것이 밖으로 드러날 정도는 아니었다. 그러나 오토는 서서히 몸을 가누기 힘들어하기 시작하였다. 호흡은 가빠지고 손발을 떨기 시작했다. 눈의 초점도 흐릿할 정도였다.

"이봐! 오토, 오토! 젠장, 저번 독가스 때 쓰러진 이후로 간혹 이러더니 요새는 너무 심해."

"군의관…! 군의관!"

오토가 바들바들 떨며 총을 떨어트리자 옆에 있던 한스가 오토를 향해 소리쳤다. 이를 본 바이어 중위는 군의관을 찾으며 소리쳤다. 이에 의무병과 함께 달려온 군의관은 오토의 상태를 확인하며 바이어 중위에게 말했다.

"이 증상은… 요새 자주 보고되고 있는 증상이군요."

"그게 뭡니까?"

"새롭게 보고되는 병인지라 정확한 병명은 없지만 스트레스성 정신 장애라고 보시면 됩니다. 이 엿 같은 곳에 있으면 누구든 미치는 법이죠."

군의관은 포탄의 비가 내리는 하늘을 올려다보며 말했다. 그러면서 오토의 상태를 보았는데 누가 봐도 정신이 나간 것처럼 보였다. 몸 전체가 마치 자율신경계가 된 것처럼 오락가락 움직이고 있었다.

"그럼 어떻게 해야죠?"

"여기선 치료가 불가능합니다. 후방으로 배치해야 합니다."

"그러죠."

두 장교는 바로 오토를 데리고 상부로 향하였다. 군의관은 상태가 좋지 않은 병사에 관해 설명하였다. 어차피 병사로 써먹지 못할 것이라면 후방에 보내 치료 후 다시 전선에 복귀시키는 것이 좋다고 말이다. 재활용, 사람을 상대로 쓰긴 역겨운 단어지만 사람 하나하나가 더 필요한 전장에서는 당연히 해야 할 행동이었다. 그러나 중대장은 코 판 손을 바지에 비비며 말했다.

"그… 병명이 뭐라고?"

"아직 정해지지 않았습니다. 스트레스 장애라고 보심이…."

"아, 정신병? 꾀병 아냐?"

"예? 그건 아닌…."

"에이, 아니네. 꾀병 맞네. 우리 독일군이 무슨 프랑스 놈들도 아니고 정신이 나약해서 쓰러진다고? 오히려 정신 무장이 안 된 거구만! 마음을 단단히 잡고 있으면 이런 일이 있겠나! 마음을 약하게 잡고 있으니 이 모양이지! 야! 이놈 돌려보내!"

"하지만 중대장님!"

"아, 뭐 해! 약해빠진 놈 일일이 챙겨주면 다 후방으로 가지, 누가 전방에 남아! 그게 다 정신 무장이 안 되어 있어서 그래! 사내×끼가 나약해 빠져가지고 말이야. 그렇게 계집애 같은 정신으로 되겠어? 복귀시키고 사내 같은 정신 무장을 시켜! 알겠어?"

바이어 중위의 호소에 중대장은 코웃음 치며 자신의 중대원을 전선으로 돌려보냈다. 프로이트의 등장 이후 정신 분야에 관해 많은 연구가 일어나고 있지만 여전히 모르거나 오해가 많은 분야의 일이었다. 그렇기에 지난 일로 인한 중대장의 의심과 정보 부족으로 인한 오해로 오토는 제때 케어받을 기회를 놓쳤다. 중대장이 무능하기만 한 지휘관은 아니었다. 바이어 중위와 같이 이름에 von이 들어간 사람인 만큼 기본적인 교육을 받은 지휘관이었다. 그러나 사람들은 기본적으로 모르는 것에는 멍청하리만큼 무지한 존재였다. 애초에 쉘쇼크가 뭔지 모를 만큼 연구가 안 된 탓도 있었다. 그래서 중대장은 그저 꾀병으로 인식하였다. 정신적 충격이 몸을 지배할 수 있다는 것을 인지하지 않으며 마음먹기로만이 모든 것이 해결되리라고 믿은 것이다. 모르기에 평소와 달리 극도로 무능해진 지휘관의 판단으로 오토는 골든타임을 잃었다.

결국 날이 가면 갈수록 그의 상태는 악화되었다. 포격 횟수라도 줄어들면 모르겠으나 아군도 대응포격에 나섬에 따라 포격 소리는 줄지 않았고 참호도 꾸준히 타격을 받기 일쑤였다. 비가 와 하체가 죄다 잠긴 상태로 근무하기도 일쑤라서 더더욱 병사들의 고초는 심해져 갔다. 게다가 고인 물을 썩는다고 했는데 더럽고 지저분한 물이 고이니 더더욱 상황은 개차반이었다. 저격수로 인하여 용변을 제때 처리하지 못한 병사들의 변으로 인해 더더욱 더러웠다. 한 번 고이면 빼기도 힘드니 다리의 피부가 아주 불어 터질 지경이었다. 참호는 지상에서의 공격을 잘 막지만 하늘에서 오는 공격엔 취약한 모양이었다. 그 덕에 오토의 상태는 안 좋아져 갔다.

"오토, 괜찮아? 비 그쳤으니까 다리 말리자."

한스가 오토를 바라보며 아빠 미소를 지으면서 친근하게 다가갔다. 남들은 오토가 의지하기만 한다고 욕하지만 한스의 눈에는 여전히 버티고 있는 그가 대견스러웠다. 후방에서 술이나 퍼먹는 윗분들에 비하면 오토는 용사 중의 용사였다. 이 순간만큼은 한스는 신과 카이저가 원망스러웠다. 이딴 전쟁을 왜 했단 말인가?

"한스…."

"응?"

오랜만에 정신이 돌아왔는지 오토가 힘없는 목소리로 한스에게 말했다.

"우리… 집에 돌아갈 수 있을까…."

"하. 야, 무슨 소리냐. 당연히 집에 가지. 이겨서 우린 영웅으로 돌아갈 거야. 사람들이 우릴 반길걸? 영웅이라고 말이야! 영웅!"

"하지만 난 이제 총 들기도 힘든걸…."

"야, 총 들지 마! 내가 들게, 내가!"

한스가 웃으며 오토의 어깨를 다잡아주며 말했다. 한스는 시선을 마주하며 말하였다. 하지만 금세 오토의 눈은 동태눈이 되어 버리며 대답하지 않았다. 어둠에 빠진 것만 같았다. 남들이 이해하기 힘든 어둠으로. 한스는 오토의 그런 반응에 걱정스러워하였다. 주변의 동료도 마찬가지였다. 크뤼거와 하르트만, 한스가 교대로 오토의 상황을 체크해주었다. 걱정스럽긴 마찬가지였던 바이어 중위는 세 명의 근무를 최대한 빼주며 한스에게 말했다.

"신병들에게 미안하지만 오토를 계속 봐주어야 해. 일 초라도 눈 떼지 마. 알겠지?"

소대장의 말에 한스는 고개를 끄덕였다. 그처럼 오토의 상태가 말이 아니었다. 당최 오토는 어떠한 어둠에 빠진 것일까? 자신과 달리 바라는 존재가 없는 것일까? 한스로선 상상하기 힘들었다. 오토가 어떤 어둠에 빠져 있는지 이해하기 힘들었다. 그저 허우적거리지 말고 이제 부상하기를 바랄 뿐이었다. 한스가 바라보던 오토는 좋은 사람이었다. 소극적이었고 남자답지 않았다. 그러나 포기하진 않았던 사람이었다. 그러니 지금도 포기하질 않기를 빌었다.

'신보다… 카이저보다… 네가 더 멋진 존재야….'

한스는 그런 생각을 하며 오토의 머리를 쓰다듬었다. 그리곤 크뤼거와 교대하며 잠시 눈을 붙이러 갔다. 눈을 뜨면 오토가 그대로 있기를 빌면서.

BANG!

참호 속 침낭에 눕자마자 총소리가 들려왔다. 적의 공격이라는 생각에 놀란 한스는 바로 게베어 소총을 들고 밖으로 향했다. 하지만 후속 공격 소리가 들리지 않았다. 지겨운 저격수인 것일까? 한스는 최대한 머리를 아래로 숙이며 참호를 걸어 나갔다. 그는 눈앞에 보이는 하르트만에게 말을 걸었다.

"뭐야. 또 프랑스 놈들의 공격이야? 아니 이놈들은 어떻게 자는 것도 방해해?"

"아니, 그게…."

하르트만은 말을 아끼며 한스를 쳐다보았다. 한스는 하르트만의 반응에 고개를 갸우뚱거렸다. 하르트만은 고개를 떨어뜨렸다. 고개를 숙이느라 피켈하우베가 땅에 떨어진 것도 신경 쓰지 않은 채 말이다. 한스는 놀라 그의 전투모를 직접 씌워주며 말했다.

"죽고 싶어? 왜 그래?"

"저길 봐…."

한스가 하르트만의 말에 의아하면서 하르트만이 가리킨 곳으로 향했다. 그곳에는 한 시체가 있었다.

'욱!'

그것은 오토 리비히의 시체였다. C96 마우저 권총을 자신의 입에다 박고 격발한 것이었다. 뇌수가 사방으로 줄줄 새어 나오고 있었다. 결국 오토는 동료가 잠시 자리를 비운 사이 도망치고 말았던 것이다. 지금까지의 그는 잘 버텼다. 너무나도 잘 버텼다. 군대 체질도 아닌데도 버텨주었다. 하지만 이제 그에게 남은 길은 피비린내 나는 전장이나 남을 약탈하는 또 다른 전장뿐이었다. 그러한 환경은 그를 더더욱 괴롭혔고 결국 무너진 것이었다. 한스는 이를 보며 몸에 힘이 빠져 무릎을 꿇으며 눈물을 흘렸다.

"도망칠 거면 나도 데려가지…. ×발×끼…."

한스는 흐르는 눈물을 멈출 수 없었다. 그는 카를라가 너무나도 그리웠다. 그러나 직접 볼 수 없는 이상 동료가 크나큰 버팀목 중 하나였다. 그를 도와주는 것 같지만 사실 스스로를 구원하고 있었다. 돕는 행동으로 마음의 위안을 얻고 버텨가는 것이었다. 그런데 같이 버텨야 할 상대가 가버리니 자신도 포기하고 싶었다. 그래서 그는 눈물을 흘렸고 주변의 모두도 눈물을 흘렸다. 바이어 중위가 도착할 때까지 경계 근무를 망각하며 다들 눈물을 흘렸다.

이 일을 바라보며 하르트만은 러시아어로 적힌 팸플릿을 꽉 부여잡으며 속으로 생각했다.

'역시 신도, 카이저도 없어야 해. 반드시.'

그 팸플릿엔 자세히 봐야 볼 수 있을 정도로 조그맣게 레닌이란 사람에 의해 적혔다고 기록되어 있었다.

Chapter 3

망각하고 싶은 이야기들

1911년 9월, 룩셈부르크에 있는 독일군 총참모부 지휘소에서는 한창 열띤 논의를 하고 있었다. 서로 작전 회의야 언제나 하는 것이지만 오늘은 좀 특별하였다. 외팔이 카이저의 명령 하에 새로운 총참모장이 정해졌고 그의 소집으로 주요 인물들이 모였기 때문이었다. 뿐만 아니라 향후 내정까지 한 번에 논의하기 위하여 내각 관료들까지 모여 그야말로 독일 수뇌부들의 총집합이었다. 몰트케 총참모장 대리는 몇 달도 안 돼서 물러나는 것이 아쉽긴 하였으나 새로운 참모장이 동부 전선을 얼른 정리해줄 사람으로 생각되었기에 흔쾌히 물러났다.

"모두들 환영합시다! 참모본부의 새로운 리더, 에리히 폰 루덴도르프 경입니다!"

동부 전선에서 잠시 복귀한 루덴도르프 총참모장의 입장에 각지에서 소집된 지휘관들이 그의 입장에 박수갈채를 보냈다. 이곳에 오지 못한 사람이라곤 동아프리카에서 활약하고 있느라 바쁜 파울 폰 레토-포어벡 사령관 정도였다. 그는 현재 대략 15,000여 명의 병력으로 열 배에 가까운 병력을 붙잡고 있었다. 동부 전선의 영웅 루덴도르프는 모두의 박수를 받으며 지휘소 안으로 들어왔다. 카이저 빌헬름 2세는 어린아이처럼 떠오르는 영웅을 기쁘게 맞이하였다.

"오오, 루덴도르프 경! 잘 왔소. 그대를 위한 파티도 준비되었으니 회의 끝나면 마음껏 즐기시오!"

"아닙니다, 나의 카이저시여. 어차피 바로 동부로 돌아가야 하니 앞으로의 작전 계획에 대해 논의하고 바로 떠나겠습니다."

"그래 주시겠소? 그대와 같은 신하를 둔 난 정말 복 받은 카이저요, 하하하!"

루덴도르프의 말에 빌헬름 2세는 선생에게 칭찬받은 아이처럼 기뻐하였다. 루덴도르프는 바로 지도를 펴고 곳곳에 현재 상황을 그려갔다. 현재 독일제국은 크게 4개의 전역을 벌이고 있었다. 첫째로 가장 대표적인 서부 전역, 둘째론 당연히 동부 전역, 셋째로는 오스만의 지원 요청에 따라 군관과 병력을 파견하여 어느 정도 맡고 있는 중동 전역, 그리고 카이저마리네가 담당하는 북해 전역이었다.

현재 독일군은 이탈리아의 보조를 받으며 서부 전선에서 서서히 병력을 빼 동부 전선으로 배치 중이었다. 이탈리아의 참전은 정말로 도움이 되긴 하였는데 이탈리아가 지나친 나폴레옹 정신 답습으로 많은 병력을 상실하였지만 동시에 적의 병력을 붙잡았기 때문이었다. 그 덕에 여러 군단을 빼내어도 될 수준이었다. 그렇게 이동한 독일 제국군은 동부에서 러시아를 맞이할 준비를 하였다.

동부에서 가장 핫한 곳은 바로 브루실로프 공세가 한창 진행되고 있는 오스트리아의 카르파티아산맥이었다. 이곳에서 대략 40여 개의 사단으로 이루어진 오스트리아 집단군이 폰 보트머 장군이 이끄는 독일 지원군과 루이지 카도르나가 이끄는 이탈리아 지원군과 합쳐 러시아의 공세를 막고 있었다. 러시아는 협상국의 원조 요청에 응하기 위해 러시아의 8, 9, 10, 11군을 배치하여 총공세를 가하고 있었다. 러시아 남부집단군 총사령관 알렉세이 브루실로프는 상당히 현명한 사령관이었는데 자신의 장단점을 정확히 파악하여 오스트리아군이 예비 병력을 쓰기도 전에 전선에 타격을 가하며 우위를 점하고 있었다. 그 덕에 현재 오스트리아는 엄청난 피해를 보고 있었다. 특히나 러시아 8군의 활약과 오스트리아 4군의 추태로 무려 40만의 오스트리아 병력이 포로로 잡혀버렸다. 게다가 얼마 전 러시아의 편으로 참전한 루마니아의 군세와 근래 활약 중인 불가리아의 군세로 독일군은 동부로 보내는 족족 넓은 전선을 감당해야 해 부담을 느끼고 있었다. 이탈리아의 참전으로 여유가 생긴 만큼 구멍이 생긴 것이다.

하지만 이를 가만히 지켜볼 루덴도르프가 아니었다. 일단 사령관 아우구스트 폰 마켄젠과 그의 참모장 한스 폰 젝트의 11군을 증강하여 해당 방면으로 보내 정리하고자 하였다. 마켄젠과 젝트는 러시아의 고를리체 함락에 공을 세웠으며 세르비아 점령에 기여를 한 사람들이었다.

"비록 작년엔 병력 부족으로 러시아군을 포위 섬멸하지 못하였습니다. 그리고 현재 오스트리아도 기대 이하긴 하지요. 동부 전선을 담당하는 비중이 7:3 정도로 추락하였고 이제 추락하면 추락했지, 더 이상 오르긴 힘들 것으로 보입니다. 그래도 전쟁 전 우리가 미리 준비시킨 덕분에 그들은 완전히 무너지진 않았습니다. 이것이 곧 동부의 승리를 가져올 것입니다."

"어떻게 말이오? 구체적으로 말해보시오."

"예, 나의 카이저시여. 그 이유는 간단합니다. 러시아는 이제 조만간 모든 힘을 소진할 것이기 때문입니다. 공세종말점에 도달하였다고 보시면 됩니다. 오스트리아도 피해를 봤지만 러시아도 만만치 않은 피해를 보았습니다. 실질적으로 더 이상 우릴 밀어낼 힘은 이제 남아있지 않다고 볼 수 있습니다. 그렇기에 당면한 아군의 목표는 적을 더더욱 내지로 끌어들여 적의 전쟁 수행 능력을 갉아먹는 것입니다. 그리고 러시아가 완전히 그 힘을 소진하였을 때 다시금 포위 섬멸을 노리면 될 것입니다."

루덴도르프 신임 총참모장은 지도에 표시된 아군의 말들을 뒤로 물렀다가 한 번에 러시아로 표시된 말들을 덮치는 퍼포먼스를 보이며 자신의 주군에게 설명하였다. 그는 전쟁 수행 능력을 갉아먹는 총력전에 대해 설파하며 도리어 긍정적으로 장기전을 준비하자고 말하였다. 한편 루덴도르프의 동부 공세 설명을 듣고 있던 테오발트 폰 베트만홀베크 수상이 불안한 표정을 띠었다. 전쟁 자체에 부정적이었던 그는 모든 여력을 전쟁에 투자하는 것에 부담을 느꼈다. 게다가 근래 일어나고 있는 약탈에 대해서도 그는 부정적이었다. 이에 그는 조심스레 루덴도르프를 보며 말했다.

"하지만 전쟁의 장기화로 인해 경제 불균형이 우려됩니다. 이

것이 장기화되면 전후에도 이에 예속될 가능성이 있습니다. 그러니…."

"그러니 점령지에서도 끌어오는 것이 아닙니까? 내년 안에 결단을 지을 테니 너무 걱정 마십시오."

루덴도르프는 베트만홀베크의 말을 도중에 끊어버리곤 답하였다. 이에 수상은 얼굴이 화끈거렸지만 그 이상 말할 수는 없었다. 루덴도르프는 근래에 들어 군내 실력자로 급부상하고 있는 덕에 계급과 위치에 비해 위상과 실권이 드높았기 때문이었다. 루덴도르프의 군복에 주렁주렁 달려있는 푸르 르 메리트*Pour Le Merite*훈장과 철십자장이 거짓이 아님을 보여주고 있었다. 물론 이제 갓 떠오르는 샛별인 그가 아주 대놓고 자신의 생각을 말하진 않았으나 그는 은연히 나라의 모든 경제 시스템을 군에 돌리길 언급하였다. 예를 들어 뾰족 튀어나온 부분으로 인해 적들의 시선을 제대로 받는 피켈하우베의 단점을 언급하였다. 그는 신식 군모인 슈탈헬름으로 어서 전면적 교환이 필요하며 이에 따라 경제 시스템도 변화하여야 한다고 말하였다. 이러한 말들에 수상은 일반 백성들에게 끼쳐질 고통과 전후 사정에 벌써부터 걱정이 되었다.

루덴도르프 신임 총참모장은 그렇게 민간 정부의 대표를 살짝 밟아주곤 지도를 바다 쪽으로 옮기며 말을 이어갔다.

"우리의 당면한 목표는 적의 전쟁 수행 능력을 박살 내는 것입니다. 파리를 상실한 프랑스는 북부에 다수의 공업지대가 몰려있기 때문에 이제 큰 걱정할 단계가 아닙니다. 러시아는 앞서 말한 대로라면 또한 걱정이 없지요. 이제 남은 문제는 영국입니다. 그들의 피를 말릴 필요가 있습니다."

"어떻게?"

"잠수함을 이용하는 것입니다. 베닝 폰 홀첸도르프 제독님, 에두아르 폰 카펠레 제독님. 설명하시지요."

루덴도르프의 말에 두 제독이 앞으로 나와 설명하기 시작했다. 둘의 말에 따르면 카이저마리네도 대단한 수준이지만 대영함대가 더더욱 대단한 규모를 자랑하는지라 1:1 교환이 아니라 이쪽이 2대 잡고 침몰한다 하더라도 손해인 상황이라고 하였다. 실제로 지난 해전들에서 독일 해군은 외팔이 카이저가 미친 듯이 투자한 만큼 놀라운 성과를 보여주었지만 결국 전략적으로는 패배하는 모습을 보여주었다. 그렇다면 더 이상 수상함을 유틀란트 방면으로 보내는 작업을 하기보다는 영국으로 가는 수송함들을 죄다 침몰시켜 영국 본토를 굶주리게 하게 만드는 것이 더 좋은 방책이었다. 홀젠도르프의 설명에 따르면 월간 60만 톤을 침몰시킨다면 반년 안에 적을 아사시킬 수 있다고 하였다. 그리된다면 프랑스, 러시아에 이어 영국도 전쟁 수행 능력을 상실하여 결국 협상 테이블로 나올 수밖에 없을 것이었다.

"다만 그리한다면 중립국들을 자극하는 것이 아닐지…?"

베트만홀베크 수상이 조심스럽게 언급하였다. 신대륙을 염두에 두며 그는 아주 조심스럽게 이 무제한 잠수함 작전에 대해 반대를 표하였다. 그의 생각으론 해상법을 엄격히 지키며 그 작전을 펼치는 것은 불가능에 가까웠다. 네덜란드를 통한 중계 무역으로 어느 정도 물자를 확보하고 있던 독일이 중립국 선박을 날린다는 것은 커다란 명분을 상실하는 것이기도 했다. 하지만 이에 루덴도르프는 독일 제국 생존을 위한 최후이자 최선의 결단이라며 밀어붙였다. 확실히 영국의 힘이 바닥나는 결과가 다가오지 않는다면 독일의 최종적 승리는 달성하기 힘든 과제였다. 이 작전 없이 승전하려면 영국 외에 모든 주요 국가가 항복해야만 하였다. 그렇기에 과감하게 나서는 것을 주장하였다. 이에 수상은 결과를 위해 과정을 결과에 예속시키는 것에 불안함을 느꼈다. 허나 이를 독일의 진취적인 기상으로 여긴 카이저는 웃으며 냉큼 수락하였다. 그간 독일의 역사를 살펴보면 남들이 생각하지 않던 것들을 얼른 먼저 도입하는 혁신으로 성장했기에 그리 판단하는 것도 무리는 아니었다. 그러나 그것은 독일의 장점이면서도 단점이었는지라 수상은 불안해하였다.

여하튼 그렇게 무제한 잠수함 작전은 통과되었다. 수상함 작전이 완전 포기 된 것은 아니고 다시금 유틀란트로 나갈 준비를 하였으나 내년에 벌어질 유틀란트 해전에서 만일 승전을 거두지 못한다면 아마 잠수함 작전으로 굳혀질 것이다. 한편 중동은 거의 언급되지 않았는데 올해 초엽까지 이어온 갈리폴리 전투에서 영국군이 아름답게 꼬라박아준 덕분에 한동안은 안전할 것이 분명하였기 때문이었다. 다만 이 전투로 친독파라고는 보기 힘든 무스타파 케말이라는 위인이 급부상하여 독일은 조금 불안해하였다.

이것으로 대강 군사 회의는 끝났고 관료들의 발언이 이어졌다. 관료들의 의견은 대부분 비슷하였는데 전쟁 경제 시스템에 대한 부담이었다. 독일의 경제 시스템은 비스마르크 시대 이래로 해외 식민지에 의존하는 열강들과 달리 자국 공업력을 통한 자국 시장 활성화에 중점을 두고 있었다. 그래서 비스마르크는 식민지를 늘리는 것에 부정적이었다. 앞서 수상이 불안하였듯 관료들은 전쟁이 경제를 잡아먹는 것에 부담스러워하였다. 또한 그들은 군부의 불법적인 행위들에 대해서도 전후를 생각하며 불안해하였다. 이런 불안들에 관료들은 전쟁 시기이니 군비를 쓰더라도 너무 군부에 힘을 주지 않는 방면으로 의견을 피력하였다. 안 그래도 근래 전쟁으로 인하여 내무국가청의 업무가 전쟁식량청으로 하나둘 이관되며 군부의 발언권이 늘어나고 엘리트 군인들이 여러 관청의 요직을 꿰차고 있는데 이대로 가다간 전후 군인들의 나라가 될 것임을 염려하고 있던 것이었다. 관료들은 군인들의 나라가 되면 독일 특유의 혁신성이 사라질 것이라고 걱정하였다. 독일은 다른 식민 제국들과 다르게 식민지 기반이 아닌지라 가진 것이 적었기에 과학 발전을 통한 혁신으로 그 부족분을 메우고 있었다. 대표적으로 화학 발전을 통한 비료 공급처럼 말이다. 이러한 혁신과 진취성이 루덴도르프의 거대한 식민 제국 계획으로 사라질 것이라며 걱정하였다.

하지만 카이저는 그런 그들의 걱정이 지나치다고 일축하였다. 군부의 최고는 전부 왕족들이 차지하고 있었기에, 예를 들어 루프레히트 사령관이나 빌헬름 왕세자처럼, 일단은 컨트롤할 수 있다는 믿음에서였다. 카이저는 그들을 안심시키면서 동부에 대한 작전안, 그를 위한 예산안을 통과시켰다.

그렇게 오늘의 대전략 회의가 끝이 났다. 루덴도르프는 카이저의 말에도 서둘러 동부로 갈 준비를 하였다. 그는 떠날 준비를 하며 한스 폰 젝트 참모장을 불러 이야기하였다.

"부르셨습니까?"

"아, 간단히 할 말이 있어서 불렀네. 보았는가? 먹물들의 경계심을 말이야. 수상도 그렇고 짜증이 다 나더군. 지금은 '전쟁 수상'이 필요한 시기인데 말이야."

"수상을 바꿔야 하지 않겠습니까? 뷜로우 후작님이나 티르피츠 제독님 같은 분으로 말이죠. 그래도 몰트케 전 총참모총장이 우리 의견을 받아줘서 다행이긴 하군요."

둘은 적극적 전쟁 수행에 부정적 발언을 한 사람들에 대한 불만을 이리저리 토해냈다. 둘은 앞으로 군사독재를 해야 한다는 것에 서로 동의하였다. 둘의 입장에선 이러나저러나 승전한다면 투자비용 회수를 위해서라도 다른 열강처럼 정복지를 통한 경제 시스템으로 바꾸어야 하였다. 그래서 어차피 미리 하는 것이라 여겼고 그에 따른 도덕적 생각은 뒤로 미루기로 하였다. 그리고 현재 전쟁으로 관련 물자에 대한 수요가 급증하고 있는데 이를 위해 자국 산업의 극적 증강과 적절한 보급 조절이 필요하였다. 물론 전쟁 발발 후 얼마 지나지 않아 독일 제국은 전시원자재부*Kriegsrohstoffabteilung*를 설치하여 어느 정도 계획 경제를 시행하고 있었다. 허나 둘의 의도는 이를 더욱 적극적으로 활용하는 것이었다. 그를 위해 모두가 군으로 통일되어 전쟁 수행을 위한 보급 정책을 시행하길 원하였다. 카이저에 대한 충심이 없는 것은 아니나 프로이센의 전통을 지금보다도 더 매우 강화하여 군의 지도가 필요한 시점이라고 둘은 판단하였다.

여하튼 둘은 방해꾼들을 제거하기로 마음먹었다. 그를 위해 기반이 필요하니 이번 공세를 통해 전공을 세우자고 다짐하였다. 이른 전쟁으로 인해 남들보다 빠르게 약화되어가고 있는 러시아는 그들의 좋은 먹잇감이었다. 마켄젠의 군단이 빠르게 발칸 지역을 정리한다면 러시아는 도미노처럼 따라 밀릴 것이 분명하였다. 그렇게 무난히 전공을 세운다면 둘은 그것을 명분 삼아 전시를 이유로 정권을 장악할 계획을 세웠다. 기존의 독일 보수당을 갈아치울 독일 조국당의 시작, 그것은 독일에게 무슨 결과물을 가져다줄까? 비스마르크의 경제 체제를 포기하고 기존의 열강들처럼 변해가는 독일에 게르마니아는 밝은 미소를 지으실까? 현재로선 아무도 알 수 없는 일이었다.

*

"올해도 겨울을 여기서 보내야 한다니…."

"그래도 외박 나왔잖아. 오늘은 즐기자고."

대략 두어 달 뒤, 눈이 내리는 전선 후방에 위치한 도시에서 한스와 스벤은 숙소 근처 술집에 앉아 술을 마시고 있었다. 중대장 덕에 다른 소대에 비해 늦은 휴가긴 했지만 둘은 아주 오랜만에 군대에서 벗어나 여유를 즐기고 있었다.

"중대장이 영영 안 보내 줄 것 같았는데 결국 이리 나오게 되었네."

"자기가 군단장을 씹깔 수 있는 건 아니잖아. 전투 없을 땐 로테이션으로 쉬어야지. 우리도 사람인데. 얼마만의 사회인지. 캬! 술맛 좋다."

스벤은 술 한 잔을 들이키며 말했다. 그리고 신문을 읽으며 말을 이었다.

"뭐, 집에 갈 길은 멀었지만 그래도 요새 좋은 소식이 들리긴 하네. 이번에 마켄젠 장군의 군단이 불가리아와 루마니아를 항복시켰대. 남쪽에서 오스만이 도와준 덕분이긴 하지만 여하튼 이렇게 하나하나 끝내다 보면 우리도 집에 갈 날이 오겠지."

"그래. 죽지만 않으면."

"자꾸 초 치는 소리 할래?"

한스는 보름 전 오토를 대신해 새로 온 신병이 소규모 접전 중에 운 나쁘게 전사한 것을 떠올리며 말했다. 이에 스벤은 신문을 접곤 빵을 집어 들며 너무 좋지 않게 생각하지 말라고 답하였다. 맞는 말이었다. 아무리 주변인들이 하나둘 죽어 나간다고 해도 오로지 집을 생각하며 버텨가는 것이 올바른 생각이었다.

"야, 한스. 안 좋은 생각 말고 술이나 먹자고. 오늘 한번 달려 보자."

"그래, 그래. 자, 원샷!"

한스는 스벤과 잔을 나누며 술을 들이켰다. 그러면서 둘은 온갖 잡담을 하며 고향에 대한 그리움을 조금씩 억눌러갔다. 어떤 이는 연인을 휴가가 가능한 지역까지 데려온다고 들었다. 한스는 그녀에게 근방까지 놀러 오는 걸 물어볼지 고민하였다.

'편지를 한 번 보내볼까…?'

한스는 잠시 그녀를 떠올리며 행복한 고민에 빠졌다. 다시 그녀를 본다면 엄청난 힘이 날 것이 분명하리라. 한스는 사색에 잠기며 그녀가 찍힌 사진을 꺼내 보았다. 그리고 이내 웃음에 잠겼다. 그런데 얼마 안 가 한스의 사색은 종료되었다. 어디서 날아오는 소리가 그의 사색을 방해하였기 때문이었다.

"뭔 소리지?"

"누가 소리 지르는 거 같긴 한데…. 뭔 일 있나?"

한스는 소리가 들리는 방향으로 가보았다. 너무 귀에 거슬리는 소리인지라 그는 소리의 원인을 찾고 싶었고 들리는 곳으로 향했다. 가니 왜 귀에 거슬리는지 한스는 바로 납득할 수 있었다. 인간이 내는 괴성이었기 때문이었다.

"어서 숨긴 거 다 내놔, 이년아!"

"누, 누가 도와줘요!"

"집 털어도 별거 없는 거 보니 이거, 이거, 몸에 숨겨뒀나 보네."

"아랫구멍 안도 뒤져. 거기에 있을지도 모르니까, 크크."

소리가 들리는 곳으로 가자 추악한 광경이 한스와 스벤을 기다리고 있었다. 같은 독일 제국 군복을 입은 사내들이 한 프랑스 여인을 붙잡아 온몸을 더듬고 있었다. 바닥에는 여인의 아버지로 보이는 사람이 쓰러져 있었는데, 수치심을 개에게 준 듯한 독일 군인들은 이제 여인의 치마를 벗기려 하고 있었다. 그들은 서서히 드러나는 여인의 속살에 흥분한 돼지처럼 침을 떨구고 있었다. 이를 보다 못한 한스가 다가가 그들에게 말을 걸었다.

"지금 뭐 하고 계십니까? 어느 부대 소속입니까?"

"아니, 이 아저씨는 뭐야? 지금 공무 집행 중이니까 방해 마쇼."

"아니 어느 부대인지 말하라니까?"

한스와 스벤을 본 그들은 퉁명스럽게 답했고 이 태도에 화가 난 스벤은 그들의 신원을 꼬치꼬치 캐묻기 시작했다. 확인 결과 그들은 한스와 상당히 가까운 곳의 전선을 맡고 있는 대대의 일원들이었다. 이에 한스가 그들을 바라보며 말했다.

"당장 그만둬요. 명예로운 독일군으로서 부끄럽지도 않으십니까? 우린 침략군으로 온 게 아니에요! 그만두지 않으면 상부에 보고하겠습니다!"

"아, 글쎄. 공무 집행 중이라니까?"

"그러면 공증서 보여주든지. 없지?"

한스의 말을 무시하는 태도에 스벤은 손바닥을 그들 앞에 보이면서 어서 달라고 재촉하였다. 하지만 그런 게 있을 리가 만무하였다. 낼 것이 없자 그들은 금세 태도를 바꾸었다. 그들이 가진 것을 공유할 테니 봐달라는 것이었다.

"훔친 보석 좀 줘? 눈 감아 줘. 같은 독일인이잖아."

"아니면 이 년 같이 먹을래? 이거 아주 가슴 부드러운 게 죽인다고."

한스 앞에 있던 독일군이 프랑스 여인의 가슴을 주무르면서 말했다. 같이 공범이 되는 것으로 일을 마무리하고 싶었던 것이었다. 이에 프랑스 여인은 한스의 앞에서 눈물을 흘리며 아주 작게 도와달라고 말하였다. 옆의 강간범들에게 들리지 않기 위해 목소리는 낮추고 입 모양으로 한스에게 꾸준히 말을 걸었다. 이를 보고 한스는 고향에 있는 카를라가 생각났다. 자신이 참전한 이유가 뭔가? 물론 나라를 지키기 위함이다. 그러나 나라를 지키기 위함은 그 나라에 속한 그녀를 지키기 위함이었다. 그녀가 오버랩되자 한스는 강경책을 꺼내 들었다.

"하, 말귀 못 알아먹네. 뒤지기 싫으면 꺼지라고."

한스는 마우저 권총을 그들의 머리에 대고 말했다. 이에 놀란 그들은 자신들도 총을 꺼내며 외쳤다.

"이 자식이! 해보자는 거야!"

"같은 독일인이라 봐주려고 했더니!"

"이봐요, 일단 진정해요, 진정!"

이에 놀란 스벤은 양측 사이에 서서 양측의 총 위에 양손을 올렸다. 그리곤 서서히 총을 땅으로 내리며 말했다.

"우리 같은 독일인 아닙니까. 일단 우리끼리 피 흘리지 맙시다."

이에 양측은 죽어간 전우들을 떠올렸다. 친근한 이웃사촌이 옆에서 죽는 광경을 모두 잊지 않았다. 최소한 같은 민족끼리 싸우는 것은 확실히 꺼림직하였다. 이에 그들은 프랑스 여인을 내동댕이치고 그녀에게 빼앗은 물품을 바닥에 던지며 말했다.

"흥. 김샜네. 그래 착한 척 많이 하고 너희가 가지고 놀아!"

그들은 바닥에 침을 뱉으며 거리로 사라졌다. 그들의 눈에는 한스와 스벤이 위선을 떨며 먹잇감을 훔쳐 간 것으로 보인 것 같았다. 그러나 그럴 생각이 없는 한스는 쓰러진 여인을 일으켜 세워주며 떨어진 물건들을 건네주었다. 한스는 대신 미안하다고 말하였다. 이에 여인은 다시금 눈물을 흘리며 고개를 끄덕거리곤 자신의 아버지를 데리고 사라졌다.

"아니, 저 여자가 기껏 구해줬더니 고개만 까딱하고 가네?"

"스벤, 그런 일을 당하면 원래 아무 말도 안 나오는 법이야."

한스는 사라져 가는 여인에게 다가가려는 스벤을 붙잡으며 말했다. 한스의 말에 스벤은 행동을 멈추었다. 제대로 된 감사함은 아니지만 그래도 그 여인의 행동이 이해 가지 않는 것은 아니었다. 다만 여기서 궁금한 것은 이 일이 어쩌다 터진 일인지, 아니면 자주 일어나는 일인지 하는 것이었다. 같은 독일군의 행동은 이미 아마추어 수준을 넘어섰다. 그래서 둘은 주변을 탐문하였다. 보통은 독일군이니 경계하고 아무 말도 안 할 것이지만 둘의 행동을 지켜보았던 프랑스 사람들은 이때다 싶어서 속에 있던 말들을 토로하였다.

이때 한스가 들은 말들은 충격적이었다. 한스는 근래 합법적 약탈과 강간, 방화가 이어지고 있음을 전해 들었다. 금품을 갈취하고 아이들을 희롱하고 여인들을 겁탈하고 이를 막으려는 부모를 거리에서 폭행하고…. 저항하는 이들의 집에는 본보기를 보인다며 방화를 저지르기도 했다고 한다. 이게 사람이 할 짓이란 말인가? 중대장 덕에 휴가를 거의 나오지 않았던 한스는 후방에서의 아군 실태에 이젠 웃음을 참을 수가 없을 정도였다. 오를레앙 공세가 어느 정도 잦아든 이후로 독일군은 프랑스 점령지에서 그야말로 동물처럼 행동하고 있던 것이었다. 욕정이 들면 욕정을 풀고 재물이 탐나면 방해하는 사람을 죽이고…. 전방 참호에만 있던 한스는 점령지의 대략적인 상황을 알게 되었다. 더 정확한 사실과 사례들을 알고 싶었지만 일단 이 일들을 상부에 따지고 싶었다. 과연 이게 명예로운 도이칠란트의 행동이란 말인가?

*

"이런 이야기를 들었습니다, 중대장님. 허가만 해주신다면 제가 가진 연줄을 통해 403대대를 직접 고발하고 싶은데 허락해주시겠습니까?"

"어, 연줄…? 하긴 자넨 나름 명망 있는 융커 집안이었으니. 잠시만. 그래도 조금 더 생각해보는 게 어떻겠나?"

한스가 역겨운 광경을 목격했던 당일 저녁, 이야기를 전해 들은 바이어 중위는 직속 상관에게 자신의 의견을 피력하였다. 아군의 비양심적인 행태를 보고 있을 수 없다고 판단하였기 때문이었다. 하지만 중대장은 이리저리 눈을 피하며 부하 장교의 말에 대답을 회피하였다. 그는 군대 보고체계를 따라야 한다며 확답을 거부하였다. 사실 한 단계, 한 단계 올라가야 하는 것이 보고인 만큼 갑자기 위에 직접 말하겠다는 소대장의 말은 어폐가 있긴 하였다.

"일단 자네가 들은 이야기는 내가 처리하겠네. 그게 순리 아니겠나? 가 봐."

중대장은 나가라고 손짓하였다. 그러나 바이어는 이 일을 확실히 처리하고 싶었다. 소대원들이 계속 죽어 나가는 전장을 바라보면서도 인간미를 잃지 않겠다는 굳은 의지일까, 그는 전쟁 초기 때와는 다른 사람이 되어 있었다. 그땐 교과서 같았다면 지금은 수정이 가해진 재판본 교과서 같았다. 그 내용이 신대륙에서 흘러나오는 것과 유사할 정도였다. 바이어 중위는 자신의 생각을 밀고 나가고 싶어 했고 그 눈빛이 중대장도 어떻게 할 것만 같았다. 이에 중대장은 웃으면서 말했다.

"아니, 바이어. 날 죽이기라도 하려고? 눈빛이 왜 그래?"

"아, 아닙니다."

"하, 바이어. 그래, 네 눈에는 내가 개×끼로 보이겠지. 이해해."

중대장의 뜻밖의 소리에 바이어 중위는 조금 놀라 주춤거렸다. 그의 눈에는 윗사람 눈치나 보는 인물로 보였기 때문이었다. 중대장은 유럽 지도를 펼치곤 바이어 중위에게 말했다.

"이봐, 바이어. 네가 봤을 땐 우리가 유리한 거 같나?"

"네. 우리가 승리할 것입니다."

"그래? 그러면 좋겠네. 근데 확신해?"

"그건…."

"자네도 확신 못 하지? 그야 우리 카이저마리네가 활약을 못 하고 있으니까. 바닷길이 막혔거든. 역시 대영제국이야. 해군만큼은 그렇게 노력을 해도 따라잡을 수가 없었어. 나름 잘 싸우긴 했지만 여전히 해상 봉쇄는 단단해. 그에 따라 우린 내년부터 물자가 서서히 부족해지겠지. 그런데 영국은? 해군 덕에 자신들이 아무런 피해도 안 받을 뿐만 아니라 파리 공업 지대를 빼앗긴 프랑스에 아주 안전하게 물자 지원을 해주고 있지. 자기가 필요한 건 신대륙에서 사 가고 있고. 우린 그걸 두 눈 뜨고 지켜보고 있어야 해! 물론 무제한 잠수함 작전인가 뭔가 하는 걸 한다고는 하는데 난 실용성 없다고 봐. 우리가 신대륙까지 상대할 배짱은 없거든. 즉 영국이 안전하게 버티고 있는 한 프랑스와 러시아의 영토를 전부 먹는 게 아니라면 우리에게 답이 없다는 거지. 아, 물론 우리가 유리하긴 해. 러시아가 완전 종이호랑이거든. 역시 이른 전쟁이 답이었어. 다만 우리가 승전한다고 확신하긴 힘들다는 거지."

"그래서 중대장님은 하고 싶으신 말씀이 뭡니까?"

자신의 질문에 답하지 않고 다른 이야기를 하는 중대장에 바이어 중위는 약간 눈살을 찌푸리며 말했다. 거의 항명 수준의 태도였지만 중대장은 그러려니 하고 넘어가며 말을 이어갔다.

"그러니까. 우리가 질 수도 있다고. 그 말은 여기 있는 장병 전부 죽을 수도 있다는 말이야. 자넨 올해에만 서부 전선에서 몇 명이 죽어 간 지 아나? 무려 백만 단위야, 백만! 자네 소대도 몇 명 죽었잖아? 다 죽을 수도 있어. 정말 유례가 없는 전쟁이야. 시작할 때만 해도 크리스마스 전에 집에 가니 마니 했는데 이젠 내년 크리스마스 때엔 집에 갈 수 있을지 모르겠어. 그걸 다들 알고 있는 거지. 언제든 뒤질 수 있다는 사실을. 우린 그들을 달래야 해. 안 그러면 전투에서 조금만 져도 대규모 항명 사태가 벌어질걸? 이제 곧 전쟁 3년 차야. 다들 이제 애국심으로 버틸 단계가 아니라고. 나폴레옹도 이탈리아 원정 때 도시를 약탈했는데 우리라고 별수가 있나? 그러니 먹잇감을 던져주곤 모른 체 하는 게 지휘관의 덕목이야. 알겠나, 바이어?"

중대장은 인간의 기본적인 욕구에 대해 언급하며 바이어 중위가 이번 일을 눈감아 줄 것을 부탁했다. 언제 갈지 모르는 인생, 즐기게 내버려 두라고 말이다. 무엇보다 어차피 겨울이 지나면 물자 확보를 위해 본격적으로 점령지 수탈을 시행할 것이니 어차피 프랑스인들에게 닥칠 운명이라고 중대장은 말했다.

'지랄하네. 개×끼가.'

하지만 바이어 중위는 이에 동의하지 않았다. 이러나저러나 결국 지금 전쟁 범죄를 저지르고 있는 것이니까. 온갖 이유를 들어 도덕을 행하지 않아도 되며 그게 당연하다고 말하고 있지만 틀린 말이었다. 마치 현실적인 이유로 도덕을 행하지 말아야 한다고 하는데, 도덕이란 현실적으로 해야만 하는 것이다. 도덕이란 주거니 받거니 하는 것이라서 그 룰을 깨트리지 않아야지 서로가 안녕한 것이었다. 이렇게 현실이란 핑계로 박살 낸다면 설사 전쟁에 이긴다고 해도 앞으로의 독일의 운명은 어찌 되겠는가? 한동안은 평안해도 복수에 눈이 먼 프랑스인들이 다시금 전쟁을 벌일 것이고 결국 독일의 아이들이 죽어 나갈 것이다. 또 다른 세계대전이 다시금 발발할 것이 자명하였다. 고로 바이어 중위의 시각에서는 멍청하기 그지없는 그저 눈앞의 결과물에 급급한 말들이었다.

고로 그는 중대장 앞에서만 알겠다고 하고 바로 개인적으로 편지를 쓰기 시작했다. 한스로부터 전해 들은 점령지에 사는 사람들에 대한 폭행, 금품갈취, 강간 등등에 대해 써 내려갔다. 듣기로는 어느 여인은 여흥을 못 주었다고 한쪽 가슴이 잘려 나갔다고 한다. 이것은 독일의 명예가 아닐 것이다. 잘만 전달되면 제국 법무청을 통해 수상까지 직행으로 전달될 것이다. 물론 말단 장교의 편지가 큰 영향을 주진 못해도 독일의 양심은 챙길 수 있을 것이라고 바이어 중위는 믿어 의심치 않았다. 부디 이 땅에 정의가 바로 서길.

*

“정말 괜찮을까요? 저 때문에 소대장님은 화를 입는 게 아닐지…”

“아니야, 한스. 그딴 걸 보고도 가만히 있는다면 독일 장교라 할 수 없어. 민간인에게 손을 대다니, 군인으로서 그게 할 짓이야?”

몇 시간 뒤, 소대장은 한스의 염려에 그의 머리를 쓰다듬으며 안심시켰다. 그는 귀족 가문 자제로 어느 정도 든든한 배경이 있었기에 이번 일에 대한 정부의 말을 듣고 싶었고 그럴만한 능력이 되었다. 무엇보다 그의 지인 중에는 왕가와 인연이 있는 사람이 있었기에 그에게도 부탁하는 편지를 보내 정부의 해명과 후속 대책을 받고자 하였다. 그의 생각으론 필요한 물자들을 훔치는 건 전쟁 중이니 그나마 이해해도 민간인들을 사적으로 건드려서는 안 된다고 생각하였다. 한스가 전해준 이야기로는 민간인들은 장난감 취급하는 것이 서서히 만연해져 가는 분위기라니 초장에 이를 해결하여 독일의 명예를 지키고 싶었던 것이다.

“소대장님 왕가와 연이 있다는 게 사실입니까?”

“이야 우리 소대장님이 그렇게 대단한 사람이었어?”

스벤의 말에 소대원들은 웅성거렸다. 불안해하는 대원들에게 대충 귀띔을 해준 것이었다. 그에 대한 반응에 바이어 중위는 웃으며 말했다.

"동기 중에 발터 모델이라고 있는데 5번째 왕세자이신 오스카 폰 호엔촐레른 왕자님을 모시고 있다네. 고로 분명 카이저에게까지 이야기가 들어갈 수 있을 거야."

이 말에 소대원들은 보복을 당하지 않을 것이라며 기뻐했다. 그야 카이저라지 않는가? 정말로 카이저가 독일 시민들이 받는 교육처럼 어질고 인품이 있는 사내라면 분명 그들을 도울 것이었고 다들 그 이미지를 의심치 않았다. 독일인들에게 카이저란 그런 존재였다. 자애로운 아버지 카이저, 파터란트의 수호자! 분명 들어줄 것이라고 그들은 생각하였다.

다행히도 그들의 바람대로 카이저에게까진 편지가 당도하였다. 바이어 중위의 동기 발터 모델 장교가 전달해준 것이었다. 그는 대단히 유능한 장교로 오스카 왕세자의 여단 휘하에서 적의 포격에 대한 방어 능력을 보여주어 왕세자의 눈에 든 사람이었다. 그래서 왕세자가 자신의 사람으로 만들고 싶어 하는 인물이었는데 왕세자는 그의 능력에 경험을 추가해주기 위해 한스 폰 젝트 휘하로 보내 장군참모과정을 이수하게 해줄 정도였다. 여하튼 그는 오스카 왕세자의 신임을 얻고 있던 사람이었고 이 일이 자신의 독단이 아니라 바이어 중위의 설득대로 위의 판단을 기다리는 것임을 인정하고 판단을 내려주길 바란다며 그는 편지에 적힌 일들을 오스카 왕세자에게 전하였다. 오스카 왕세자는 편지의 내용을 보며 고민하더니 카이저에게 전하겠다고 하였다. 그는 평범한 보수성을 띄는 전형적인 왕세자였지만 하급 귀족과 결혼할 예정일 정도로 아주 꽉 막힌 사람은 아니었다.

"알겠네, 모델. 나라고 범죄가 달가운 것은 아니니 이건 내가 직접 아버지께 고하지."

"감사합니다. 오스카 폰 프로이센 왕세자 전하."

오스카 왕세자는 편지를 들고 바로 자신의 아버지에게 달려갔다. 하지만 외팔이 카이저는 시큰둥하게 반응할 뿐이었다.

"그래서 뭐 어쩌란 말이냐?"

"아, 아니. 멈춰야 하지 않겠습니까? 이것은 우리 도이체스 카이저라이히의 불명예가 될 것이 분명합니다."

"그래? 그렇군…."

"아버님! 어서 전선에서의 약탈을 금하셔야 합니다! 우리가 고작 물자 따위가 없어 전쟁에 지겠습니까?"

카이저의 무신경한 발언에 오스카 왕세자는 버럭 화를 내며 말했다. 자신은 수하이지만 동시에 카이저의 자식이기에 어느 정도 강경히 발언해도 용서받을 것이라는 생각에서 나온 발언이었다. 카이저가 이에 반응하리라고 생각했지만 여전히 카이저는 애매한 태도를 취하였다.

"그래도 해상 봉쇄 때문에 챙길 때 챙기는 것도 나쁘지 않지 않은가…."

"훈족이라는 놀림을 진짜로 만들 가치까지 있겠습니까?"

"뭐, 그래…. 그렇긴 하지. 알겠으니 나가 보거라. 이 문제는 대신들과 의논해보겠다."

카이저의 말에 오스카 왕세자는 방에서 나갔다. 그러나 빌헬름 2세는 전혀 그럴 생각이 없었다. 하지만 그것은 양심이 없어서가 아니었다. 그는 근래 급성장하는 루덴도르프 일파의 세력을 경계하고 있었다. 평시라면 절대 도전할 수 없는 카이저의 권한, 그를 넘볼 정도로 루덴도르프를 따르는 군부 세력이 전시 상황을 이용하여 급성장하고 있었다. 군부와 전쟁 부처들의 요직을 차지하며 수백만의 병력과 함께 전선을 주무르는 그들이 돌발 행동을 하면 안 된다는 생각에 그들을 자극하고 싶지 않았다. 어느 시대나 군주는 전선에 자국 병력을 거의 가져간 장군을 경계하기 마련이었다. 그들이 반란이라도 일으키는 날에는 카이저의 군주정은 종료될 것이었다. 물론 루덴도르프는 그럴 생각을 가진 위인은 아니었지만 카이저의 권한을 넘볼만한 위인은 되었다. 그래서 온갖 요직을 차지하고 있었고 이는 카이저의 권력 기반을 흔들 정도였다. 물론 군부에 왕족들이 깔려있으니 너무 지나친 걱정일 수도 있었다. 강경하게 나간다면 루덴도르프가 뭘 어쩌겠는가? 하지만 의외로 이런 쪽으로 소심했던 그는 안전한 방법을 택하였다. 자신의 자리에 도전만 안 한다면 눈감아주는 것으로 말이다. 그 선택이 도리어 루덴도르프가 실권을 차지하는 결과물이 될 것이었다만 빌헬름 2세는 당장의 위험 부담을 안기 싫어했다. 그의 입장에선 눈에 보이지 않는 학살을 귀로 들어 보았자 마음이 요동치질 않았다. 직접 보지 않고 문서로 보는 이상 전장에서의 죽음은 그에겐 숫자에 불과했다. 위정자들에게 직접 체험하지 않는 보고서는 그저 활자에 지나지 않은 것이었다. 그러한 이유도 묵묵부답의 큰 이유가 되었다.

여하튼 결과적으로 빌헬름 2세는 침묵을 택했다. 전쟁에서 이기기만 하면 되는 것 아니겠는가 하는 생각이 그를 지배했다. 동부 전선에서 들려오는 승전보는 그의 생각을 마비시키기에 충분하였다. 이제 러시아의 몰락은 말 그대로 시간문제였다. 러시아의 최후의 공세는 이제 멈추었고 독일군의 최후 총공세가 내년이면 시작할 것이었다. 고로 동부를 지휘할 유능한 지휘관을 건들고 싶지 않았기에 넘어갔다. 다만 바이어 중위의 연락을 받은 카이저만 있는 것이라 아니었다. 전 제국국가법무청 장관 르베르딩은 이 일을 루덴도르프에게 직접 따졌다. 루덴도르프는 처음엔 임시 총참모장이었던 몰트케가 시작한 일이라고 둘러댔다. 사실 자신이 부탁하고 조언한 일이었지만 그게 아니라도 철회할 생각이 없었던 루덴도르프는 그와 수상을 비롯한 내각 관료의 말을 내동댕이쳤다.

"하여간 서생들이란. 이건 전쟁이다! 전장에서의 약탈은 당연하다고!"

루덴도르프는 전쟁사의 수많은 사례를 들며 자신에게 반대하는 문관들에게 꺼지라고 소리쳤다. 아주 틀린 말은 아니었다. 오스만 제국의 명군 메흐메트 2세도 적의 수도를 함락시키고 약탈하는 것을 아무렇지 않게 넘겼다. 다만 다른 점이 있다면 메흐메트는 약탈이 너무 과도해지자 3일 만에 금지했고 그는 여전히 금지할 생각이 없었다. 이에 르베르딩은 루덴도르프에게 소리쳤다.

"네 멍청한 생각이 또 다른 세계 대전을 일으킬 것이다!"

문관들은 적들에게 불필요한 복수심을 가지게 할 필요는 없다고 주장했다. 허나 전시인 만큼 군부를 제어할 방법은 크게 없었고 무엇보다 카이저의 침묵으로 인해 이 일은 순식간에 묻히게 되었다. 이 일을 겪은 루덴도르프는 이 이후로 철저히 정보 통제를 시행하여 더더욱 군사 독재에 발을 들이게 되었다.

결국 바이어 중위의 양심적 도전은 빠르게 실패하였다. 그리고 보복을 당해 명예를 상실하고 군복을 벗을 위기에 처하게 되었다. 그러나 그로서는 어쩌면 다행이게도 그 연락이 닿기 전에 그는 더 큰 위기에 처하였다. 바로 죽음이 그를 덮친 것이다. 뜬금없이 닥친 일이지만 전장이라는 곳이 원래 그런 곳이었다. 가는 것에 순서 없고 그 순서가 언제 올지 모르는 곳. 그저 다행이라고 한다면 그는 군인으로서, 사람으로서 명예를 지켰다는 것이었다.

"한동안 전투가 없어서 안심했는데…. 이렇게 가는구만…."

경계 근무 중 적의 저격병에게 치명상을 입은 것이었다. 결국 그는 몇 마디 하지 못하고 절명하였다. 그저 뒤를 부탁한다는 말만 남겼을 뿐이었다. 또 이렇게 한 목숨이 덧없이 사라진 것이다. 그렇게 한스가 처음으로 만난 장교가 죽었다. 전쟁이 터지기 전 한스 같은 평민들이 환상과도 같은 교육 속에서 존재하던 장교와도 같던 그였다. 그의 죽음은 한스에게도 모두에게도 충격이었다. 그나마 다행인 것은 상부는 공식 고발자인 바이어 중위만을 타깃으로 잡았기 때문에 한스는 안전하다는 것 정도였다. 허나 고이 쓰던 우산이 사라진 느낌에 한스는 앞으로 비바람에 어찌 버틸지 눈물을 흘렸다. 이야기를 잘 들어주는 장교가 그리 흔한 존재는 아니었다.

한편 스벤은 먼저 허무하게 가버린 소대장을 보며 착잡한 감정에 빠졌다.

'바꾸지 못한다면 우리도 변해야 하겠지…. 다른 이들처럼.'

그렇게 또 하나의 별이 전장에서 사라졌다.

*

"빌어먹을, 더럽게 춥네."

"벌써 해가 바뀌고 첫 달이네. 동부에선 겨울이라도 어느 정도 전투가 이어지고 있는데 여기는 별일 없어서 좋다야."

바이어 중위의 죽음으로부터 몇 달 후, 전선은 또다시 새해를 맞이하고 있었다. 이로써 독일 제국은 단기간에 전쟁을 종결내겠다는 목표를 이루지 못하고 전쟁 3년 차에 접어든 것이었다. 이에 따라 전선 병사들은 초기와 달리 그 뜨거운 열기는 상실한 상황이었다. 다들 어서 승리자로서 집에 돌아가고 싶었고 이에 따라 새롭게 부상하는 영웅 루덴도르프의 동부전선 승리를 바라고 있었다. 루덴도르프는 러시아의 공세로 빼앗긴 오스트리아 영토를 거의 회복하는 것에 성공하여 실적과 인기로 요직을 차지해가며 군부의 실력자로 급부상하고 있었다. 이는 한스도 다르지 않았다. 약탈에 대한 반감이 있었기에 명령권자인 자가 마음에 든 것은 아니었으나 고향에 대한 그리움이 그런 감정을 무뎌지게 하였다. 게다가 소대장의 사망 이후 보복이 따로 없는 것은 다행이었으나 또한 자신이 할 수 있는 바가 더 이상 없다는 것에 더더욱 그는 마치 도피하는 것처럼 양심에 찔리는 것들에 대해 무감각해져 갔다. 그렇다고 인간성이 사라진 것은 아니지만 어서 집으로 가고 싶은 마음이 컸던 것이다.

"한스, 스벤. 별일 없지?"

얼마 전 새로 온 소대장 레오폴트 카우프만이 참호에서 경계 근무 중인 둘을 보며 말했다. 바이어 중위와 같은 신념의 소유자는 아니고 그저 시간만을 때우는 어딘가 흐리멍덩한 사람이었지만 어느 정도 괜찮은 사람인지라 소대원들의 호감을 그럭저럭 얻고 있는 위인이었다.

"예. 이상 없습니다. 무슨 일이라도 있으신지요?"

"아, 별건 아니고. 후방에서 소요사태가 일어났는데 병력이 부족하다고 하네. 우리 소대가 차출됐어. 그러니 다른 소대 오면 맡기고 뒤편에 집결해."

새로운 소대장은 다른 소대원들에게도 말해야 한다며 한스와 스벤이 있던 호를 빠르게 떠났다. 둘은 갑작스러운 사태가 뭔지 궁금해하면서 교대하자마자 차량이 대기하고 있는 곳으로 향하였다. 그곳에 소대원들이 집결하였다. 수송차량에 탑승하자 새로운 소대장은 파리로 향한다고 말했다. 이에 소대원들은 놀랬다. 분명 놀러가는 것이 아닌데 파리라면 파리에서 반란이라도 터졌단 말인가? 그 예상은 대강 맞았다. 파리 시민들이 독일군 점령 정책에 항의하며 대규모 소요 사태를 벌인 것이었다. 이에 파리 주둔군 관리총감이 사방에 도움을 요청하였고 이에 전선에서 병력이 일부 파견된 것이었다.

"우리가 가장 마지막에 도착할 테니 도착할 때 즈음엔 어느 정도 진정되어 있을 거다. 한동안 치안 유지하러 가는 거라 생각해. 시민들이 무장했다 해봐야 수준이 거기서 거기니까 큰 걱정 안 해도 된다."

소대장은 대강 파리에서의 이야기를 말해주었다. 간단하게 요약하자면 너무 수탈이 심했던 탓이었다. 독일군은 곧 있을 동부 전선 총공세를 위해 물자를 모으고 있었는데 기약 없는 협조 요구에 지친 파리 사람들이 독일 주둔지를 습격하며 항거를 시작했던 것이었다. 하지만 이에 독일 정부는 대화보다는 탄압을 택했다. 어차피 영원히 이러지도 않을 것이기에 전쟁 기간 동안 꾹꾹 누르는 것이 더 편하고 간단하다는 것이었다. 여하튼 진압군으로 파리에 간다는 이야기에 한스를 비롯한 몇몇 양심 있는 군인들은 그들의 정당한 요구에 마음이 아팠지만 소대장의 말에 수긍할 수밖에 없었다.

"뭐, 꼬우면 독일인으로 태어났어야지. 괜히 동정하지 마. 그러다 너희들이 다쳐. 몸 편하게 집에 돌아가야지."

다들 일개 병사 주제에 자신들이 바꿀 수 있는 사안이 아니라는 것을 잘 알기에 수긍할 수밖에 없었다. 장교도 날아가는 판국에 병사가 뭘 하겠다는 말인가? 그런 생각을 가지며 다들 파리로 향하는 차량에서 묵묵부답하였다.

"자, 다들 내려! 빛의 도시, 파리에 도착했다!"

몇 시간이 흘렀을까. 한스와 소대원들이 탄 차량이 파리 외곽 독일군 주둔지에 도착하였다. 한스는 내리자마자 도시 쪽을 바라보고 있었는데 여전히 곳곳에 불길이 꺼지지 않고 있었다. 카우프만 소대장은 총감에게 도착을 보고하였고 그의 지시에 따라 소대원들을 이끌고 파리 내부로 향했다. 일련의 전투는 끝났는지 불길은 보여도 총성은 들리지 않고 있었다. 다만 독일군들이 이번 소요에 참가한 프랑스 사람들을 구분 지어 거리 한복판에 세워두고 있었다. 참가자들에 대해 처절하게 응징하겠다는 목소리들과 함께 반란에 참가한 사람들을 색출하고 있던 것이다.

"음…. 우리가 할 일은… 즉결 처형을 하는 거군. 간단하네."

소대장은 이번 사태에 참가했다가 살아서 잡힌 이들이 모인 교회 장소가 그려진 지도를 바라보며 말했다. 여기 모인 이들은 대부분 파리의 젊은 성인 남녀로 점령군에 대해 대단한 적개심을 가지고 있었다. 그렇기에 그들을 살려둔다는 것은 독일 군부로서는 부담이라고 판단한 것이었다. 이내 한스와 소대원들은 교회에 도착했고 그곳에는 상당히 많은 숫자의 사람들이 모여있었다. 적어도 수백은 되어 보였다. 교회 근처에서는 독일군 앞잡이로 보이는 프랑스인이 동족을 때리면서 교회로 밀어 넣고 있었다.

"오, 이런 제기랄. 저건 너무 어리잖아?"

한스는 교회로 넣어지는 무리 중 아이들이 포함되어 있는 것을 파악하였다. 성인들뿐만 아니라 어린아이들까지 포함된 것에 의아하였는데 이는 다른 소대원들도 다르지 않았다. 설사 애들이 가족의 요구로 같이 움직였다고 해도 애들이 뭘 알겠는가? 한스는 당장 아이들을 떼어 놓아야 한다고 생각했다.

"하르트만. 불어로 뭐라고 해야 하지?"

"오오, 한스. 좋지 않은 생각이야."

한스가 총구를 프랑스 앞잡이에게 겨누며 하르트만에게 말하자, 소대장이 그의 총을 살며시 내리며 말했다. 그는 사악한 사람은 아니었지만 일을 만들기 싫어하였다. 그렇기에 한스를 보며 살며시 웃곤 말했다.

"집에 가야지. 괜한 일 일으키지 말자고. 그녀도 다시 봐야 할 거 아니야?"

"하지만 소대장님, 애들 아닙니까?"

"그렇지. 하지만 어쩌겠어? 그게 저들의 운명인 거야. 원래 패배하면 저렇게 되는 거야. 인간에서 가축으로 하락하는 거지. 그러니 우리 가족이 저렇게 되지 않게 열심히 싸울 생각을 하는 게 더 좋지 않겠어?"

소대장은 전쟁이 벌어진 이상 저들이 죽지 않으면 우리가 죽는다며 한스를 설득했다. 하지만 한스는 첫 크리스마스를 떠올리며 생각했다. 프랑스 장교의 부탁을, 어쩌면 저들 중에 그 장교의 부인이 있을지도 모를 일이었다. 그 장교는 괜찮은 사람이었다. 즉 그들도 우리와 같은 사람이었다. 성인들은 어쩔 수 없다고 쳐도 아이들까지 잡아 죽이는 것은 아니라고 생각했다.

하지만 어쩌겠는가, 하지만 어쩌겠는가! 그의 재량으로 할 수 있는 일이 아니었다. 좋아하던 바이어 중위도 아무것도 바꾸지 못한 채 죽었다. 그가 뭘 할 수 있겠나? 결국 한스는 총구를 완전히 내렸고 소대장은 웃으며 한스의 어깨를 쓰다듬었다.

"자, 다들 교회를 둘러싸자고."

소대장은 한스의 반응이 끝나고 잡힌 프랑스인들이 교회 안으로 전부 들어가는 걸 확인한 후 손짓하며 소대원들에게 교회 포위를 명했다. 그리곤 소대원들에게 교회 안에 있는 사람들을 향해 소지하고 있는 폭탄을 던지라고 외쳤다. 다들 이에 큰 주저 없이 수류탄을 던졌고 이내 죽음의 괴성이 울려 퍼졌다. 소대장은 소대원들과 함께 천천히 교회로 다가가 살아있는 사람들에게 총격을 가했다. 어린아이들이라고 해도 예외는 없었다.

Bang! Bang! Bang!

"흠 이쯤 하면 전부 죽었겠지? 자, 다음 코스로 가자. 오늘 우리 손이 필요한 곳이 많아."

소대장은 교회 안을 대충 훑어보곤 소대원들에게 말했다. 그는 오늘 파리 곳곳을 돌며 반란군을 전부 없애야 한다고 말했다. 다들 착잡한 마음은 들지만 그래도 묵묵히 임무를 수행해갔다. 또 사람들을 모아다가 대량 학살하는 일은 어쩌면 다행스럽게도 없었다. 하지만 집집마다 돌아다니며 집 안을 풍비박산 내며 공포 분위기를 조성하였다. 참가자로 보이는 인물이 보이기만 하면 사정없이 그를 숨겨준 여인들을 두들겨 팼다. 이젠 주저함도 없는 모습에 다들 스스로의 적응력에 놀랄 따름이었다.

"분명 이번 사태에 참가한 인원이 적어도 4만 명인데 잡힌 인원은 아직도 3만 명 정도란 말이지. 너희들…. 숨기고 있지?"

"우린 아무것도 모…."

"모르면 맞아야지!"

카우프만과 소대원들은 저항하는 프랑스인들을 두들겨 패며 이번 사태에 참가한 이들을 색출하였다. 다들 분명 어린아이의 죽음으로 마음이 편치 않을 텐데도 불구하고 마치 북을 두드리듯 임무를 수행하였다. 그렇게 정말 북처럼 인식하기 시작하니 다들 서서히 마음이 편해졌다. 정보를 뽑아내기 위한 연주라고 인식하니 다들 전장의 베테랑에 이어 연주의 베테랑이 되겠다고 생각하며 움직였다. 더 잘 두드릴수록 여러 목소리를 뽑아낸다며 말이다. 그렇게 지금 벌어지는 일들을 망각하기 위해 북을 만들었다. 그러한 연주물의 결과물로 사람들을 색출하였으며 길거리에서 공공연하게 즉결 처분하고 시체들을 한군데다가 모아 불태웠다. 그리곤 실탄이 장전된 소총을 들며 거리를 활보하며 시민들에게 공포 분위기를 조성하였다.

이런 상황이 반복되니 다들 제정신을 갖추기 힘들었다. 다들 망각하기 위해서인지 아니면 자신들의 본능인지 더더욱 다시는 기어오르지 못하게 하겠다는 명분 삼아 온갖 트집을 잡으며 파리 시민들을 겁박하고 갈취하고 능욕하였다. 이를 막아야 할 장교들은 구경하거나 자신들도 동참하였다.

"너희들도 하고 와. 안 그럼 손해야."

카우프만 소대장은 담배에 불을 붙으며 소대원들에게 말했다. 소대원들은 처음엔 이 일에 더 이상 동참할 생각은 없었지만 소대장의 권유로 하나둘 시내로 향하였다. 남들도 하는 행동이라며 소대장이 권유했고 다른 이의 움직임은 자신의 가책을 덜게 해주었다. 남들도 하는데 자신이 하는 게 그리 나쁜가? 그런 마인드가 점점 정신을 녹여주었다. 오직 한스와 원년 멤버들만 권유에 움직이지 않고 이 사태를 어안이 벙벙하게 볼 뿐이었다. 이젠 이것이 정상이 된 세상이라는 것이 한스에게 정신을 마비시키는 아이러니함을 선사하였다.

"너희들은 안 가?"

"저희들은 괜찮습니다."

"그래. 가만히 있는 것도 좋지. 같이 저녁이나 먹자."

카우프만은 움직이지 않겠다는 한스의 말에 웃으며 식당을 향해 걸어갔다. 그에겐 방관만큼 좋은 협력이 없었다. 한스는 사방에서 울부짖는 소리를 뒤로하며 걸어 나갔다. 그는 양심을 억누르고 그 어둠 속에서 유일한 빛인 그녀로 향하는 길을 따르자고 생각했다. 모로 가도 베를린만 가면 된다고 하지 않았던가? 여하튼 그러한 모두의 침묵 속에 파리는 괴성이 끊이질 않았다. 정당한 프로테스트였으나 독일 제국은 이를 받아들일 의향이 전혀 없었고 대답은 탄압으로 이어졌다. 잔혹한 행동들이 또 이어졌다. 이 소식은 금세 사방으로 널리 퍼져 갔다. 영국은 온갖 선전물을 만들며 역시 훈족들이 할 만한 행동이라고 부르짖었다. 잠수함 작전으로 서서히 독일에 대해 부정적이게 변하고 있는 미국도 이 사건을 보고 반독 감정이 서서히 올라 날 선 비판을 가하였다. 다만 독일계 이주민이 다수를 차지하는 다민족 국가라서 아직 참전 여론은 적었다. 이날의 사태에 가장 비판을 했으며 진정으로 끔찍하다고 반응하고 실로 그리 느꼈던 곳은 당연히 프랑스였다. 이 당시 설립된 조사 위원회와 전후 다시 소집되어 움직인 조사 위원회에 따르면 파리에 송곳이 안 박힌 곳이 없었다. 독일군은 정말 안 건드는 곳이 없었다.

이 일에 관련이 없는 진실된 성직자들도 건드려 바티칸을 놀라게 하였다. 이번 사태의 이유는 전쟁 장기화로 인한 불안한 보급 체계 누수를 조금이라도 무마하기 위한 약탈의 시작이 원인이었고 파리 사람들의 반응은 자연스러운 것이었다. 허나 반발했다고 탄압하는 것을 시작으로 그들에게 찬동은 하지 않아도 눈앞의 빨간색들에 보다 못해 도운 성직자들과 같은 사람들을 독일군은 봐주지 않았다. 수녀조차 폭행하고 더럽혔으며 아이라고 봐주지 않았다. 오늘 한스가 봐왔던 장면이 파리 곳곳에서 즐비하게 벌어진 것이었다.

어느 곳에선 20명 정도의 독일군이 한 소녀를 겁탈하고 입막음을 해야겠다며 그들의 부모가 보는 앞에서 쏴 죽였고 어떤 소녀는 6시간 동안 겁탈당해 온몸이 만신창이가 되어 바닥에서 쓸쓸하게 죽었다. 이를 보다 못한 부모가 저항했지만, 총에 맞아 죽을 뿐이었다. 이러한 일들의 연속에 프랑스인들은 울며 소리쳤다.

"여인이라고 해도 성인인 자들은 성인이니 그렇다 쳐도 아이들에게까지 이러다니! 독일에는 아이들이 존재하지 않소이까!"

이에 독일 장교들은 비웃으며 말했다.

"우리 어머니는 너희들 같은 돼지×끼들은 낳지 않았어."

독일인들은 프랑스인의 절규에 웃으며 죽이고 약탈하는 것을 반복했다. 이러한 소식이 보르도에 들어가자 아직 빼앗기지 않은 영토에 살고 있는 모든 프랑스인들이 분노하였다. 사람들은 자연스럽게 자국군에 복수를 해줄 것을 천명했다. 허나 처음에는 프랑스 군부는 이에 바로 대답하지 않았다. 파리와 그 주변부의 주요 공업 지대를 빼앗긴 이상 사람은 그렇다 해도 보급은 영국에 의존해야 했으니 독자적으로 움직이기 힘들었기 때문이었다. 사보이-니스 라인도 지켜야 했다. 고로 프랑스 군부는 웬만하면 움직이지 않고 버티기에 주력하고 싶었다. 그러나 조사 위원회가 계속 보내오는 이야기들에 움직이지 않을 수 없었다. 너무나도 끔찍했기 때문이었다. 점령지의 프랑스인들은 그저 장난감에 불과했다. 게다가 러시아 측에서 어서 서부 공세를 해달라고 요청하고 있었다. 동부에 대한 공세를 조금이라도 줄이지 못하면 러시아가 몰락할 수 있다고 말이다. 따라서 공세를 실시해 어느 정도 성공시켜야만 프랑스인들의 마음을 달래고 동시에 동부 전선을 유지할 실리를 취할 수 있었다.

"우리들의 복수를 해주게!"

"예. 저 로베르 니벨이 반드시 파리를 탈환하고 훈족 놈들에게 정의의 철퇴를 내리겠습니다."

복수를 위한 서부 총공세의 총사령으로 그간 어느 정도 활약을 하며 자신의 능력을 입증한 로베르 니벨 장군이 임명되었다. 비록 바로 공세를 할 순 없겠으나 준비하여 몇 달 뒤인 3~4월 정도에 공세를 가하기로 결정하였다.

이 결정 이후 니벨의 어깨는 무거웠다. 조국의 상황이 녹록지 않은 데다가 프랑스 군부는 초창기 전투 패배의 영향으로 현재 여러 파벌로 나뉜 상황이었다. 제대로 따라와 줄지도 의문이었다. 그러나 그도 프랑스 사람으로 이번 일을 용서할 수 없었다. 군인으로서 보급의 중요성을 생각하자면 독일 군부의 극단적인 선택이 이해가지 않는 것은 아니었다. 여전히 해상 봉쇄를 뚫어내지 못하였으니 자국에서도 배급경제를 이미 돌리고 있는 만큼 모든 물자를 일원화하여 조금이라도 모으고 모아 중요한 순간에 쓰고자 하는 것은 이해 갔다. 게다가 동부 전선의 러시아 점령지의 경우 보급망으로 쓰일 철도가 미비하니 보급품이 더더욱 필요하였다. 다만 그렇다 해도 이번 경우는 선을 넘었다. 주의주장을 관철하기 위해 전쟁을 한다고 해도 모든 것은 결국 사람을 위한 일, 사람을 어쩔 수 없는 일이 아닌 것으로 해치는 것은 군인으로서 용납이 되질 않았다.

'루덴도르프 그 작자는 군인으로서 자존심도 없는가? 민간인을 건들다니!'

로버트 니벨은 반드시 이번 공세를 성공시켜 파리를 해방시키자 다짐하였다. 이번 공세만 잘 된다면 니벨은 프랑스의 해방자가 될 것이요, 프랑스는 전후에 어느 정도 목소리를 낼 수 있을 것이었다.

한편 영국은 끊임없이 미국을 전쟁에 끌어들이려고 노력하였다. 신대륙의 강자는 전쟁 참가 의지는 없었고 그 덕에 영국의 노력은 헛수고였다. 그런데 기회가 왔다. 바로 미국의 여객 회사 큐나드 라인의 한 여객선이 독일의 무제한 잠수함 작전의 여파로 침몰한 것이었다. 이에 대노한 미국 정부는 독일 정부의 사과와 재발 방지, 보상을 요구했고 적을 늘리기 싫었던 독일 정부는 바로 사과해버렸다. 이러한 미국의 태도에 외팔이 카이저는 다급히 각료들을 모아 논의하였다.

"어쩌느냐? 영국을 굶겨야 하는데…."

한창 재미 보고 있는 작전을 취소해야 하니 독일 군부로서는 답답하였다. 그러나 여러 열강들을 상대하는 와중에 미국까지 적으로 돌리는 미친 짓을 할 수 있겠는가? 그것은 곧 자멸을 의미했다. 물론 신대륙이 구대륙에 비해 아직 군사적 수준은 미비하였고 기술 수준도 아직 따라올 정도는 되지 않았다. 그러나 대양 너머에 있다는 지정학적 유리함과 거대한 대륙에서 나오는 생산력은 무시할 것이 아니었다. 잠수함 작전의 효과로 인한 영국의 피해를 생각하여 처음에 참모부는 포기보단 치머만 외교관을 통한 멕시코 접근으로 극복하고자 하였다. 그러나 거대한 미국을 참전시키기에는 부담스러웠다. 극단적인 상황에 몰려 있었다면 영국을 빨리 죽여야 한다는 생각에 강행하였을 것이다. 허나 파리 점령의 여파로 인한 약체화된 프랑스를 고려한다면, 현재 점령지에서의 수탈과 국내 생산으로 아직까진 여유가 있다는 판단하에 결국 작전을 폐기하였다. 결국 폐기를 했으니 새로운 작전을 짤 수밖에 없었다. 이에 카이저의 또 다른 친구이자 독일 제국 해군청 휘하 관청인 제국 해군 내각 총장 게오르그 알렉산더 폰 뮐러가 의견을 고하였다.

"이렇게 된 거 프란츠 폰 히퍼 제독을 중심으로 수상함 건조로 계획을 돌리시는 것이 어떻겠습니까?"

"우리가 영국 해군을 이기겠나?"

"우리가 지금껏 전투에서는 졌으나 교환 비율은 만족스러웠습니다. 적의 함선이 더 많은데도 말이죠. 차라리 이대로 말라 죽을 바에야 다시 한번 해군을 모아 결전을 치름이 좋을 것으로 아뢰옵니다."

그렇게 좋은 방안은 아니었다. 다시금 북해에서 가망 없는 해전을 벌여야 한다는 것이니 말이다. 그러나 다른 방도가 없었던 군부는 이를 받아들였고 이기지는 못하더라도 적 해군에 타격을 주어 봉쇄 효과를 낮추는 것을 목표로 삼고 다시금 대양함을 모으기 시작하였다. 하지만 이 판단은 도박에 가까운지라 결국 독일 군부는 육군의 눈부신 활약에 기대할 수밖에 없게 되었다. 만일 해군이 결국 패한다 할지라도 육군이 올해 안에 프랑스와 러시아를 무너트린다면 영국도 어쩔 수 없으리라. 이러한 결정은 육군에 속한 한스에게 또 다른 위기를 선사하여 주었다.

*

다시금 겨울이 지나고 봄이 왔다. 하지만 한스는 봄의 따스함을 제대로 느끼지 못하였다. 정신적으로도, 물질적으로도 몰리는 판국에 그녀로부터 연락도 뜸했기 때문이었다. 물론 바쁘다 보니 그런 것일 테지만 그 덕에 한스는 더욱 감정이 무뎌져 갔다. 하지만 그렇다고 감상에 머물 시간은 없었다. 프랑스의 대대적인 공세가 시작되었기 때문이었다. 이에 맞춰 독일군은 진지 재구축과 주둔지 변경에 들어갔으며 한스도 분주하게 움직이기 시작했다. 독일군은 동부 공세에 따른 병력 조달을 위해 이미 진지를 어느 정도 뒤편으로 옮기고 있었는데 프랑스의 공세에 주둔지 수정을 급히 속행하였다. 사실 독일군은 프랑스군이 올 것이라는 것 정도는 알고 있었다. 마타하리와 같은 스파이들을 통해 듣고 있던 것도 있었지만, 러시아라는 박이 터지기 전에 상대 박을 먼저 터트리려고 하는 것은 지극히 당연한 행동이었기 때문이었다.

그렇기에 울퉁불퉁 튀어나와 있는 전선의 돌출부들을 제거하고 안으로 병력을 당겨 와 전선을 직선에 가깝게 만드는 작업이 시작되었고 이는 프랑스 군대에겐 대단한 불행이었다. 사실 이곳들을 먼저 타격하고 일어나는 적의 출혈을 최대한 활용하여 파리를 향해 진격하는 것이 작전의 기본이었는데 처음부터 꼬였으니 말이다. 적의 약한 부분이라 생각되던 곳은 사라지고 그 앞에 훗날 루덴도르프 라인이라 불릴 단단한 참호 라인이 종심 방어 형태로 적을 기다리고 있었다. 기관총 사수들과 지원 포대들이 전투로 인해 형성된 구덩이 곳곳에 위치하여 달려오는 적들을 향해 공격을 가했고 이는 협상국 군대에게 치명적인 피해를 안겨다 주었다.

한스는 그렇게 새롭게 만들어진 참호 라인의 앞부분에서 달려오는 적들을 향해 기관총 세례를 퍼부었다.

"으아아!"

"정말 더럽게도 몰려오는구먼! 누가 보면 쟤네가 우리보다 인구가 많은 나라인 줄 알겠어!"

조금이라도 자국을 회복하고자 달려오는 적들을 향해 한스는 최대한 재빨리 대응했다. 보이는 족족 총격을 가해주었다. 그러나 시체가 산이 되어 도랑을 살들로 파묻고 있음에도 불구하고 그들은 전진하고 또 전진하였다. 물론 멍청하게 총만 들고 진격하는 것은 아니었고 독일군이 그러하였듯 그들도 강력한 포대를 동원하여 전진하였고 이는 한스가 속한 소대에 큰 인명 피해를 가져다주었다. 이제야 어느 정도 친숙해진 에밋이 적의 포격으로 인해 생긴 파편에 오른쪽 눈을 상실할 정도였다. 그는 비명을 지르며 바닥으로 쓰러졌고, 주변 인물들의 전사는 사기에 영향을 주었다. 다들 집에 가기 전에 죽을 수도 있다는 사실에 같은 처지에 놓은 프랑스 병사들을 열심히 쏘아 죽였다. 그래도 그나마 다행인 것은 협상국의 지원 포격이 보병의 진군과 너무 가까워서 도리어 자국군에 피해를 주어 어느 정도 방어 측에 유리하다는 것이었다.

허나 공격을 거칠었다. 이번만큼은 프랑스의 혼을 건 공세였기에 동부로 병력을 배치해간 독일과 다르게 대규모 병력이었다. 게다가 영국의 대륙 원정군이 좌측에서 돕고 있는 만큼 일선 장병들에게 있어서는 이만한 죽음의 사선이 없었다. 실로 영국군이 맡은 파트는 어느 정도 성과를 거두어 독일의 우안 방면 해안 쪽을 소폭 탈환할 정도였다. 해당 방면을 맡은 새로운 6군 사령관 루트비히 폰 팔켄하우젠은 영국군의 숫자를 잘못 파악하여 종심 방어를 제대로 수행하지 못하였고, 결국 루덴도르프에 의해 경질되어 그 자리는 모리츠 폰 비싱 장군으로 대체될 정도였다. 이러하니 이번 공세의 주력인 프랑스군의 공세 방면이 쉬울 리가 없었다. 현장 지휘관들은 속속히 늘어가는 인명 피해를 위에다 보고했고 상부는 이 사실을 바로 파악하였다.

그러나 이번 사태를 대비하기 위해 미리 후방에 배치한 예비대는 바로 쓰이지 않았다. 보내달라는 일선의 아우성에도 그들은 1선이 무너지지 않은 한 쓰지 않겠다고 결정지었다. 한스를 비롯한 일선 병사들이 진흙 범벅인 옷으로 싸구려 감자나 먹으며 버틸 때 깨끗한 장소에서 근사한 옷을 입으며 맛있는 요리를 먹는 그들에겐 아우성은 그저 소음에 가까운 것이었다.

"에밋, 에밋! 정신 차려!"

"그만해…. 에베렛. 그는 이미 죽었어."

이미 뇌수가 흘러나오고 있는 동기를 붙잡고 에베렛 랑 이등병은 절규하였다. 그러나 이러한 감정은 전선의 결과를 숫자 취급하는 이들에겐 아무런 감흥도 주지 못했고 그 덕에 한스는 여러 번이나 사선을 넘나들었다. 살아있다는 것 자체가 거의 기적이나 다름없었다. 수많은 총탄 속에서 그는 역겨움을 버텨내가며 바닥과 혼연일체가 되어 적의 공격으로부터 숨고 공격하길 반복하였다.

"모두들 버티자! 그러면 동쪽에서 좋은 소식이 들릴 것이다! 그 소식만 온다면 우리들의 승리다!"

새로운 소대장은 참호를 돌아다니며 소리쳤다. 허나 사기는 그렇게 오르지 않았다. 그 소리만 이미 해를 넘기며 들었는데 무슨 영양가가 있겠는가. 다들 죽기 전에 하고 싶었던 것들을 떠올릴 뿐이었고 이대로 죽기엔 억울할 뿐이었다. 한스는 어서 베를린으로 돌아가 부모님과 그녀를 보고 싶을 따름이었다. 그 감상에 잠긴 탓일까, 한스는 적의 총격이 오가는 순간에 나지막하게 도이칠란트의 한 민요를 읊었다.

Muss i denn, muss i denn

내가 꼭 떠나야만 하나, 떠나야만 하나

zum Städtele hinaus, Städtele hinaus,

이 마을을 떠나야만 하나

Und du, mein Schatz, bleibst hier?

내 사랑, 그대는 계속 남아있을 건가요?

Wenn i komm′, wenn i komm′,

내가 돌아오면, 돌아오면,

wenn i wiedrum komm′,

내가 다시 돌아왔을 땐

Kehr′ i ein, mein Schatz, bei dir.

내 사랑, 당신의 집으로 향할게요.

Kann i glei net allweil bei dir sein,

오래도록 함께 있진 못할지나

Han i doch mein Freud′ an dir!

당신을 정말 즐겁게 해줄게요!

Wenn i komm′, wenn i komm′,

내가 돌아오면, 돌아오면,

wenn i wiedrum komm′,

내가 다시 돌아왔을 땐

Kehr′ i ein, mein Schatz, bei dir.

내 사랑, 당신의 집으로 향할게요.

한스는 나지막하게 노래를 부르며 고향을 떠올렸다. 이를 들은 주변 소대원들은 자연스레 흐르는 눈물을 감출 수 없었다. 소대장은 무엇에 그리 반응하냐고 소리쳤지만, 그 직후 바로 눈감아 주었다. 고향을 그리워하며 사기가 반감하기도 했지만 반드시 집에 가겠다는 마인드도 생겨 다들 전투 자체는 열성적으로 수행하였기 때문이었다. 다들 집에 가겠다는 소원을 빌며 전투를 이어갔다.

그런 소원을 게르마니아께서 그의 소원을 들어주었던 것일까? 아니면 상상 속 게르마니아를 그려댔던 여러 민족 화가들의 그림과 유사하게 생긴 그녀가 빌어주고 있는 탓일까? 그는 여전히 전장에서 살아남았다. 새로 들어온 소대원들이 픽픽 쓰러져 가는 가운데서도 그는 여전히 살아있었다. 하루가 지나고 이틀이 지나고 이윽고 일주일이 넘는 공세 속에서도 그는 기적적으로 살아남은 것이었다. 마치 소설 속 주인공들이 온갖 보정을 받으며 살아남는 것처럼 그는 살아남았다. 물론 그도 아찔한 순간은 여러 번 있었다. 오랜 전우이자 같은 조로 싸우는 스벤이 뺨에 총상을 받아 울부짖으며 쓰러졌을 때 그는 머리에 총격을 맞아 죽을 뻔하였다. 허나 운 좋게도 그의 철모가 어느 정도 버텨주어 피부까지는 총탄이 닿지 않았다. 살짝 피가 날 뿐이었는데 아마 저격수의 조준이 조금 흐트러져서 나온 행운이었을 것이다. 이때 스벤은 자신이 죽는 줄 알고 울며 참호 안에 박혀 자신의 뺨을 어루만졌으며 한스는 자신도 진정하는 와중에 그런 그를 달래느라 혼이 빠질 뻔하였다.

그래도 이런 사선들을 버텨온 것에 대한 보상인지, 서서히 프랑스의 총공세는 둔화되고 있었다. 봄의 시간이 서서히 지나가고 있음에도 루덴도르프 라인은 거의 물러나지 않았다. 종심 방어가 효과적으로 발동한 덕이었다. 프랑스의 공세는 그야말로 믹서기에 갈리듯 갈렸으며 독일은 참호의 포화에 갈린 것을 고스란히 들이켜 마시고 있었다. 그리고 임무형 지휘 체계가 긍정적으로 발현하고 있었다. 적절한 타이밍에 들어오는 예비대의 투입은 사선을 넘나드는 한스를 구원해주었다. 물론 장성들의 태도가 달라진 것은 아니니 일선 병사들의 불안과 불만은 여전했지만 그래도 다들 프랑스의 공세가 멎어간다는 것에 서서히 긍정적인 태도를 보이기 시작했다.

"이거 잘하면 막겠는데?"

"저것들 용맹하긴 한데, 동시에 어리석구만."

하루 이틀 만에 수만 명에 달하는 프랑스 병력이 사망하자 방어측은 희망을 가지기 시작했다. 물론 대체적으로 1차 방어선은 내주었으나 2차는 버텼고 오를레앙 방면은 돌파되지 않았다. 고작 4마일 정도 침투했을 뿐이었다. 영국군의 조력에도 불구하고 주공이 막히자 프랑스 장병들은 하나둘 명령에 불만족을 표시했고 이로써 1차 공세는 종료되었다. 니벨은 어떻게든 일을 이루기 위해 2차 공세를 준비하였고 이를 사교파티 장소에서도 정부 관계자들을 설득할 만큼 열정적이었지만 이것이 도리어 독일군에게 정보를 주는 짓이 되어버렸다. 니벨의 노력에도 불구하고 프랑스 정부는 여러 파벌로 나뉘어 버렸기에 결국 그렇게나 준비한 공세는 고작 며칠 만에 취소되었다. 니벨은 해임되고 페텡이 전선 재건에 착수하였다.

"만세!"

"또 살았다! 또 살았어! 드디어 집이 눈에 보인다!"

역대급이라고 해도 좋을 만큼 대규모 공세가 바로 멎자 병사들은 기쁨에 겨워 만세 삼창을 외쳐댔다. 한스는 죽을 고비를 여러 번 넘긴 전투가 고작 며칠 만에 종료되었다는 사실을 처음엔 믿을 수가 없었다. 정말 빠르게 끝나버린 것이다. 그러나 프랑스 북부가 날아간 프랑스로서는 짧은 시간이지만 너무 큰 치명타였다. 의미 있는 진격을 이루지 못한 채 나온 결과이기에 더 이상 진격할 의욕을 상실한 것이었다.

이러한 결과는 러시아에겐 대단한 불행이 되었다. 서부에서의 공세를 믿고 있었는데 결과가 이리되니 결국 동부에서의 전투는 밀리고 밀릴 수밖에 없었다. 이미 브루실로프가 만든 전선은 붕괴된 지 오래였고 독일군의 총공세를 막아낼 재간이 없었다. 러시아는 항복을 진지하게 고민할 수밖에 없는 처지가 되었다. 하지만 러시아 제국 정부는 절대 항복할 생각이 없었다. 최후의 최후까지 저항하고자 하였다. 그러나 제국 정부만 그럴 뿐 제국 치하의 여러 민족들은 그것에 동의하지 않았다. 우크라이나 민족 대표들은 이미 독일 정부와 접촉하고 있었고 이를 기회로 삼아 사회주의 혁명을 일으키려는 자들도 독일과의 협상에 주목하였다.

그렇게 협상은 시작되었고 이는 사실상 동부 전선의 종료를 의미했다. 나쁜 소식은 통제하고 좋은 소식은 허가하는 독일 군부 특성상 이는 한스에게 기쁜 마음을 가져주기에 충분하였다.

"됐어! 됐어! 이제 정말 끝이야!"

"도이체스 카이저라이히 만세!"

전투를 나름 성실하게 수행한 한스든, 불성실하게 수행한 하르트만이든 일단 다들 오랜만에 기쁜 소식에 기쁨을 숨기지 못했다. 물론 전쟁이 아직 끝난 것은 아니고 프랑스는 독일의 공세에 대비할 것이기 때문에 서부 전선의 모두가 적어도 한 번 더 전투를 치러야 했다. 그래도 지금은 살았다는 것이 다들 기뻐하였다. 너무 기쁜 나머지 이상한 결과물이 튀어나오기도 하였지만 여하튼 다들 살아남았다는 것이 기뻐하였다.

'이제 정말 집에 갈 수 있겠지?'

한스는 그런 생각에 잠기며 카를라를 떠올렸다. 노랫가락대로 다시 만날 그녀를.

*

"불만 없지요?"

"예…. 이것으로 끝내죠."

1913년 5월 24일, 러시아로부터 갓 독립한 폴란드의 브레스트-리토프스크에서 독일, 오스트리아, 오스만을 비롯한 동맹국 정부와 러시아의 새로운 정부인 볼셰비키 정부 간 평화 조약이 체결되었다. 독일 정부 대표 리하르트 폰 퀴흘만이 레프 트로츠키가 보내온 협상단에게 조약 체결을 강요하였고 결국 합의에 성공한 것이었다. 사실 러시아 제국 정부든 볼셰비키 정부든 굴욕적인 평화 조약을 체결하기 싫었으나 더 이상 러시아 인민들에겐 독일 군대를 막을 힘은 없었다. 저번 달부터 이어져 온 총공세에 그야말로 봇물 터지듯 밀리고 있었고 고작 1명의 병사에 도시가 함락되는 처참함을 보이고 있었다. 독일 군부는 열차를 이용하여 병사 하나로 수많은 러시아 영토를 점령해갔는데 이런 추태를 막지 못할 정도로 러시아 군대는 붕괴되어 있었다. 결국 제국 정부를 무너트리기 위해 현실과 타협하고자 한 볼셰비키 정부와 동맹국 정부 간에 합의가 체결되었다.

그 합의 내용은 너무나도 처참하였다. 소비에트 러시아는 핀란드부터 남부 캅카스까지를 전부 포기해야 했다. 폴란드, 발트 3국, 벨로루시, 우크라이나, 핀란드, 남부 캅카스를 상실하였고 이 중 폴란드와 벨로루시, 발트 3국은 독일의 제후국이 되었으며 우크라이나는 독일과 오스트리아의 공동 관리국이 되었다. 남부 캅카스는 오스만 제국의 직할령이 되었으며 오직 핀란드만이 어느 정도 주권을 유지하게 되었다. 다만 독일 해군에 의해 남부가 지배당해 사실상 괴뢰국에 지나지 않긴 하였다. 오천만에 달하는 러시아 인구가 강탈당한 것도 모자라 소비에트 러시아는 60억 금 라이히 마르크를 보상하기로 결정되었다. 이는 너무나도 가혹한 수준인지라 독일 협상부도 경악했으나 루덴도르프를 위시한 독일 군부는 이 기회에 러시아를 몰락시키길 원했고 소비에트 러시아는 제국 정부와 맞서기 위해 눈물을 머금고 이를 수락하였다.

"후후, 빌어먹을 러시아 놈들. 동방 식민 운동이 개시된 이후로 저것들과의 대결이 드디어 끝나구나. 기사단국의 한을 이제야 푸는구만. 동유럽은 이제 우리의 것이야."

"그래도 우크라이나 신정부에겐 온건하게 대하게."

"아, 물론이죠. 식량을 받아야 하니까요."

자신의 상사인 힌덴부르크의 말에 루덴도르프는 깍듯이 인사하며 수긍하였다. 힌덴부르크의 말대로 우크라이나와는 전쟁이 끝날 때까지 100만 톤에 달하는 식량을 받기로 합의 보았기에 강압적으로 대할 순 없었다. 고로 다른 나라와 달리 동맹국에만 적극 협조하면 이곳은 자주독립을 충분히 이룰 수 있었다. 물론 독일이 전후 어느 정도 간섭해올 것은 분명했지만 적어도 여기선 독립을 유지할 수 있는 반면 소비에트 러시아가 귀환해온다면 다시 합병될 것이 분명하기에 우크라이나 정부는 독일에 적극 협력하였다. 그들은 볼셰비키 정부를 경계하였고 가진 식량을 전부 줄 테니 전쟁을 끝내고 같이 볼셰비키를 타도하자고 독일에게 말했다. 독일 정부는 어차피 볼셰비키 정부를 인정하는 이 조약을 전후에도 지킬 생각이 없었기에 승전한다면 바로 러시아 백군을 지원하기로 우크라이나 정부와 합의하였다.

곧 이 소식은 독일 전역에 알려졌다. 곧바로 사기는 올라갔고 독일 시민들은 오랜만에 굶주린 배를 달래고 포식할 수 있었다. 그동안 전쟁 수행을 위해 일일이 수량을 맞춰가며 소식을 강요당하고 있었는데 이제 동부에서 물자가 올 것이 확실시되자 군부는 물자를 풀었고 이에 민심은 급격히 좋아졌다. 사실 아사자가 속출하기 직전이었는데 정말 타이밍 좋게 위기를 넘긴 것이었다. 이제 다들 얼마 안 가 전쟁이 끝날 것임을 믿어 의심치 않고 베를린에 있던 카를라는 이제 곧 한스가 돌아올 것이라고 좋아하였다. 그녀는 바로 바빠 미루던 편지를 다시 써 내려갔고 베를린 시내는 벌써부터 전쟁이 끝난 것처럼 축제 분위기에 돌입하였다.

"루덴도르프 장군 만세!"

"힌덴부르크 원수 각하 만세!"

"와! 젝트 참모장님이야!"

동부에서 귀환한 독일군 장성들은 베를린에서 엄청난 환호를 받으며 국민적 영웅으로 귀환하였다. 그간 영국과 그레이트 게임을 하며 모든 유럽의 공포였던 러시아를 격파한 그들은 엄청난 인기를 누렸으며 루덴도르프는 그 인기를 통하여 군부뿐만이 아니라 정부의 실권을 쥐는 데 성공하였다. 그렇게 이 전쟁을 기획했던 자들과 카이저는 묻혀버렸고 루덴도르프는 사실상 새로운 지도자가 되었다.

그러나 아직 한 발 남은 상태. 서부 전선을 종료시켜 전쟁을 끝내야 '진짜'가 될 수 있었던 루덴도르프는 곧바로 룩셈부르크로 달려가 최대한 많은 군수 물자와 병력을 서부로 옮기라고 명했다. 동부를 통치할 병력을 남겨놔야 하지만 그래도 엄청난 물자와 병력이 서부로 집결하게 되자 협상국 정부들은 엄청나게 경계하며 최후의 방어를 준비하였고 이는 최후의 싸움을 의미하게 되었다. 하지만 그 전에 끝내야 할 것이 있었다. 바로 해전이었다. 영국의 함대에 치명타를 주지 않으면 프랑스를 점령해도 영국이 저항할 가능성이 있었다.

"라인하르트 셰어 제독님, 이길 수 있겠습니까?"

"최선을 다해 밀어보겠습니다. 승전은 확신할 수 없지만 카이저마리네의 저력은 보여 줄 수 있다고 자부합니다."

루덴도르프는 셰어 제독의 건의에 전쟁 중 만들어진 해전지휘부에 먼저 방문하여 의견을 물어보았다. 히퍼 제독도 그도 승리를 확신할 수 없다고 말하였다. 그 말에 루덴도르프는 실망했고 자신의 발상이기도 했던 무제한 잠수함 작전을 폐기시킨 것을 잠시 후회하였다. 그러나 아무리 새로운 독재자가 되었다고 해도 기존의 카이저 체제를 무시할 수는 없었기에 일단 현재 상황을 받아들이곤 두 제독에게 필요한 것을 전부 지원하겠다고 말하였다.

그렇게 제2차 유틀란트 해전이 일어났다.

독일 해군은 20여 척의 전함이 포함된 총 120여 척의 대양함대를 끌고 북해로 출정했고 영국은 이에 200척에 가까운 대양함대 대부분을 북해로 향하도록 명령하였다. 셰어 제독은 무거운 마음으로 북해로 출정하였고 장병들에게 독일을 위해 모두 목숨을 버릴 것을 알렸다. 그러면서 동시에 이탈리아 왕국 해군에게 협조를 요청하였다. 최대한 영국 해군의 발목을 잡아 달라고 말이다.

그런데 의외로 이탈리아 해군이 활약을 해주었다. 승리를 거둔 것은 아니지만 지중해에서 북해로 향하려는 영국 해군의 발목을 잡아주었고 이 덕에 모든 해군이 집결하기 전에 독일 해군의 각개격파 쇼가 발생한 것이다. 사실 이탈리아가 중립을 지켰거나 협상국에 가담했다면 모든 해군들이 북해에 있었을 것이다. 그러나 이탈리아의 동맹국 참가로 지중해까지 봉쇄를 하던 덕에 유럽 전역에 해군이 흐트러져 있었고 그 덕에 독일 해군은 전보다 더 적은 병력을 가진 영국 해군을 만날 수 있었다. 그리하여 자신들도 엄청난 피해를 보았지만, 여러 번 전술적 승리를 거두며 영국의 해상봉쇄 효과를 반감시킬 수 있었다.

큰 피해를 받았지만 1차 유틀란트 해전과 같은 좋은 교환비를 보여준 독일은 자신감을 얻었고 영국은 불안감을 얻었다. 이대로 가다간 영국 본토에 상륙할 수도 있다는 불안감이 말이다. 물론 자신도 큰 피해를 받은 독일 해군에게 그 정도의 능력은 없었으나 시민들이 불안감을 느끼기엔 충분했다. 여론은 흔들렸고 이제 프랑스 방어 여부에 평화가 결정될 터였다.

그렇게 훗날 루덴도르프 공세라고 불릴 대규모 공격이 착착 준비되어갔다.

*

1913년 6월, 가용 가능한 병력들이 전부 파리에 집결하였다. 이제는 이 지긋지긋한 전쟁을 끝내겠노라고 다짐한 자들이 프랑스를 끝내기 위해 모인 것이다. 위에서 아래로 대규모 공격할 때 이탈리아가 옆구리를 치며 조공을 하기로 하였으니 이번에야말로 프랑스는 무너질 것이 자명하였다. 이러한 대규모 공세 준비에 한스는 이번에만 살면 된다고 생각하였다. 물론 한 번 더 사선을 넘겨야 하지만 더러운 꼴은 이제 보지 않을 것이라는 기대가 있었다. 동부가 종료되었고 영국도 한발 물러간 상태라 이제 물자가 안정된 상태니 약탈은 더 이상 보지 않을 것이라고 그는 기대하였다. 그는 마지막 공세 전까지 푹 쉬기로 마음먹었다. 애초에 부대에서도 병사들이 그러기를 바라고 있었다.

"애들아. 휴가증 끊어 줄 테니 근처 도시서 놀다 와라."

카우프만 소대장이 소대원들을 불러 모아 말했다. 이에 다들 사회 공기를 마실 생각에 들떠버렸다. 물론 모두가 나가면 진지를 지킬 사람이 없어지기에 최소한 소대마다 1/3은 남아야 했다. 하르트만은 자기가 남겠다고 했고 한스는 이에 아쉬워하며 말했다.

"저번에도 스벤이랑 갔는데, 이러면 너무 미안하잖아. 하르트만."

"아냐. 놀다 와. 어차피 곧 전쟁도 끝날 건데 미리 독서나 하며 공부나 하고 있는 것도 나쁘지 않지."

"하하, 핑계도 참. 미안해. 올 때 맛있는 술 한 병 가져올게."

하르트만의 말에 한스는 미안함을 최대한 있는 힘껏 표하며 답했다. 그의 눈에는 당연히 하르트만의 말은 거짓이었다. 전쟁이 아예 끝난 것도 아니고 진학을 할 사람이라지만 누가 이딴 데서 학구열을 뽐낸단 말인가? 분명 너무 미안해하지 말라며 나온 이상한 소리라고 한스는 생각했다. 그는 그간 같이 살아남은 하르트만에게 돌아와서 같이 술을 먹으며 회포를 풀자고 말했다. 하르트만은 진짜로 아무렇지도 않은 듯 괜찮으니 어서 가라고 답하였다. 정말 진짜 같아서 한스는 진실인지 의아할 정도였으나 동시에 미안함을 느꼈다.

"그럼 가자, 얘들아."

이제는 신병이 아닌 선임병이 된 한스와 스벤이 소대원들을 이끌고 밖으로 향하였다. 이번에 휴가를 받은 도시는 오를레앙이었는데 본디 협상국과 동맹국이 갈라먹고 있던 접전 지대였지만 프랑스의 지난 공세의 실패로 인한 여파로 동맹국이 완전 점령한 곳이었다. 여긴 한스가 위치한 전선에서 가까운 곳이었는데 총공세가 조만간인 만큼 근처에서 놀다 오라는 명령이었다. 여하튼 가까운 덕에 곧바로 도착하였고 소대원들끼리 다 같이 밥 한 끼 먹은 다음, 제시간에 지정 위치로 도착할 것을 이야기하고 흩어졌다.

"그럼 다들 제시간에 강 아래쪽 생 샤흘르 광장으로 집결하도록. 주변에 폐 끼치지 말고. 이상."

한스의 말에 소대원들은 각자 가고 싶은 곳으로 향했다. 간만의 휴가니 다들 마음껏 도시를 즐기고 싶었고 말이 떨어지자마자 무섭게 흩어졌다. 스벤은 마치 그들이 사라지기를 기다렸다는 듯 흩어지자 한스를 보며 말했다.

"한스, 따로 둘이서 한잔할까?"

"아직 대낮이야, 스벤."

"아, 좀 어때? 휴가 나왔는데 마음대로 해야지."

"왜 이리 엉겨 붙어, 스벤? 하고 싶은 말이라도 있는 거야?"

자신에게 찰싹 달라붙는 동료의 행동에 한스는 조금 놀라며 말했다.

"아니, 뭐. 그냥 너하고 술이나 먹고 싶어서 그랬지. 넌 어디 가고 싶은 곳이라도 있어서 그래?"

"아, 여기 대성당이 유명하니 그곳에 가려고 했지. 별일 아니면 저녁에 만나서 이야기하자."

"아, 그래. 알겠어."

스벤은 떨떠름해하며 한스에게 어서 가보라고 손짓했다. 한스는 스벤을 챙겨주고 싶었지만 자신을 먼저 챙기고 싶었다. 그에게 미안했지만 이야기야 나중에 해도 된다고 생각하며 대수롭지 않게 넘겼다. 한스는 스벤에게 나중에 보자며 손짓하곤 이 도시의 유명한 건축물로 향했다.

'여기가 프랑스의 위대한 성녀를 기리는 곳인가….'

한스는 잔 다르크 거리를 지나 오를레앙의 대성당에 도착하며 감탄에 빠져버렸다. 아름다운 천사 조각상과 특유의 스테인드글라스가 그의 눈을 매료시켰기 때문이었다. 미사를 지내고 있는지 파이프 오르간 연주의 아름다운 소리가 그의 귀에 들어왔다. 그는 안으로 들어가 전쟁에 지친 마음을 녹이고 싶었다.

"독일군이 여긴 무슨 일이신지요?"

안으로 들어가려 하자 젊은 수녀가 한스의 앞을 가로막았다. 한스는 당황하였지만 이내 상황을 이해하였다. 성당 밖에서도 안에 많은 사람들이 모여있는 것이 보였기 때문이었다. 아마 독일군을 피해 사람들이 성당에 모여든 것이리라. 교회는 건들지 않을 것이라는 사람들의 믿음이 이곳을 일종의 대피소로 만든 것이다. 이런 곳에 독일군이 총을 든 상태로 들어오려고 하니 막아선 것이리라 한스는 생각했다.

"프로테스탄트이자 공격자의 입장을 가지고 있는 독일인인 제가 반갑지 않은 것은 압니다. 하지만 로마 가톨릭이든 프로테스탄트든 하느님의 구원을 받고 싶은 자에게 입장을 허락해주지 않겠습니까? 안에 들어가 있는 동안에는 무기를 성당에 맡기겠습니다."

한스는 총을 수녀 옆에 있던 성직자에게 건네며 말했다. 군인이 이러는 것을 장교가 본다면 총살해도 무방한 미친 짓이지만 한스는 그저 안에 들어가 기도를 하고 싶었다. 로마 가톨릭 신자는 아니었지만 휴가를 베를린으로 갈 수 있는 것도 아니니 이곳에서라도 쉬고 싶었다. 총을 건넨 진심이 통했던 탓인지 교회 사람들은 한스의 입장을 허락했다. 젊은 수녀는 한스를 성당 안의 작은 예배당으로 안내하였다. 한스는 종교적 신념이 그다지 투철하진 않았고 본국에서도 가끔 교회를 간 수준이었지만 지금은 무언가에 기대고 싶었다. 그는 무능한 자신과 독일 사람들을 용서해 달라고 빌었다.

물론 그간 최대한 양심적으로 움직인 한스니 굳이 그러지 않아도 되었다. 게다가 일개 병사가 무얼 바꿀 수 있단 말인가? 소대장의 죽음으로 보복에 피해간 것을 감사하면 될 일이었다. 허나 한스 스스로 생각하기엔 아무것도 할 수 없는 자신이 원망스러웠다. 게다가 명령이라고는 해도 따랐으니 자신도 가해자라고 생각했다. 그는 자신이 죄 없는 프랑스 시민들에게 했던 행동을 죄악이라 느끼며 심신의 피로를 느끼고 있었다. 그리고 이러한 생각을 입 밖으로 토로하고 싶은지 안내해준 수녀에게 한스가 말하였다.

"이런저런 상담을 받고 싶은데, 시간 내주실 수 있겠습니까?"

"고해성사를 원하시나요?"

"네…. 저의 죄를 고백하고 싶습니다."

한스의 땅으로 꺼져 가는 시선에 수녀가 고개를 끄덕이며 수락하였다. 침략자이자 고해성사가 존재하지 않는 이교를 믿는 자였지만 수녀가 보기에 그의 눈에는 슬픔이 가득한 어린양이기도 하였다. 젊은 수녀는 그를 고해성사를 하는 작은 단칸방으로 안내하였고 그의 이야기를 들어주기 시작하였다.

"수녀님…. 프랑스 사람이시니 저의 말이 개소리로 들릴 수도 있습니다. 하지만 전쟁이 터지고 전쟁터에 나설 때 저는 제 스스로가 나라를 지키는 정의로운 사람이라고 생각했습니다. 우리 독일군은 독일을 지키는 역전의 용사이자 방패라고 말이죠. 저는 제가 지키기 위해 싸우는 정의로운 사람이라 믿어 의심치 않았습니다. 즉 입영은 침략이 아니라 구국을 위한 길이라고 생각했습니다. 그야 독일인으로서 그것은 당연한 생각이었습니다. 우린 30년 전쟁을 겪었으니까요."

한스는 프랑스인 수녀에게 자신이 독일인으로서 받은 교육에 대해 설명하였다. 독일인이라면 무조건 가르침 받는 내용을 말이다. 30년 전쟁의 교훈, 그것은 힘없는 자의 아우성만큼 초라한 것이 없다는 것이었다. 본디 독일은 지금처럼 강대한 국가가 아니었다. 지금이야 독일은 우수한 나라지만 과거에는 그러지 않았다. 현재는 제조업, 특히 철강 생산량이 영국을 붙잡았을 정도로 튼튼해졌고 문맹률이 이탈리아의 경우 천 명당 2~300명인 반면 독일은 10명도 안 될 정도로 기반이 튼튼해진 국가지만 과거에는 나라가 수백 개로 조각나 툭하면 주변국의 위협에 몸살을 떨던 나라였다. 그 몸살의 여파가 가장 심하던 때가 17세기 중엽의 전쟁 때였다. 30년을 이어진 전란에 수많은 독일인들이 죽어 나갔다. 전쟁의 주체는 스웨덴과 같은 주변 강대국임에도 불구하고 전쟁터는 독일이 되어 무고한 독일인들이 학살당했다. 이 일은 너무 잔혹해 영국의 필립 빈센트라는 사람은 <독일의 통곡>이라는 목판화를 만들어 비판하기도 하였다. 이 당시 인명피해는 무려 수백만 명에 달하며 약탈당하지 않은 도시를 찾기 힘들 정도였다.

종교 전쟁 당시 양측 군대의 핵심 통과 지역들이 그 경우가 더 심했다. 브란덴부르크와 프랑크푸르트(오데르)의 경우 신교 군대나 구교 군대나 지나가는 곳이었는데 인구의 3분의 2가 사라졌다. 또 다른 통과 지역인 프리그니츠란 곳도 피해가 심각해 이곳에 있던 40여 개의 귀족 가문 중 오로지 10곳만이 생존하였을 뿐이었다.

이러한 현상은 제국이 성립하기 전까지는 계속 발생하였다. 예를 들어 7년 전쟁 때도 그러했는데 이때는 독일이 주체였으니 그나마 덜 억울하였다만 외국 군대는 여전히 군인이 아닌 일반 백성을 못살게 굴었다. 1761년 동프리슬란트에선 프랑스의 한 용기병대가 민간인들에게 온갖 잔혹한 행동을 선사하였다. 금품 탈취, 강간, 살인이 이어졌고 브란덴부르크-프로이센은 이 전쟁으로 무려 인구의 10%를 상실하였다. 나폴레옹의 시대에서도 독일은 혹독한 나날을 보냈는데 이는 독일 사람이라면 모르는 사람이 없을 정도였다. 사례를 굳이 언급할 필요도 없을 정도로 유명한 독일의 굴욕적인 시대였다. 비단 프로이센뿐만 아니라 독일 영방의 여러 국가들이 프랑스에게 다시 한번 국토를 짓밟혔으며 프랑스 내부의 인프라와 복지를 위하여, 이른바 대륙 체제를 위하여 온갖 수탈을 당하였다.

그래서 독일인들은 깨달았다. 나약함이 가져주는 굴욕을, 힘이 있어야지 가족을 지킬 수 있다는 진리를 말이다. 그렇기에 비스마르크 수상이 '철혈'이란 말을 했을 때 독일인들의 마음을 얻었던 것이다.

힘없는 자의 중립은 공허한 말이다. 온갖 굴욕을 당한 이후로 독일인들에게 힘에 대한 열망과 통일에 대한 염원이 서서히 생겨나기 시작했다. 타국의 침략으로 기존에는 옅었던 민족성이 발현된 것이었다. 그리고 이윽고 비스마르크 수상의 시대에 이르러선 주변국들의 반대를 물리치며 힘으로 통일을 이루었다. 이후 독일을 통일한 비스마르크 수상은 침탈당하는 역사를 반복하지 않기 위해 외교를 통한 유럽의 균형과 평화를 추구하였다. 이제는 힘이 넘치니 적이 쉽사리 쳐들어오지 못하게 하는 상황을 조성하여 독일을 지키고자 한 것이었다. 독일은 내수 시장이 활성화되어 있으니 시간이 지나면 알아서 식민지 경제를 이끌고 있는 주변국들은 몰락하고 독일이 승리할 것이라고 그는 생각했다. 허나 외팔이 카이저가 모든 것을 말아먹었다. 통일 이후 필요한 독일을 위한 절제를 카이저는 하지 못했던 것이다. 그럼에도 불구하고 독일인이 팽창 정책을 지지한 이유는 앞서 말한 당해보았던 경험이 있었기 때문이었다. 그래서 제대로 포위당하기 전에 먼저 공격해야 한다는 사상이 독일 전역에 퍼져 갔고 그것이 이번 전쟁의 배경이 되었다. 그렇기에 한스는 공격자의 입장인 이 전쟁에 징집되었음에도 나라를 지킨다, 가족을 지킨다는 구호를 적극적으로 받아들였던 것이다. 또한 그렇기에 전쟁 초반, 가족을 위해 싸우자는 구호를 옹호했던 것이다.

그러나 이젠 그런 것은 전부 의미가 없어졌다. 이제 독일군은 그러한 과거를 잊고 똑같은 침략자가 된 지 오래였다. 자신들이 혐오하던 대상과 다를 바 없어져 버렸다. 그런 사실은 한스를 가슴 아프게 하였다.

"우리 독일인들은 30년 전쟁 당시에 우리를 분열시켰던 리슐리외 추기경을 증오하며 반드시 가족을 다시는 잃지 않으리라 다짐했습니다. 그러면서 프랑스를 언젠가 무너트리겠다고 다짐했습니다. 하지만 그렇다고 내가 사랑하던 독일은 이런 것이 아니었습니다. 사실 여기도 그다지 안전하지 않아요. 수녀님도 파리에서의 일을 아시지 않습니까? 그런 걸 보고 있을 수밖에 없는 제가, 그리고 자의가 아닐지라도 그 일에 가담한 독일인인 제가 부끄럽습니다…. 태어나서 제가 독일인이라는 것이 처음으로 부끄럽습니다…."

"너무 부끄러워하실 필요 없습니다."

"예?"

"당신 같은 독일인들도 있으니까요."

젊은 수녀는 한스에게 상냥한 목소리로 말하였다. 그녀는 작은 행동이 가져다주는 기적을 언급하며 한스에게 말하였다.

"그런 깨끗함을 잃지 말고 자신이 할 수 있는 바를 하세요. 하나님께서는 대단한 것을 원하시는 게 아닙니다. 자신의 일을 하나하나 해가시면 구원을 받으실 수 있을 겁니다."

젊은 수녀는 그가 양심의 가책을 받는 것을 높이 평가하여 그의 마음을 달래주었다. 이에 한스는 침략자인 독일인을 받아주는 프랑스 수녀에게 감사함을 연신 표하였다. 카를라를 통해 느끼고 싶었던 감정을, 지금 이 순간 적대국의 사람에게 느끼니 아이러니하긴 했으나 한스는 어느 정도 마음이 안정되는 것을 느꼈다. 게르마니아께서 못 해주신 것을 잔 다르크의 성지에서 받은 것이리라.

그렇게 고해성사는 끝이 났고 한스는 무기를 돌려받으며 성당 밖으로 나갔다. 한스는 감사한 마음에 젊은 수녀와 성직자들에게 나가면서도 거듭 고맙다고 하였다. 이에 젊은 수녀가 웃으며 말했다.

"정말 고마우시면 전쟁이 끝나고 성당에 한번 찾아오세요. 이 기회에 로마 가톨릭으로 귀의하여 오를레앙에서 사시는 것도 나쁘지 않으실지도 몰라요."

"독일인인 제가 그래도 될까요?"

"하나님 앞에서는 독일인인지, 프랑스인인지는 사소한 것이랍니다."

젊은 수녀는 싱긋 웃음으로 화답했고 다른 성직자들도 웃으며 전쟁이 끝나면 한 번 놀러 오라고 권유하였다. 한스는 그 말에 웃으며 성당을 떠났다. 근래에 유일하게 마음이 가벼워지는 순간이었다. 마음이 가벼워진 만큼 몸도 가벼워졌는지 한스는 서서히 멀어지는 성당을 뒤로한 채 스벤이 있는 곳을 향해 재빠르게 움직여 갔다.

'이 자식이 어디에 있을까. 시내 한복판에 있을 거라 하긴 했는데…'

하지만 스벤을 찾기란 어려웠다. 정확한 곳을 말한 것도 아닌지라 시내를 번잡하게 돌아다녀도 다른 독일군이 보일 뿐 스벤은 보이질 않았다. 한스는 결국 스벤을 찾는 것을 포기하고 먼저 숙소를 잡았다. 아직까진 저녁에 오지 않았지만 밀려오는 피곤함에 한스는 아직 대낮이지만 한숨 자자고 생각하였다.

'아, 전선에서 근무의 연속이었더니 긴장 풀리자마자 더럽게 피곤하네…'

그런 생각과 함께 한스는 침대로 다이빙하였다.

그렇게 얼마나 시간이 흘렀을까. 한스는 시끄러운 소리에 잠이 깨버렸다. 눈을 떠보니 어느덧 사방은 어두워졌고 사람들이 비명 소리가 들리고 있었다. 한스는 불안감을 느끼며 창문을 열고 밖을 쳐다보았다. 역시 불안감은 적중하였다. 명예로운 독일군들은 다시금 약탈자가 되어 도시를 불태우고 있었다.

'이제 곧 전쟁이 끝나는데도… 이런 짓들을….'

한스는 한탄스러워하며 속으로 생각했다. 그러나 독일 군인들은 한스의 생각과는 다르게 마지막이기에 오히려 더욱 불타올랐다. 마지막이기에 물자가 더 필요했고 마지막이기에 죽음을 넘나드는 보상을 지금 바라고 있었다. 한스는 이 사태에 한동안 어안이 벙벙해하며 가만히 있었다. 그러나 순간 든 불안한 생각이 그의 머리를 스쳤고 그는 바로 성당으로 향했다.

'설마 성당도 건든 건 아니겠지….'

한스는 게베어 소총을 집어 들고 허겁지겁 성당으로 달렸다. 아니나 다를까 수백 년의 역사를 가진 대성당도 약탈당하고 있었다. 프랑스 시민들과 성직자들의 비명과 절규가 사방에 퍼지고 있었다.

"빌어먹을 쓰레기들! 이러고도… 젠장, 수녀님만이라도 챙겨야 해!"

한스는 자신의 이야기를 들어준 젊은 수녀를 찾아 돌아다니며 같은 독일인들에게 치를 떨었다. 하지만 모든 이들을 혼자서 제압할 수는 없는바, 젊은 수녀라도 지키기 위해 움직여갔다. 그리고 얼마 안 가 발견하였다. 예상처럼 독일군들이 수녀를 겁탈하려고 하고 있었다. 다만 예상치 못한 것은 범죄자가 스벤이었다는 것이다.

"스벤…? 여기서 뭐 해…?"

"아, 한스? 왔어? 너도 먹을래? ×나게 맛있어 보이지 않아? 같이 먹자."

스벤은 아무렇지 않게 젊은 수녀의 옷을 강제로 벗기며 말했다. 이에 분노한 한스는 소총을 스벤에게 겨누며 말했다.

"이게 무슨 쓰레기 짓이야! 이건 명예로운 독일 군인으로서 할 짓이 아니야! 당장 수녀님을 내려놔, 어서!"

한스는 그곳에 있던 모두에게 총을 겨누며 외쳤다. 이에 스벤은 코웃음을 치며 말했다.

"아니, 한스. 내가 뭘 그리 잘못했어? 남들도 하는 건데 같이 즐기는 게 어때? 그리고 명예로운 분들 다 여기서 즐기고 있는데 왜 그리 혼자서 깨끗한 척이야?"

스벤은 도리어 당당하게 말했다. 그 모습에 한스는 자신이 아는 스벤인지 의심스러워 순간 총을 내리고 아연실색에 빠졌다. 분명 어느 정도 센 성격이긴 했지만 이런 쪽으로 센 건 아니었다. 양심적으로 임무를 수행하는 평범한 독일인이었다고 한스는 생각했다. 그래서 지금 이 모습이 의심스러웠다. 진짜 스벤 크뤼거 본인이 맞는지 말이다. 한스는 스벤에게 제발 원래의 스벤으로 돌아오라고 호소했다. 이에 스벤은 더더욱 코웃음을 치면서 말했다.

"×발! ×발! 너만은 날 이해해야지, 우린 처음부터 함께 했잖아! 빌어먹을! 내가 그리 잘못했어? 빌어먹을 윗대가리 ×끼들은 지원 요청도 ×을 만큼 우릴 숫자 취급하는데 이거 하나 했다고 내가 그리 잘못했어? 그 ×끼들은 후방에서 맥주나 퍼먹으며 노는데 내가 이 짓거리 한번 한 게 그리 나빠? 그럼 난 성실히 살다가 개죽음이나 당하라고? ×발! 너랑 하르트만 빼고 전부 죽었어! 전부 뒤져버렸다고! 오토도 리온도…. 전부 뒤졌잖아! ×발, 나도 저번에 뒤질 뻔했다고! 그러니 나라도 죽기 전에 좀 즐기겠다는데, 이 ×발×끼가! 넌 그리 착해서 날 버리고 성당 같은 데나 갔어?"

스벤은 한스의 옷자락을 부여잡으며 외쳤다. 이에 한스는 아무 말도 할 수 없었다. 그의 행동은 이해 못 해도 조각난 마음마저 이해 못 할 정도는 아니었으니까. 그리고 그 원인이 뭔지 이해가 가니까. 하지만 한스는 스벤을 막아야 했다. 반드시 막아야 했다. 그의 마음이 완전히 더러워지기 전에 막아야 했다.

하지만 그러지 못했다. 한스는 온갖 혼란한 감정에 빠지며 이도 저도 하지 못했다. 같은 일선 병사로서 그가 틀렸지만 그의 마음이 이해 갔기 때문이었다. 일선의 상황은 너무나도 끔찍했다. 툭하면 사선을 오갔고 독가스를 피하기 위해 갓 발명된 방독면을 쓰며 싸움을 이어가는 것은 너무나도 짜증이 날 정도였다. 일탈을 안 하고 싶어도 악마가 어서 즐기라고 부추기고 있는 꼴이었다. 파우스트는 어떻게 버텼단 말인가? 물론 그렇다고 해도 스벤의 행동은 틀렸다. 잘못된 행동이었다. 도덕성을 지켜야만 했다. 자신이 선한 존재라서가 아니라 돌아올 것을 생각해도 그래야만 했다. 한때 한스가 카를라를 통해 배운 것이 있었다. 그것은 도덕이 가져다주는 이익이란 것이었다. 카를라는 한스에게 이렇게 말한 적이 있었다.

"한스, 착하게 구는 게 나쁜 게 아니야. 우리가 나쁘게 굴면 남들도 우리에게 나쁘게 굴 거 아냐? 그럼 계속 서로 피곤해지겠지? 그러니 착해지는 게 우리한테도 좋은 거야."

카를라는 도덕이 순환하여 돌아오는 평안함을 설명한 적이 있었다. 그러니 착해야 해서가 아니라 자신을 위해서라도 착하게 행동하라고 그녀는 말했었다. 생각해보면 틀린 말이 아니었다. 이딴 짓을 하는데 전후 프랑스인들이 가만히 있을까? 더러운 악순환의 반복이 될 것이 분명했다.

하지만 하필 상대가 처음부터 함께해온 동료였다. 팔은 안으로 굽는 걸까 분노보단 연민이 서서히 커져 갔다. 툭하면 사선을 넘나드는 것을 봐왔기 때문이었다. 전쟁 초엽 마른강 전투에서도 자신이 구한 덕에 살았지 않았던가. 그래서 그의 마음이 왜 부서져 버렸는지 이해가 갔다. 허나 사람의 마음은 너무나도 복잡한 것인지라 이에 대해 자신이 무슨 해답을 주어야 할지 몰랐다. 대학을 가지 않은 평범한 노동자인 그로서는 어떻게 접근해야 할지 몰랐고 결국 이러지도 저러지도 못하였다. 전우였던 만큼 무언가를 이야기해주고 싶은데 무언가가 잡히질 않았다. 어떻게 해야 그의 조각난 마음을 다시 모을지를 몰랐던 것이다.

결국 한스는 그를 제지하지 못했다. 이는 분명히 잘못된 행동이었다. 하지만 한스의 머리는 과부화가 되어버렸고 이 사태를 만들어낸 루덴도르프를 떠올리며 한탄할 뿐이었다.

그렇게 결국 그는 막지 않았다. 그간 양심적으로 행동해왔음에도 불구하고 정말로 양심적이어야 할 때 가만히 스벤의 범죄를 바라만 보았다.

그래서 어떻게 해답을 주어야 할지 감이 잡히질 않았다.

스벤은 한스를 뒤로한 채 수녀와 여인들을 겁탈하였고, 한스는 그저 지켜만 보았다.

그는 그렇게 더러운 방관자가, 완벽한 전쟁 범죄자가 되었다.

*

"잘 놀다 왔어, 한스?"

"어, 하르트만…."

다음날, 한스는 소대원들을 이끌고 부대에 복귀하였다. 그동안 스벤과는 한마디도 이야기를 나누지 않았다. 아마 하르트만은 이런 꼴을 어느 정도 예상하곤 나가지 않았던 것이라고 한스는 생각했다. 한스의 힘없는 반응에 하르트만은 한스의 어깨에 손을 올리며 말을 하려다가 그만두었다. 지금은 가만히 두는 게 상책이라고 하르트만은 생각했다. 무슨 일인지는 몰라도 시간이 약이라고 그는 생각했다.

부대원들이 복귀하자 소대장 레오폴트 카우프만은 모두를 모아놓고 다음 작전에 관한 브리핑을 하였다. 작전의 내용은 간단했다. 영국 대륙 원정군과 프랑스 방어군의 사이인 오를레앙 북부 부분을 통해 돌파를 시도하여 둘을 분단시키는 것이 주 포인트였다. 두 사이의 균열을 열고 영국을 바다로 밀어낸 뒤 보르도를 향해 전진하는 것이 작전의 개요였다. 프랑스가 영국에 크게 의존하고 있는 만큼 프랑스군이 혼자 싸우게 된다면 보르도까지 아주 빨리 도달할 수 있을 것이라고 총참모부는 예측했다. 다만 여기서 중요한 것은 돌파력보단 기동력이었다. 그간 갈고 닦은 후티어 전술을 통하여 적의 약한 틈을 강력한 포화를 통해 빠르게 비집고 들어가 병력을 들이부어 적의 방어력을 재빨리 무력화시키는 것이 중요했다. 병력을 들이부을 때 집단화된 대규모 보병과 포병을 신속히 추가 수송하는 것을 얼마나 잘하는 것에 이번 전투의 승리가 갈린 것이다. 이것을 위해 소대장은 어느 정도 위협을 무릅쓰고 움직여야 함을 언급했다. 잘못하면 재빠르게 움직이다가 고립될 수도 있었기 때문이었다.

그래도 독일군 사상 최고라고 해도 좋은 만큼 대군이 집결하여 생존 가능성이 적은 것은 아니었다. 포병의 작전 준비를 위해서만 무려 9,000여 문을 가진 2,300여 개의 경포 및 중포 부대가 집결되어 있었다. 역설적으로 아군의 포에 피해를 입을 확률도 높았지만, 기본적으론 그 포탄이 방어막이 되어줄 터였다.

"죽을 위험이 크다! 그러나 이번만 넘기면 여기 모두 고향에 돌아갈 것이라고 장담한다! 이번에도 또 같은 소리 아니냐고 말할 수 있겠지만 이제 프랑스는 무너지기 직전이다. 프랑스와 러시아 모두 무너진다면 영국이라도 협상할 수밖에 없고 그럼 모두 고향으로 갈 것이다!"

소대장의 말대로 프랑스는 많이 약화되어 있었다. 슐리펜 계획으로 프랑스 북부를 빼앗긴 것이 너무나도 컸다. 독일의 산업 대부분이 라인란트 공업지대에 있는 것처럼 프랑스는 파리를 중심으로

한 공업지대에 몰려있었는데 그곳을 상실하여 이제 더 이상 뽑아낼 국력이 없어져 가고 있었다. 그래서 여러 번 이어져 온 공세, 특히 니벨 공세에서 무조건 탈환해야 했으나 실패하였으니 프랑스는 이제 버틸 재간이 없었다. 비록 불완전한 계획이었지만 어느 정도 성공한 슐리펜 계획 덕에 독일은 승전을 눈앞에 두고 있는 것이라 볼 수 있었다.

이윽고 빌헬름 왕세자와 루프레흐트 바이에른 왕세자, 뷔템베르크의 알베르흐트 대공이 이끄는 집단군이 전선에 도착하자 독일 총참모부는 훗날 루덴도르프 공세라고 불릴 공격 명령을 하달하였다. 그렇게 최후의 작전이 시작되었다.

엄청난 포음이 오랜만에 전장에 울려 퍼졌고 참호 안에서 다시금 사선의 직전에 있는 느낌을 받으며 한스의 심장이 요동쳤다.

'이번에야말로 바이어 중위님을 따라가겠군….'

한스는 진실로 충실하게 임무를 수행하고 모범적이었던 소대장을 떠올렸다. 아마 그라면 자신과 달리 스벤을 막았을 것이라고 생각했다. 자신의 행동에 그는 사회로 돌아가는 마지막 전투에서 죽음의 공포도 느꼈지만 동시에 돌아가기 무섭다는 느낌도 받았다. 이제 과거로 돌아갈 수나 있을까? 그는 스스로 너무 많은 것을 겪었다고 생각했다. 그는 하르트만을 보며 말했다.

"이봐, 하르트만."

"응?"

"넌 살아서 전쟁 끝나면 뭐 할 거야? 공부?"

"아, 공부도 하긴 할 건데 수기 먼저 적으려고."

"수기?"

"어. 좋든 나쁘든 지금 경험한 것들이 간단한 건 아니니 기억하고 되새기게. 그걸 발판으로 새롭게 나아가는 거지."

하르트만은 정확히 전후 무얼 할 건지는 말해주지 않았지만 죽음의 향기가 도사리는 곳에서 당당한 표정을 짓고 있었다. 돌이켜보면 그는 잔혹한 행동에 최대한 계속 거리를 두고 있었다. 그의 떳떳함에 한스는 고개를 숙였다가 그래도 그녀를 다시 봐야 한다는 일념에 버텼다. 다만 언젠가부터 닿고 있지 않는 소식에 그의 정신은 조각나져 갔다. 그는 그저 아무 말 없이 하늘을 쳐다볼 뿐이었다.

"자, 지금이다! 모두 돌격하라!"

포탄 소리가 모두를 뒤덮고 있을 때 본부로부터 연락받은 카우프만 소대장은 지금이 최적의 시점이라 여기며 모두에게 돌격 신호를 보냈다. 여전히 빗물처럼 내리는 포탄를 가까이하며 독일 장병들은 적들의 참호로 돌진했다. 협상국군은 최대한 적을 막기 위해 독가스를 살포했지만 재빨리 방독면을 착용한 침략자들은 이에 익숙하다는 듯 아무렇지도 않게 진격하였다. 이젠 여러 경험을 통해 철저한 살인 기계가 된 한스는 적들을 아무렇지 않고 죽여 가며 전진하고 또 전진했다. 감정 없는 살인을 반복하며 지금 느끼고 있는 감정들을 무뎌지게 하고 싶었다. 그는 조각난 것을 다시 모으기보단 잠시 잊는 것을 선택했다. 비겁하게도 당장 마음의 평온을 얻고 싶었으니까. 한편 카우프만 소대장이 프랑스는 이제 약화되었다고 했지만 최후의 명장 포슈가 이끄는 프랑스 군대는 바로 무너지지 않았다. 그는 부족한 자원을 최대한 활용하여 적의 측면과 허리를 노리며 이번 공격이 둔화되기를 시도하였다. 적의 방어 라인에 송곳을 박고 그 틈에 밀어 넣는 후티어 전술 특성상 틈만 다시 메우면 진격을 막을 수 있었다.

허나 포슈의 활약에도 불구하고 서서히 프랑스 부대들은 패퇴하였다. 슐리펜 계획 때처럼 물량으로 밀어붙이는 적의 화력, 단순한 숫자 놀음에는 천재라도 답이 없기 때문이었다. 적들은 압도적인 병력으로 자신들의 틈을 없앴고 그에 반해 프랑스 측은 숫자 차이로 비집고 들어갈 만한 곳이 존재했다.

결국 말 그대로 시간의 문제였을 뿐 지난 공세로 인한 손실을 아직 회복하지 못한 프랑스군은 독일이 바란 대로 길을 열어주게 되었다. 앞서 언급했다시피 북부를 빼앗긴 이상 한 번 실패해도 괜찮은 독일과 달리 한 번의 실패가 영향이 컸던 것이다.

독일 장병들은 무너져 가는 협상국 군대를 바라보며 웃으며 진격하고 또 진격했다. 드디어 전쟁의 끝이 보인다고 생각하였기 때문이다.

"하하! 간다, 가! 드디어 집에 갈 수 있어!"

패퇴되어가는 적들을 보며 스벤은 집이 멀지 않았다는 생각에 조금은 실성한 사람처럼 웃어댔다. 결국 전투가 지속된 지 얼마 지나지 않아 협상국의 라인은 붕괴되었다. 첫 일주일은 나름 선전했으나 그 이후로 목표대로 영국과 프랑스 사이가 분단되었다. 좋은 결과에 다들 사기가 올라갔고 스벤도 그러한 경우였다. 지속되는 전투로 옷에 헤지고 군화를 다시 구해야 할 시점인데도 불구하고 병사들은 진격을 거듭했고 스벤은 그 흐름에 취하여 전선 앞에 서는 것을 두려워하지 않았다.

"한스, 저 자식 너무 나대는 거 아냐?"

"…."

하르트만의 말에 한스는 아무런 대답도 하지 않았다. 스벤을 볼 때 자신이 보였기 때문에 인식하고 싶지 않았기 때문이다. 하르트만은 한스의 반응에 당황했지만 자신이 직접 가 스벤에게 너무 앞서가지 말라고 하였다.

"뭐? 하르트만, 이제 끝났어. 너무 걱정하지 않아도 된다고."

스벤은 여유롭게 답했고 하르트만은 걱정했지만 한동안 아무 일 없었다. 그 정도로 한 번 무너지기 시작하자 도미노처럼 협상국의 방어 라인은 무너졌다. 이제 양면 전선이 아닌 단독 전선이기에 독일과 동맹국은 여유롭게 프랑스의 약한 부분은 타격했다. 주력인 독일은 위에서, 사보이 방면에서 이탈리아 왕국군과 오스트리아-헝가리 제국군이 공격을 감행했다. 한 군데만이라면 아마 버텼을지도 모른다. 그러나 역으로 양면 전선은 협상국에게 큰 힘든 점으로 작용했고 결국 보르도로 가는 문이 열려 버렸다.

"지금이다! 더욱 진격하고 진격하라! 프랑스는 이제 우리 것이다!"

이변이 없는 한 프랑스는 무너질 것이다. 여기 있는 모두가 그렇게 생각했다. 프랑스로서는 원통하였으나 이제 중남부 프랑스를 제외한 거의 모든 유럽을 장악한 동맹국에게 별수가 없었다. 포슈의 활약으로 처음에는 선전했으나 빠르게 예비대가 고갈되었고 이렇게 보르도로 가는 길이 열리게 되었다. 이제 그 누구도 독일의 승전을, 동맹국이 유럽 패권을 가지는 것을 막을 수 없었다. 전통적인 강국은 저물고 후발주자들이 선발주자들의 것을 훔칠 시간이 도래한 것이다. 이 사실은 모든 장병들을 흥분시켰다. 집에 돌아간다는 사실과 승리의 일각을 맛볼 수 있다는 사실이 모두를 가슴 뜨겁게 만들었다. 그간 식었던 열기가 확 오르는 순간, 마치 전쟁 초엽을 보는 듯하였다. 힘들었지만 열기로 버텼던 그때처럼 진격의 연속에도 장병들은 걸어갔다.

하지만 그 열기에 너무 취하였던 것일까 몇몇은 흥분한 나머지 대열보다 앞서갔고 이는 좋은 먹잇감이 되어주었다. 통로는 열어주었을지언정 프랑스군 자체가 증발한 것은 아니기에 여전히 협상국 군대는 저항하고 있었고 따라서 많지는 않지만 사상자가 계속 발생하고 있었다. 스벤도 그중 하나였다. 정말 어처구니없는 죽음이었다. 그는 너무 흥분했고 적의 눈에 잘 띄어 버렸다. 하르트만은 놀라 바로 스벤에게 다가가면서 의무병을 불렀으나 이미 때는 늦었었다. 치명타를 입은 스벤은 눈동자가 흐려지며 죽음을 맞이할 준비를 하게 되었다.

"…젠장할…."

스벤은 자신의 몸에서 흐르는 피를 보며 쓰러지면서 말했다. 옆에 있던 하르트만이 최대한 지혈하며 그의 정신이 끊어지지 않도록 말을 걸었지만 스벤은 서서히 자신의 정신이 이승에서 멀어지고 있음을 깨달았다. 아마 의무병이 도달하기도 전에 죽을지도 모른다. 스벤은 동료의 품에서 죽기로 마음먹었는지 다급히 한스를 불렀다. 한스는 죽어가는 그의 손을 잡아 주었다. 그다지 마주치지 않고 싶었지만 마지막 순간까지 그럴 순 없었다. 그저 조금 원망 어린 시선을 주었고, 스벤은 그런 한스를 보며 말했다.

"몸이 가는 대로 행동하다가 그 덕에 죽는군…. 한스, 마지막인데 웃어주라…."

스벤은 쥐어짜내듯 말한 뒤 얼마 안 가 목숨을 잃었다. 이에 한스와 하르트만은 눈물을 흘리며 그의 두 눈을 감겨주었다. 한스는 저번 일로 그가 미웠으나 그의 죽음에 마음이 누그러트려졌다. 반성하며 죽은 것은 아니었으나 마지막에 자신을 찾으며 죽은 것에 한스는 연민을 느꼈다. 분명 스벤은 죄인이요, 용서할 수 있는 것이 아니었다. 하지만 이상하게도 한스는 그가 이해 갔다. 그도 방관이라는 죄를 저질러서 그런 것일까. 전쟁의 주체가 아닌 거대한 흐름에 휘둘린 사람들로서 한스는 스벤을 이해했고 그가 주는 교훈을 짚어 보자 생각하였다. 전쟁이 자신들에게 준, 연옥과 같은 마음의 괴리에 헤쳐 나오자고 말이다. 비록 한스는 자신 없었지만 그리 생각하고 스벤의 눈을 감겨주었다. 눈물을 흘리면서.

그렇게 스벤은 죽었다. 하지만 동료가 죽었다고 진격은 멈출 수 없었다. 독일군은 보르도로 진격했고 얼마 안 가 이윽고 점령되었다. 거의 무혈입성에 가까웠다. 협상국 군대가 분리되었고 협상국 군대의 주력이라 할 수 있는 영국군은 해안가에 고립되어버렸기 때문에 보르도가 점령당하는 것은 말 그대로 시간문제였다.

결국 보르도의 프랑스 정부는 독일 정부에 공식적으로 항복했다. 포슈는 절망하며 울부짖었고 페텡은 조국의 마지막에 고개를 떨어뜨렸다. 이내 프랑스군의 무장은 신속하게 해체되었으며 사보이아 방면에서 넘어온 이탈리아 왕국군과 오스트리아-헝가리 이중제국군이 프랑스의 남부를 점령해갔다. 이제 남은 것은 영국의 대륙원정군뿐이었다. 독일은 프랑스 남부 지방 점령을 동맹국 군대와 함께 해가며 최대한 많은 병력을 북쪽 해안으로 돌렸다. 힌덴부르크는 남은 영국군을 섬멸시키고자 했지만 루덴도르프는 주변을 설득하여 그들을 살려 보냈다. 영국군은 유유히 자신들의 부대를 본토로 철수시켰다. 루덴도르프의 생각으론 어차피 영국 본토를 점령하긴 무리였고 영국과 협상하기 위해서 그들을 일부러 놓쳐준 것이었다. 공격하지 않는 대가로 협상에 들어갔으며 이 소식은 유럽 전역에 퍼져 갔다.

그렇다. 드디어 길고 긴 유럽 전쟁이 끝난 것이다. 3년 넘게 지속되었고 수천만 명의 인명을 앗아간 전쟁이 드디어, 드디어, 드디어 정말로 사실상 끝이 났다. 독일 장병들은 이제 승리자로서 고국에 돌아갈 생각에 들떴고 정부는 드디어 자신들의 숙원이 이루어졌다며 만세 삼창을 외쳐댔다. 지정학적 불리함을 딛고 승리했다는 사실에 제국 정부 요인들은 아주 고개를 빳빳이 들고 회담 장소인 프랑크푸르트로 향하니 훗날 제2차 프랑크푸르트 화약이라고 불릴 역사적 순간이었다.

*

"우리가 정말로 승전하다니, 믿기질 않는군."

"대왕님의 가호가 아니겠습니까? 대왕께서 부왕 빌헬름에게 인정받기 위해 평생을 노력하였듯 우리도 대왕님에게 부끄럽지 않게 노력해왔습니다. 대왕께서 그걸 이해하여 굽어살피신 덕입니다. 하하."

독일 제국군의 보르도 점령으로부터 얼마 후, 제국의 자랑하는 도시이자 금융 허브인 프랑크푸르트에서 동맹국과 협상국 간의 평화 조약이 체결되었다. 승리자인 독일 측 정부 요인들은 고개를 빳빳이 들며 자화자찬에 빠지면서 회담장에 입장하였고 프랑스 사람들은 울상을 지으며 들어왔다. 오로지 대가 없는 평화를 약속받은 영국과 일본 요인들만 표정이 괜찮을 뿐이었다. 허나 그들도 사실상 진 것이나 다름없으니 그야말로 이제 독일의 시대가 도래한 것이다. 승자인 독일은 당당히 자신들의 요구를 협상국 요인들에게 포고했다. 반드시 이대로 이행하라며 겁박했고 그 주요구 대상인 프랑스는 독일을 막을 힘은 이제 없기에 결국 순순히 조약에 사인하였다.

독일은 전쟁 전에 베트만홀베크 수상이 미리 준비해두었건 9월 계획에 따라 프랑스와 협상국에 다음과 같이 요구하였다.

먼저 룩셈부르크는 독일 제국의 구성국으로 합병된다. 그리고 프랑스의 낭시와 그 주변 영역이 알자스-로트링겐 제국 직할령에 병합된다. 벨기에의 우안, 리에주와 나무르의 오른편인 뤽상부르 지방을 독일 제국에 합병시키고 벨기에는 플랑드르-왈로니아 왕국으로 변경되어 독일 제국의 제후국이 된다.

벨기에의 콩고 식민지는 독일 제국의 식민지로 할양된다. 프랑스령 적도 아프리카 영토들도 독일 제국의 식민지로 할양된다. 이로써 독일 제국의 아프리카 식민지는 중앙아프리카를 횡단하도록 확장된다. 프랑스의 서아프리카 연안 식민지들도 독일의 식민지로 할양된다. 모로코는 이제 독일 제국의 보호령이 되며 튀니지는 이탈리아 왕국의 보호령이 된다. 프랑스령 마다카스카르와 인도차이나가 독일의 식민지로 할양된다.

프랑스와 협상국 당국들은 동맹국과 소비에트 러시아 사이에 맺어진 동부 조약을 공식으로 승인한다. 독일과 러시아 사이에 생긴 완충 국가들은 독일의 보호와 주권 하에 놓일 것이다.

프랑스는 사보이와 니스를 이탈리아 왕국에 할양한다.

세르비아는 북서부 지방을 오스트리아에 할양하고 그들의 제후국이 된다. 루마니아도 오스트리아의 제후국으로서 통치받을 것이다. 몬테네그로는 오스트리아에 합병된다.

불가리아는 오스만 제국과 오스트리아 제국 간의 공동 통치를, 그리스는 이탈리아 왕국과 오스만 제국의 공통 통치를 받는다. 지배권에 관하여 향후 재논의한다.

프랑스를 비롯한 협상국은 1백억 금 마르크에 해당하는 배상금을 독일과 동맹국 측에 낸다. 프랑스는 국경의 요새를 철폐하고 국경에 비무장 지대를 설치한다. 육군 규모는 10만으로 제한하고 징병을 금하며 참모부를 폐지한다.

이번 조약으로 독립한 신생국과 독일 제후국은 독일의 중앙 유럽 경제 조합 미텔 오이로파에 가입한다.

영국은 아무것도 얻지도 잃지도 않을 것이다. 일본은 자신들이 점령한 독일령 동아시아, 칭다오와 비스마르크 군도에서 철군한다.

프랑스와 러시아로서는 매우 굴욕적인 조약이었지만 결국 협상은 타결되었다. 영국은 유럽 패권을 독일에 넘기는 이 조약에 대단한 불쾌감을 느꼈지만 대륙을 상실했기 때문에 달리 방법이 없었다. 계속 전쟁을 수행한다 해도 유럽 대륙을 혼자서 탈환하는 것은 불가능에 가까웠기에 영국 식민지가 빼앗기지 않는 것으로 타협되었다. 후속 논의가 더 이어지겠다만 확실한 것은 대전쟁을 끝내기로 합의 본 것으로 이로써 드디어 전쟁이 확실하게 끝났다.

병사들은 그 소식에 환호하였다. 보르도 점령을 통한 승리 소식에 이어 화평 조약 체결 소식에 다시금 만세 삼창을 불렀고 다들 집으로 돌아갈 준비를 하였다. 이제 한동안 프랑스에 주둔할 점령군을 제외한다면 전부 집으로 갈 수 있었다. 병사들에게 좋은 소식은 이뿐만이 아니었다. 정보 통제도 풀리고 그간 미루어왔던 고향에서의 편지도 나누어 주었다. 한스는 드디어 그토록 바라던 카를라의 편지를 받게 되었다.

친애하는 한스에게

안녕 한스! 정말 오랜만이야. 미안해. 많이 바빴거든. 네가 입을 것들을 만드느라 말이야. 많이 힘들었지만 널 생각하며 버텼어. 넌 잘 버티고 있니? 나보다 더 많이 힘들 테지만 한스 넌 정말 좋은 아이니까 잘 버티고 있으리라 믿어. 기억하니? 우리 어릴 때 네가 날 용감하게 구해준 적이 있었어. 생각해보면 아무런 이득도 없는데 넌 날 도와줬지. 그래서 난 너의 친구가 되어 너의 이득이 되고자 노력했어. 넌 정말 괜찮은 사람이야. 그러니 전쟁이 완전 끝나면 같이 다시 한번 베를린에서 데이트하자.

너의 친구 카를라 슈나이더가

카를라의 편지를 읽곤 한스는 눈물을 흘렸다. 카를라가 사랑하던 한스는 이제 없다고 한스 스스로 생각했기 때문이었다. 남은 것은 더러운 방관자인 자신뿐이었다.

'아니야. 그래도 속죄의 길은 남아있을 거야.'

한스는 이젠 미약하지만 그녀를 만나고 싶은 마음은 존재하기에 하르트만에게 가서 자신의 속내를 꺼냈다. 어떻게 해야 마음이 자유로워질지 말이다. 하르트만은 오를레앙에서의 일에 놀라 입을 막았다가 반성하려는 한스를 보며 웃으며 말했다.

"그럼 사과하면 되잖아? 나쁜 짓은 누구나 해. 다만 중요한 건 어떻게 바뀌는가 하는 거지."

하르트만은 그녀를 위해 변하려는 한스를 위로해주었다. 그는 법에 따라 한스가, 아니 한스뿐만 아니라 독일 그 자체가 처벌을 받아야 한다고 생각하였다. 하지만 그것이 설사 이루어진다 하더라도 법의 정신은 교화주의지, 처벌에 집착하는 것이 아니었다. 바뀐다면 그것에 희망이 있을 것이라 하르트만은 생각하였다. 한스는 하르트만의 말에 다시금 그녀를 떠올렸다. 그리고 먼저 간 사람들을 떠올렸다. 바이어 중위라면 가만히 넘기지 않을 것이라고 그는 생각했다. 그녀도 죄를 씻지 않는 자신을 좋아할 리가 없다고 생각했다. 그래서 한스는 집으로 돌아가기 전에 이 일을 마무리하자고 마음먹었다. 그는 오를레앙에서의 일이 이대로 묻히면 안 된다고 생각하였다. 선한 마음에 그런 것은 아니었다. 자신의 마음을 구원하고자 하는 것에 가까웠다. 도덕이란 증오의 연쇄를 끊어내 자신의 안전을 확보하는 일이었다. 그래서 그는 이 일을 공식화하기 위하여 제국 연방 상원의 군대 관련 상설 위원회에 찾아갔다. 바이어 중위가 남긴 것들을 통해 닿을 수 있는 인연이었다. 지인의 지인이기도 하거니와 참전 용사였던지라 평민임에도 얼마 지나지 않아 한스는 상원 의원을 만날 수 있었다. 아직 제대를 한 것은 아니었다. 그러나 하늘이 도운 탓인지 점령군으로 남은 다른 부대와는 달리 한스가 속한 부대는 본토로 복귀하여 여유가 생긴지라 잠시의 휴가를 얻을 수 있었다.

베를린의 의원 저택에서 한스는 좋은 답변을 기대하였다. 의원은 창밖을 바라보며 한스에게 말했다.

"흠, 정말인가요? 그렇게 우리 군대가 많이 죽이고 빼앗았습니까?"

"네, 제가 직접 본 것만 해도 수백은 되었습니다."

"그런가요…."

의원은 여전히 창밖을 바라보며 말했다. 의원의 저택은 브란덴부르크 개선문 근방으로 개선문과 그 주변 광장이 잘 보이는 곳에 위치해 있었다. 독일 사람들이 광장에 모여 축제 분위기에 빠져 있는 것을 보며 의원은 말했다.

"굳이 그걸 발표해야겠습니까?"

"예?"

"묻어 버리죠. 이제야 승전을 이룩했는데 갑자기 죄인이 되라고 하면 어느 독일인이 납득하겠습니까? 게다가 국가의 위신만이 중요한 게 아닙니다. 원래 사과란 게 하기 시작하면 끝이 없는 법입니다. 그 말 한마디에 양보할 것이 엄청나게 생겨나 버리죠. 어렵게 이룩한 승전을 그런 명분 덕에 모조리 상실할 수는 없죠. 지금 우리 독일은 세계로 뻗어 나가야 할 시간입니다. 그런 것을 챙길 여유는 없다고 생각합니다. 그러니까 지금은 잠시 묻어두기로 합시다."

한스는 예상과 다른 말을 들어 충격에 빠졌다. 바이어 중위가 죽기 전 비상 연락망을 당시 생존해있던 부대원에게 주었는데 그 목록에 있던 사람이 저리 말할 줄 몰랐기 때문이었다. 바이어 중위처럼 도전하는 사람인 줄 알았으나 그는 프로이센 군국주의자에 가까웠다. 돌이켜 생각해보면 바이어 중위는 독일 군인답지 않은 사람이긴 하였지만, 한스는 냉랭한 말에 어쩔 줄 몰랐다. 완전히 그로기 상태에 빠져버렸다. 물론 이런 일들을 공개적으로 확정시킨다면 그 여파가 간단한 것은 아닌 것을 본인도 알고 있었다. 허나 덮고 넘어간다면 이 나라의 정의는 어디에 있다고 할 수 있겠는가? 정의가 밥은 먹여주지 않지만 정신은 먹여주는 법이었다. 정신이 무너지면 그다음은 말할 가치도 없는 이야기라고 그는 생각했다. 그래서 한스는 제국의 여러 국가청*Reichsamt*들을 찾아가 이 이야기를 해보았다. 그러나 돌아오는 답은 비슷했고 프로이센 전쟁부처로 가니 오히려 한소리를 들어버렸다.

"자네 미쳤나? 배상금 뜯어내서 프랑스를 약화시켜야 하는데 오히려 내뱉어야 한다는 말을 하다니? 그런 걸 인정하면 돈뿐만 아니라 전쟁으로 얻은 이권들을 뱉어내야 하잖아? 그러니 말조심하게!"

옳은 생각을 이행하려 했던 한스는 쫓겨날 뿐이었다. 참전 군인이 아니었다면 아마 몰매를 맞으며 입구에 들어가지도 못했을 것이다.

그래서 결국 한스는 자신이라도 사과를 하기 위해 오를레앙으로 향했다. 베를린에 왔으니 그녀를 보고 갈까도 했지만 아직 마음이 무거워 그럴 순 없었다. 그래서 자신의 짐을 혼자서라도 해결한 다음, 다시 와서 그녀를 보자고 생각했다. 그는 마음이 무거웠다. 그럴 수밖에 없었다. 독일은 이제 그 일이 없던 것이라고 확정을 짓고 있었기 때문이었다. 아마 이 일이 루덴도르프의 귀에 들어간다면 한스는 죽음으로 입막음 당할지도 모를 일이었다. 그 정도로 독일은 승리의 밝은 면만을 보고 싶었다. 등잔 밑의 어두움은 보고 싶지 않은 것이다.

'이럴 거면 전쟁에서 지는 게 더 좋았을 텐데….'

한스는 오를레앙으로 향하는 전철에서 그렇게 생각했다. 만약 독일이 전쟁에서 졌더라면 적어도 겉으로라도 반성했을 것이었다. 부끄러움을 알며 과거를 마주하는 면모가 아예 없진 않을 것이다. 전쟁에 진다는 것은 참혹한 일이긴 하나 동시에 자신들의 부족한 면을 볼 기회기도 하였다. 과거 나폴레옹에게 참패를 당하고 나라가 박살 났을 때 슈타인과 하르덴베르크, 훔볼트, 샤른호스트와 같은 혁신적 리더들이 나타나 나라를 모든 면에서 바꿔버린 적이 있었다. 그 개혁의 힘이 프로이센을 강국으로 바꾸었고 통일과 제국 성립의 가장 큰 기반이 되었다. 하지만 이번엔 전쟁에 이겼고 그 덕에 등잔 밑의 어둠을 보지 않게 되었다. 잔 위의 찬란한 빛만을 바라볼 뿐. 물론 정말로 전쟁에서 졌더라면 독일인으로서 그것은 매우 힘든 경험이긴 하였을 것이다. 이번에 프랑스가 당한 것처럼 독일은 아마도 최악의 경우 오데르-나이세 라인 동쪽의 프로이센 지역을 빼앗겼을지도 모른다. 그리된다면 독일로서는 엄청난 치욕이 되었을 것이고 영원토록 잊지 못하는 뼈아픈 기억이 될 것이었다. 허나 그렇다고 할지라도 반성하는 독일, 다르게 되려고 노력하는 독일이 되었을 것이다.

하지만 이 세계의 독일은 그런 기회를 놓쳤고 승리의 영광에 취해버렸다. 그래서 나쁜 점은 보려고 하지 않았다. 인식 자체를 하지 않았다. 그러나, 그렇다고 할지라도 독일인들이 악인들만 사는 국가는 아니기에 기회는 있으리라 한스는 생각했다. 자신이라도 움직여야 한다고 생각해 급히 오를레앙으로 향했다. 하나둘 바뀐다면 분명 미래는 있으리라.

*

어떤 한 소녀가 소년에게 다가가 안긴다. 소녀는 눈물을 흘리며 소년에게 안겼고 그 품 안에서 안정감을 느꼈다. 그 안정감에 취하고 싶었던 소녀를 소년은 이해하며 끌어안아주었다. 마치 소년은 소녀의 보호자처럼 보일 정도였다. 소년은 소녀를 위해 모든 것을 내어주었다. 옛 동화에서 나오는 존재처럼. 소녀는 자신을 위해 모든 걸 내던지는 소년에게 고마움을 느꼈다. 그러면서 동시에 의문을 느꼈다. 자신에게 왜 이리도 잘해주는 것일까? 그래서 소녀는 소년에게 물었다. 이에 소년은 바보 같다며 소녀를 바라보며 말했다.

그것은 당연한 것이라고. 내가 널 사랑한다면 너도 날 사랑해주지 않겠냐고.

소년은 그러면서 소녀와 하얀 꽃밭을 뛰어다녔다. 그것을 멀리서 지켜보던 한스는 싱긋 웃으며 둘에게 다가갔다. 하지만 다가가려고 해도 거리는 좁혀지지 않았다. 같은 장소를 뛰는 느낌이 한스에게 들었다. 무언가가 자신의 두 다리를 붙잡는 느낌이었다. 시간이 흐르자 단순히 느낌이 아니라 점점 다리가 움직이질 않게 되자 한스는 당황하였다. 그리고 서서히 바닥으로 빨려 들어가는 느낌이 들기 시작했다. 발을 보자 한스의 하체는 말 그대로 지면과 하나가 되어가고 있었다. 한스는 놀라 최대한 발버둥 쳐봤지만 자신의 몸이 서서히 사라져 가는 것을 막을 수 없었다. 마치 땅바닥이 바다가 된 듯 허우적대다가 그는 결국 땅과 하나가 되어버렸다.

"헉!"

한스는 식은땀을 흘리며 열차 안에서 일어났다. 당연하지만 꿈이었다. 사람이 지면과 하나가 될 리가 없었다. 어느덧 바깥은 어두워져 있었고 열차는 이제 프랑스 국경을 넘어가고 있었다. 한스는 자신의 얼굴에서 내리는 땀을 손등으로 닦아내며 창밖을 바라보았다. 몇 시간만 기다리면 이제 오를레앙에 도착할 수 있었다. 그곳에서 사과한 뒤 부대에 복귀하면 될 것이었다. 그런데 왜 이리 마음이 무거운 것일까. 한스는 오를레앙으로 다가가면 갈수록 교수형에 처해진 죄수가 목을 매달기 위해 계단을 올라가는 느낌을 받았다. 다만 그런 느낌을 받는 이유는 한스 스스로 너무나도 잘 알고 있었다. 바뀌려는 것은 좋으나 상대방이 받아 줄지는 또 모르는 이야기였다. 이미 두 나라는 감정의 골이 심해져 버렸다. 그러니 좋은 결과가 나오기는 힘들었다. 그렇다고 해도 그는 가야 한다고 생각했다. 아무것도 하지 않는 것보단 뭐라도 하는 게 좋으니 말이다.

'그런데 아까 꾼 꿈은 뭐지? 정신 사납게….'

한스는 방금의 꿈을 떠올리며 속으로 생각했다. 소년과 소녀의 얼굴은 거의 보이질 않았었다. 둘은 누구였을까? 그리고 왜 자신이 둘에게 다가가려 했을까? 한스의 마음엔 의문이 넘쳤다. 그리고 어느새 그 의문이 마음을 동요하게 했다. 그와 함께 마주하기 무서운 불안감이 한스의 마음을 조각냈다. 한스는 정말로 마주할 용기가 없었다. 자신은 어느새 영광스러운 군인에서 더러운 방관자가 된 지 오래였다. 떳떳하지 않은 마음이 그를 짓눌렀다.

그래도 앞으로 나가야 한다. 그런 마음이 한스를 오를레앙으로 이끌었다. 그리고 얼마 후 오를레앙에 도착하였다. 한스는 전철에서 내려 시내로 향했다. 확실히 전쟁이 끝난 덕인지 예전보단 도시의 상황이 좋아 보였다. 거리의 시체들은 정리되어 있었고 박살 나 있던 가게들은 하나둘 제 모습을 되찾아 가고 있었다. 그저 점령군으로서 남아 경계 근무 중인 병사들만 보기 안 좋을 뿐이었다. 도시가 회복되어가는 모습에 한스는 안심했다. 이제 적어도 약탈 같은 일은 없을 것이라고 그는 생각했다. 이제 거친 폭풍이 지나가 새하얀 빛이 내리쬐고 있으니 다들 온건해지지 않을까 하는 기대를 한스는 품었다.

그렇게 생각하며 한스는 한걸음, 한걸음 대성당을 향해 걸어갔다. 자신이 보았던 사람 모두가 상처를 딛고 새롭게 하루를 시작하고 있는 것을 기대하면서 한스는 걸어갔다. 그래도 전쟁이 끝났으니 모두가 조금이라도 웃고 있기를 기대하며 그것에 희망을 걸어보았다.

"뭐, 뭐야 이건?"

하지만 아쉽게도 한스의 바람은 이루어지지 않았다. 성당은 예상과 달리 전쟁으로 인해 다친 사람들을 위한 장소로 쓰이고 있지 않았다. 프랑스 사람들은 끔찍한 약탈에 상처받았고 그것을 잊고 싶었다. 그래서 강제로 당한 것임에도 불구하고 자신들이 굴욕적으로 패배하고 당했다는 사실을 잊기 위해 강제로 당한 사람들을 오히려 더러운 침략자와 놀아난 이들이라고 모욕했다. 앞뒤가 맞지 않는 행동이지만 인간이란 망각을 통해 자신의 마음을 구원하는 어리석은 생물이었다. 그 덕에 성당은 살아남은 이들을 치유하는 공간이 아니라 모욕을 주는 장소로 바뀌어 있었다. 성당 곳곳에 목이 매달려 교수형을 당한 사람들이 즐비했다. 그들의 목에는 팻말이 걸려있었는데 더럽다는 의미의 불어였다. 그리고 매달려있는 사람 중엔 그 젊은 수녀도 보였다.

"우욱, 욱!"

한스는 안에 있는 것들을 게워내었다. 속에서 올라오는 역겨움에 참을 수가 없었다. 더 역겨운 사실은 점령군으로 있는 독일군이 이를 방관하며 내버려 두고 있다는 것이었다. 타깃이 되어야 하는 자신들이 아니라 너희들끼리 잘 싸우고 있다는 태도에 한스는 자신이 독일 사람이라는 것에 고를 수 있는 것이 아님에도 후회가 밀려왔다. 동시에 같은 민족을 죽인 프랑스 사람들에 대해서도 구역질이 올라왔다. 그녀들이 무슨 잘못이 있단 말인가? 잘못이 있다면 당연히 범죄자들이 잘못이 있는 것이다. 그리고 방관한 자들이 잘못이 있는 것이다. 한스는 천천히 죽은 수녀를 올려다보았다. 그때 자신이 말렸다면 저렇게 되지 않았을 것이다.

그렇다. 자신에게 상냥하게 대해준 외국인이 죽은 것은 자신의 탓이다. 한스는 그렇게 생각했다. 깨끗한 척해봐야 자신도 다를 바가 없다. 카를라 앞에 설 자격이 없는 더러운 인간이라는 생각이 한스의 마음을 지배했다.

'내가 무슨 짓을 한 거지?'

스스로 생각해보자면 원래 그는 나쁜 사람이 아니었다. 쾌활하고 외향적인 도시 청년, 카를라의 기억 속 한스가 좋은 사람이었던 것은 원래의 그가 양심적인 청년이었기 때문이었다. 그러나 전쟁은 모든 것을 바꾸어 놓았고 자신의 결정에 한스는 참을 수 없는 무언가가 올라오는 느낌을 강하게 받았다. 부끄러움, 후회, 분노…. 온갖 감정에 한스는 주체를 할 수 없었다. 그리고 이제 카를라를 볼 면목이 없었다. 이젠 그녀의 앞에 설 자신이 없었다. 정말로 이젠 그녀에게 어울리는 사람이 될 수 없다고 생각하였다. 과거의 자신은 떳떳했고 당당했다. 마치 오늘 꿈속의 소년처럼. 하지만 이젠 그러지 않았다. 더러운 방관자라는 생각이 그의 머릿속을 스쳐 갔다.

"죄송합니다, 죄송합니다, 죄송합니다, 죄송…."

그는 매달려있는 수녀를 바라보며 연신 같은 말을 반복했다. 그리곤 마우저 권총을 자신의 머리에 갖다 대었다. 그는 자신의 머리에 도는 온갖 나쁜 기운을 참을 수 없었고 자연스럽게….

격발하였다.

그렇게 한 독일 청년의 인생이 끝났다.

Epilogue

잊히지 않기를

드디어 전쟁이 끝났다. 모든 전쟁을 끝낼 전쟁이라고 불릴 이 거대한 참극이 3년 만에 종결된 것이다. 하지만 나를 제외하면 원년 멤버 중 그 누구도 생존하지 못하였다. 한때 같이 웃으며 바이에른에서 함께 놀자고 웃어댔지만 지금은 약속을 지킬 그 누구도 남지 않았다. 뒤를 이어 들어온 병사들도 툭하면 죽어 정을 붙일 이는 이제 내 옆에 남아있지 않았다. 남은 이들은 비겁자들이거나 전쟁을 거의 경험하지 않고 운 좋게 살아남은 애송이들뿐이었다. 함께 고향으로 가자고 외쳤던 역전의 용사들은 전부 타국의 땅에 묻혔다. 나보다도 더 돌아가야 할 전우들이 땅에 묻혀 있다는 사실은 나의 가슴을 아프게 했다. 그렇기에 나는 그들의 마음이라도 고향으로 돌아갈 수 있게 노력하였다. 리온, 스벤, 오토, 한스 등등 난 원년 동기들의 물품을 챙겼다. 그리고 그들의 비품을 정리하며 동기들의 삶을 한 번 돌이켜 보았다. 동기들이 남긴 편지와 보급받은 소책자에 낙서한 글들에서 난 동기들의 평범함을 느꼈다. 의지하던 친누나에게 편지를 보내던 오토, 가족에게 꼭 돌아가겠다며 편지를 쓰던 리온, 스스로 꾸준히 버티자고 다짐하는 글을 툭하면 휘갈긴 스벤, 그리고 사랑하던 여인에게 편지를 쓰며 버티던 한스…. 난 그들의 글에서 그들의 삶을 바라보았다.

그것은 장교들이 숫자로 기록하는 것과는 사뭇 다른 것이었다. 비록 모두가 무조건 선하다고 할 수 있는 사람들은 아니었지만 나름대로 자신의 위치에서 삶에 대한 노력을 멈추지 않았던 자들이었다. 그리고 요한 폰 바이어 소대장님은 그런 우리들을 양심적으로 이끌었다. 하지만 이젠 앞서 말한 대로 양심 없는 자들만 남아 있을 뿐이었다. 하기야 어느 시대든 착한 자는 빨리 죽기 마련이다. 그런 사람들은 길이 막히면 돌아가지 않고 어떻게든 길을 만들려고 하니 말이다.

그리고 그런 사람들은 멍청한 것이 아니다. 적어도 난 그렇게 생각한다. 양심의 가책에 따르는 것은 말로만 아름다운 것이 아니다. 양심의 길로 가는 것이 오히려 사는 길이니 말이다. 만일 모든 독일이 그랬다면 이 전쟁은 정말로 모든 전쟁을 끝낼 전쟁이 되었을 것이다. 허나 독일은 승리에 취했고 온갖 만행을 저질렀다. 이제 미래를 볼 줄 아는 자들은 다음을 대비해야 한다.

그렇기에 그다음이 오지 않도록 행동했던 이들이, 양심에 고통받던 한스가 나는 가볍게 보이질 않았다. 한스의 죽음을 무덤덤하게 기록하는 새로운 소대장의 태도에 나는 더욱 확신하였다. 그 소대장은 아무렇지 않게 문서에 숫자 1을 더 늘릴 뿐 아무런 감정도 보이지 않았다. 그런 태도가 또 다른 악몽을 낳을 것이 분명했다. 가령 또 다른 전쟁이라든지.

물론 난 그런 것을 원하지 않는다. 다시 전쟁이라니? 그래도 이렇게 큰 전쟁이 끝났으니 적어도 우리 세대가 죽기 전엔 일어나지 않으리라 생각하고 있다.

그렇게 내 동료 한스는 전사 보고서에 숫자 하나로 표현되어 상부에 보고되었다. 하지만 그는 그렇게 간단하게 표현될 사람이 아니었다. 복잡한 감정과 상황 속에 있던 이였다. 일개 병사로서 한계점이 있었고, 평범한 교육을 받은 소시민으로서 한계가 있었으나 최선을 다하였다. 그는 군인으로서 의무는 다하지 못할지언정 사람으로서 의무는 다하였다. 모두가 결과에 집중할 때 그는 과정에 집중했다. 아마도 그가 사랑했던 사람 때문일 것이다. 그는 그녀에게 잘 보이려고 했고 동시에 그녀가 결과에 휩쓸리는 세상에 살기 원하지 않았다. 당연하다. 무언가를 정해놓고 진행한다면 힘없는 이들이 휩쓸리기 마련이다.

그래서 그는 스스로 책임을 졌다. 조금이나마 후회를 하는 세상을 만들기 위해서. 나는 그런 의미가 후대에 이어져야 한다고 생각했다. 그래서 먼저 그 의미를 한스가 되새기던 사람에게 전해야겠다고 느꼈다. 죽음을 전하는 것은 슬프나 그 죽음이 의미가 없는 것은 아니었다.

그렇게 나는 전역이 가까워지는 시점에서 고향 바이에른이 아닌 베를린으로 향했다.

베를린에 도착하니 도시는 축제가 한창이었다. 전쟁이 승리로 끝나니 다들 좋은 분위기에 취하여 달아오르고 있었다. 조만간 브란덴부르크 문을 통과하는 공식 개선 행사가 있을 것이기에 온갖 아름다운 색들로 이루어진 꽃들이 도시를 차지하고 있었다.

나는 꽃들이 넘쳐흐르는 도시에서 한스에게 편지를 보낸 곳으로 향하였다. 시내에서 조금 떨어진 곳에서 옷가게를 한다고 들은 바 있었다.

'여긴가?'

나는 한스의 편지로 얻은 주소로 향했고 이윽고 도착하여 문을 두드렸다. 안에는 한스가 말했던 대로 아름다운 여성이 옷을 다리고 있었다. 마치 선전물에서 나오는 게르마니아의 화신처럼 생긴 여인이었다. 어여쁜 금빛의 머리카락이 나를 반겼다. 그녀는 내 옷에 달려있는 훈장들을 보며 귀환용사라며 따스하게 반겨주었다. 그리고 지금 나라에서 생존병에게 혜택을 부여하고 있으니 마음에 드는 옷 하나 골라 가라고 말했다.

"신분 확인만 하면 공짜로 하나 가져가셔도 돼요."

"아, 저는 옷을 사려온 게 아닙니다."

그녀는 제대 기념으로 내가 사회생활을 위한 옷을 챙기러 온 것이 아니라는 말에 의아해했다. 그녀는 곧 나에게 온 목적을 물었고 난 한스를 언급하였다. 그의 군대 동기라고 말하자 그녀는 화사하게 웃으며 한스는 어디에 있냐고 물었다.

그 미소가 날 아프게 하였다.

서비스직의 의무감에서 나오는 환한 미소가 아니라 정말로 기뻐서 나오는 미소에 난 슬픈 말을 하는 것에 죄악감을 느꼈다. 하지만 그렇다 할지라도 사실을 말할 필요가 있었다. 어차피 조만간 알게 될 사실이니 말이다. 나는 한스가 죽었다고 말했다. 그리고 죽은 연유에 관해서 말해주었다. 독일의 만행에 부끄러워하다가 양심을 지키기 위해 갔다고, 그렇게 나는 말해주었다. 그 말에 그녀는 무슨 생각에 빠졌는지 아무런 대답도 하지 않고 가만히, 우두커니 서 있을 뿐이었다.

나는 그녀와 한스가 정확히 무슨 사이인지는 모른다. 그러니 그녀가 지금 가지고 있는 심정에 대해 알 수가 없었다. 어림짐작을 할 뿐. 아마 그녀는 지금 고통 속으로 빠져들어가고 있는 것이 아닐까. 곧 그녀는 눈물을 흘리며 고개를 떨어뜨렸다. 나는 그녀를 위로하고자 하였다. 한스가 의미 없게 간 것은 아니라고 말해주고 싶었다. 그의 진심을 전하러 왔으니 그녀가 내 말을 들어주기를 바랐다. 그러나 그녀는 날 밀어냈다. 혼자 있고 싶으니 나가달라고 하였다. 아마 그녀는 이 진실을 받아들일 용기가 바로 나지 않은 듯 싶었다.

나는 그녀가 누군지 모른다. 그저 한스에게 몇 번 들은 것이 전부였다. 그러나 그녀가 나쁜 사람으로는 보이지 않았다. 그런 평범한 여성의 눈물에 난 흔들릴 수밖에 없었으나 마음의 벽을 쳐가는 그녀를 내가 도울 방법은 없었다.

결국 나는 온 목적을 이루지 못하고 그저 한스에 대한 기록들을 전하고 밖으로 나왔다. 곧 가게는 문을 닫았고 모든 창문이 닫혔다. 아마 그녀는 한동안 혼자 지내게 될 것으로 보인다. 자신을 보호하기 위한 하나의 방법이랄까. 그래도 난 그녀가 곧 사회로 돌아오리라고 믿으며 고향으로 향하는 기차를 향해 걸어갔다.

그렇게 기차를 타기 위해 걸어가며 문득 찝찝한 감정이 들어 가게 쪽을 쳐다보았다.

이렇게 끝내도 되는 것일까? 내가 할 수 있는 것이 없을까?

물론 내가 그녀를 위로할 수는 없을 것이다.

나는 한스가 아니니까. 그녀가 바라는 사람이 아니니까.

그저 그녀를 아프게 한 이런 세상에 한탄스러울 뿐이었다.

'허나 전쟁이란 그런 것이지.'

전쟁이란 피할 수 없는 인간의 숙명과도 같은 것이다. 비단 전쟁뿐만 아니라 인간사 모든 불행이 언젠간 찾아오기 마련이다. 마치 필연과도 같았다.

그러나 그렇다고 할지라도 자신이 행한 요인이 아닌 외부 요인으로 불행을 겪는 것은 가슴을 아프게 하였다. 그녀에게 아무런 잘못이 없음에도 불행은 그녀에게 찾아왔다. 그리고 그 불행을 만든 자에게 난 분노의 감정을 느꼈다.

카이저.

라이히 모두의 아버지라는 자가 모든 것을 방관한 덕분에 불행이 쏟아져 나왔다. 그 자는 이 것을 막을 찬스가 여러 번 있었음에도 자신의 욕심에 억울한 죽음들을 없는 것처럼 생각하였다. 그 자는 막을 기회가 있었음에도 그러지 않았다. 자신의 자리가 더 소중했기에 밑에서 들려오는 절규를 듣지 않았던 것이다. 게다가 카이저를 보좌해야 할 신하들이란 작자들은 오히려 그런 카이저의 뜻을 자신이 원하는 방향으로 이용하니 평범한 사람들의 눈에 피눈물이 흐르게 되었다. 그 작자들 모두 이 죗값을 치르게 될 것이다.

결국 자리에 급급한 카이저와 욕심 많은 군인, 정치가들은 도덕을 땅에 버렸고 눈앞의 이득에 눈이 멀어 돌아올 원망들을 생각하지 않았다. 현실정치라며 자국의 이득, 자신들만의 이득만 따지다가 언젠간 돌아올 부메랑과 같은 악몽들을 생각하지 않은 것이다. 사람을 숫자나 물건 취급하던 대가는 유럽의 분노를 사게 될 것임이 자명하였다.

그리고 그 대가는 얼마 안 가 치르게 될 것이다.

그 대가를 반드시 치르게 해줄 것이다. 아무도 나서지 않는다면 나 혼자서라도.

선함을 버린 대가는 반드시 돌아오게 되어있다. 이득만 따지다간 상대방도 자신의 생존을 위해 서로에게 칼을 겨눌 수밖에 없으니 말이다.

'서로가 서로를 대가 없이 진심으로 사랑하는 세상이 와야 해. 도덕심을 포기하지 않는 세상, 반드시 그래야만 해. 언제까지 남을 고기처럼 등급 내서 사는 세상에 살아갈 거야? 그럼 자신도 고기가 될 텐데 좋은 고기가 되기 위한 경쟁에 스스로를 잃어갈 뿐이야. 자신의 정체성은 사라지고 그저 험난한 세상을 살아가기 위한 거친 방어막만 남을 뿐이지. 그런 삶이 행복한가? 그런 세상은 부서져야만 해. 그러기 위한 첫걸음으로 전제정치의 온상인 카이저를 먼저 처단할 때야.'

난 그렇게 생각하며 가슴에 달려있는 철십자가를 바닥에 내동댕이쳤다.

모두의 짐을 짊어져 동료들을 대신에 나 루트비히 하르트만은 카이저를 벌할 것이다.

그렇기에 나는 고향 바이에른으로 향해 걸어가며 속으로 외쳤다.

'독일 사회주의 혁명 공화국 만세!'

그렇게 새로운 세상을 향해 난 걸어갔다. 평범했던 한스와 동료들을 떠올리며.

The End